10秒リスニング：英語を聞きとる力が飛躍的にアップする新メソッド

10秒
英聽
高效訓練

60天大幅提升你的英語聽力

作者 ——— **小西麻亜耶**
Maaya Konishi

譯者 ——— 林農凱

音檔
使用說明

STEP ①

掃描書中QRCode

STEP ②

快速註冊或登入EZCourse

STEP ③

請回答以下問題完成訂閱

一、請問本書第65頁，紅色框線中的英文＿＿＿＿是什麼？

答案 請注意大小寫

回答問題按送出

答案就在書中（需注意空格與大小寫）。

二、請問本書第33頁，紅色框線中的英文＿＿＿＿是什麼？

答案 請注意大小寫

送出

STEP ④

完成訂閱

該書右側會顯示「已訂閱」，
表示已成功訂閱，
即可點選播放本書音檔。

STEP ⑤

點選個人檔案

查看「我的訂閱紀錄」
會顯示已訂閱本書，
點選封面可到本書線上聆聽。

前言

　　大家好，我是小西麻亞耶，我目前擔任位於東京青山的英語補習班「COMMUNICA」的董事副社長。本書以 COMMUNICA 最受歡迎的英語課程之一「10 秒新聞」為基礎，經過重新編排與設計，調整成更適合大眾閱讀的英語學習書籍。

　　說到聽力練習，許多人馬上就會聯想到對著內容又多又長的英文例句，反覆聆聽的練習方式。我們總是能聽到學生們表示「沒辦法每天堅持下去」或是「內容很無趣」等意見。為了解決這樣的煩惱，我所創造的學習法便是「10 秒新聞」。

　　在 COMMUNICA，我會將新聞內容編寫成 10 秒左右的英語文章並進行朗讀，再將我朗讀的音檔上傳到網路上，最後請學生聽寫。在 COMMUNICA 會請學生一次又一次地反覆聽寫，直到能聽懂為止（滿意為止），並為學生打分數。

　　在上課的過程中，我漸漸察覺非母語者在聽力上不擅長的地方，其實有著某種傾向，而為了克服這個問題，我著眼於「3 個重點」，也就是「文法力」、「語彙力」以及「發音力」。由於學生們往往傾向於「將聽到的發音忠實地聽清楚（寫下來）」，然而實際上母語者並不是「完全只聽聲音」就理解了對話內容。

以母語溝通時，我們也應該是潛意識地組合了各式各樣的要素，才理解到對方的意思。換句話說，我們是潛意識地組合了前述「文法」、「語彙」及「發音」等要素（重點）後，才能理解會話、演講或新聞等文章的內容。

　　我想，在閱讀本書前光是能事先了解這點，應該就能以不同的心態來面對英語。

　　本書由總共 60 個主題與「10 秒英語文章」的聽寫練習所構成。在撰寫本書時，我盡可能發揮書籍這種媒介的特性，致力於讓任何自學者都能透過這種方法進行學習。題材也不限於新聞與時事，可說包羅萬象。若本書能為所有苦惱於英文聽力的學習者提供實質的幫助，那就是我的榮幸。

小西麻亜耶

Contents

2個月快速訓練！10秒聽力

How to Use This Book

每個單元的主題與音檔的號碼,音檔收錄美國人旁白與作者的朗讀。一開始會播放 10 次作者在課堂上所提供的慢速朗讀,之後再以作者→美國人旁白(男女)的順序播放自然語速的朗讀。請依照想學習的語速或次數進行練習。

B 每個單元有 STEP 1 到 STEP 6 共 6 個步驟(Maaya 式 6 步驟學習法)。請聽各個單元的音檔,並按步驟進行聽寫練習。

C STEP 1 請聽音檔,嘗試寫下聽到的關鍵字,並從關鍵字聯想本文的內容。

STEP 2 最多反覆播放 10 次音檔,並盡可能寫下在文章中所聽到的英文單字。直接用英文字母拼寫看看,字跡潦草、拼寫不夠正確也沒有關係。

【目標:要達到多益 500 分最多可聽 10 次、多益 600 分最多可聽 7 次、多益 700 分最多可聽 5 次、多益 800 分最多可聽 3 次】

STEP 3 閱讀聽寫下來的英文,檢查文法上的意思是否通順並進行修改。下方會列舉檢查時的重點,還請多加參考。

STEP 4 對照答案,確認寫錯的部分,並分析寫錯的原因。

STEP 5 翻譯 STEP 4 的原文,確認文章的意思。在這個步驟中,請透過翻譯來檢查自己是否正確理解了文章的內容。

STEP 6 參考箭頭與標記來朗讀原文,學習單字與發音的韻律。只要是自己能夠發音的單字,往後就能漸漸聽得懂。

在 STEP 3 會以條列項目的形式，標記許多人在進行聽力練習時容易聽錯及忽略的地方，在檢查時請確認是否有遺漏的項目。關於此部分的詳細內容，寫在第 24 頁的「10 秒聽力的規則」。

D 聽寫到滿意後，就在 STEP 4 對答案吧。這裡會按照第 24 頁的「10 秒聽力的規則」，從「文法」、「語彙」、「發音」3 個重點來解說容易寫錯的關鍵處。

E 在 STEP 5 中，為了確認對完答案後是否理解了文章內容，請試著翻譯原文。只要進行翻譯，就會發現自己可能誤解了文章意思，或完全不知道某個單字代表什麼吧。此外，為了不知道單字意思或主題本身的讀者，這裡也同時設置了「主題解說專欄」。由於本書所收錄的主題皆是在新聞、執照或證照考試，以及英語母語者（尤其是美國人）之間的閒聊中常出現的話題，所以還請各位以此書為契機學習這些時事與知識。無論是長篇英文文章、語速很快的英語會話，或是不懂的單字相當多的英文句子，只要了解與主題相關的背景知識，很多時候就能快速理解文章或會話內容。

F 「不會發音的單字就聽不懂」，這是作者在補習班中不斷傳達的觀念之一。為了自學時能充分學習書中內容，還請各位聆聽隨附的朗讀音檔，並與 STEP 6 的文稿一起發音、練習口說。
文稿中的↑或↓等箭頭表示語調高低，紅色標記則表示此單字為實詞，請務必確實發音。斜線為換氣的基準。除此之外，還會詳細解說句子中發音困難的單字、因單字連結需注意發音的地方、整個句子應注意的語調，或應該充分理解的複合名詞與形容詞等等。

什麼是「10 秒聽力」？

什麼是「10 秒聽力」？

　　「10 秒新聞」為 COMMUNICA 的董事副社長，亦是本書作者的小西麻亜耶獨創的學習法，而「10 秒聽力」正是由此改編而來，更適合自學讀者的學習方式。

　　先從「10 秒新聞」開始說起吧。「10 秒新聞」為作者獨創的學習法，需要學習者每天多次聆聽長度為 10 秒左右的英文文章，並按照下方所介紹的「Maaya 式 6 步驟學習法」進行聽寫。只要這麼做，2 個月內就能提升 150% 的英聽能力（例如多益聽力部分從 300 分→ 450 分）。

　　因為只要每天聽寫 10 秒左右的英文，所以有著「負擔少，可以每天堅持」以及「學習方式新穎，學起來愉快」等優點，深受學習者歡迎。在 COMMUNICA 的課程中，由於只使用新聞素材，因此稱之為「10 秒新聞」。

　　而本書由作者選用獨家題材，除了新聞內容之外更是包羅萬象，不僅讀起來有趣，更能增加讀者知識。社會問題、經濟、國際情勢、性別議題……由於主題更為豐富，因此在本書裡從「10 秒新聞」改為「10 秒聽力」。

　　本書出現的主題、文章及專欄知識，不論是在商務場合的閒聊、議題討論，或是英檢及多益等考試中，肯定都能派上用場。

Maaya 式 6 步驟學習法

STEP 1 請聽音檔，嘗試寫下聽到的關鍵字，並從關鍵字聯想本文的內容。

STEP 2 最多反覆播放 10 次音檔，並盡可能寫下在文章中所聽到的英文單字。直接用英文字母拼寫看看，字跡潦草、拼寫不夠正確也沒有關係。

【目標：要達到多益 500 分最多可聽 10 次、多益 600 分最多可聽 7 次、多益 700 分最多可聽 5 次、多益 800 分最多可聽 3 次】

STEP 3 閱讀聽寫下來的英文，檢查文法上的意思是否通順並進行修改。下方會列舉檢查時的重點，還請多加參考。

STEP 4 對照答案，確認寫錯的部分，並分析寫錯的原因。

STEP 5 翻譯 STEP 4 的原文，確認文章的意思。在這個步驟中，請透過翻譯來檢查自己是否正確理解了文章的內容。

STEP 6 參考箭頭與標記來朗讀原文，學習單字與發音的韻律。只要是自己能夠發音的單字，往後就能漸漸聽得懂。

「10 秒聽力」有效的原因

如同前述，「10 秒」這麼短的時間，能夠讓學習者學起來「輕鬆」、「沒有負擔」，加強學習者持續下去的動力。除此之外，這個學習法的根本在於「聽寫」，對於提升聽力非常有效。說到聽寫，或許有許多人認為這指的是「將聽到的音完整寫下來」這件事，但其實聽寫可不是單純的「聽力測驗」。聽寫需要將聽到的音從各式各樣的觀點（文章脈絡或文法觀點、慣用語表達和語彙力的觀點、發音或語調的觀點等等）進行綜合判斷，再把內容寫下來。

請試著從用母語聽寫的情況來思考。在電話或會議中做筆記或會議紀錄時，我們應該也不是完全「只把聽到的音」寫下來，而是從上述各種觀點來書寫的吧？若只是想一字一句跟著聲音寫，我們的大腦應該無法即時理解語句的意思。英語也是相同的。英語母語者也不是「忠實聽寫聲音」，而是在腦中基於上述各種觀點，瞬間選擇並判斷適當的字詞。

說到這各位應該了解，「對文章脈絡的理解與文法知識」、「慣用語、表現力及語彙力」、「理解發音及語調的能力」等綜合的英語能力若是不足，聽寫就是件困難的事。反過來說，如果想提升綜合的英語能力，聽寫就是最棒的學習法。反覆聽寫除了能讓耳朵熟悉英語的聲音，也能加強判斷適當英語字詞的能力，在「（不是單純追尋聲音正確性而是）為了理解文章脈絡的聽寫」這個意義上，必定能大幅提升聽寫能力。

此外，以「人們無法聽懂不會說的單字」這個觀念為基礎，本書也在「10 秒聽力」的 STEP 6 加入「說話（發音）時的重點」這項內容。從聽、寫、說面面俱到，可以藉此一口氣訓練綜合的語言能力。

如果你是「如果慢慢說聽得懂，但卻跟不上母語者的說話速度」，又或是你「雖然能大致理解內容的 5 至 6 成，但詳細內容卻會聽漏，或頻繁搞錯重要的地方」……其實你只是以為自己「好像懂了」而已。

像這樣的人一提到聽寫，都會異口同聲地說「難度太高了」。在大多數時候，這都是因為英文內容太難，或句子本身太長所導致，才會讓學習者們感到挫折不已。為了這樣的學習者所開發的，正是這套「10 秒聽力」。

先從每天 10 秒左右的英語開始聽寫，再透過發音訓練掌握英語的聲音。請各位持續 2 個月試試看。

本書的重要關鍵字與概念

接下來要介紹並說明 STEP 4 所出現的關鍵字。在閱讀本書前，若能先了解這些關鍵字的意思，就能更進一步理解 Unit01 ～ 60 的內容吧。雖然內容與之後「10 秒聽力的規則」有所重疊，但這些皆是本書常出現的重要關鍵字，就先在本節整理起來吧。

什麼是複合名詞與複合形容詞？ ▶ Vocabulary

簡單來說，由 2 個以上的單字拼組而成的單字稱之為複合詞（compound words）。我們的母語中也存在複合詞，例如電話會議即是由電話（名）＋會議（名）所組合而成的複合名詞。先從複合名詞開始解說吧，複合名詞即是指名詞①＋名詞②合併而成的名詞③，主要有以下 3 種不同的拼寫方式。

① **拼寫為 1 個詞** 例：laptop, bookstore
② **以連字號連結，並拼寫為 1 個詞** 例：father-in-law, T-shirt
③ **直接寫為 2 個詞（以上）** 例：ice cream, high school

雖然拼寫方式沒有明確的規範，不過可以說依照③→②→①的順序，編號越前面的單字作為 1 個字詞來說更為流行，也更為普及。從②這樣若是不用連字號連在一起可能就會令讀者困惑的單字，到①這樣就算完全當作 1 個字詞，許多人還是能理解的單字，拼寫方式皆會隨著時代而改變。聽寫時還請留意這點再作答吧。另外，**在聽力練習中想判斷是否為複合名詞，最重要的標準是重音的位置；複合名詞會將重音放在前面的單字。**

複合形容詞的規則或許更簡單一點，大致上以形容詞①＋（-）連字號＋形容詞②的方式組成形容詞③，如 good-looking、five-year-old、ten-story-building 等等。five-year-old 或 ten-story-building 這種放入數字的複合形容詞不會用複數形（不會寫成 five-years-old 或 ten-stories-building），因此練習聽力時可以依照是否為複數形來判斷是不是複合形容詞。

只要了解複合名詞或複合形容詞的結構，也能自己創造出新詞。如果想要表達的事找不到適當的單字，那這就是可以自行用來創造新表現的便利工具，還請各位好好記住。在多益測驗或商務、新聞報導中也很常出現這類單字。

數字的唸法與聽法 ▶ | Pronunciation

　　有很多人說自己不擅長聽寫數字，甚至有些人一聽到數字，腦袋就會打結。這時候若拚命思考「換成母語數字的話是多少？」就沒有餘力注意到其他細節。因為這個問題只能靠習慣解決，所以就先把常用到的數字背起來吧！世界人口：7.7 billion people、日本人口：126 million people、US GDP：19 trillion USD、China GDP：12 trillion USD、Japan GDP：4.9 trillion USD……。位數多的數字可用以下的訣竅記起來。

▶ 多位數數字的唸法與聽法

　　英文中的數字每 3 個位數會夾 1 個逗號，並改變讀法，這是聽懂數字的基礎。逗號的數量與數值如下表般增加。

逗號數量	數字記法	英文記法
1	1,000	thousand
2	1,000,000	million
3	1,000,000,000	billion
4	1,000,000,000,000	trillion
5	1,000,000,000,000,000	quadrillion
6	1,000,000,000,000,000,000	quintillion

　　請參考上表，看看下列數字是多少。

Two billion four hundred eleven million fifty thousand six hundred ninety nine

　　如上表般在英文數字裡每 3 個位數加上逗號，就會改變讀法，因此**只要聽到 thousand、million、billion、trillion、quadrillion、quintillion，就打上逗號並寫下數字**，即可快速了解數字是多少。在上面紅字 billion、million、thousand 的地方打逗號，就知道數字是 2,411,050,699。寫成阿拉伯數字後，要轉換成母語就簡單多了，也就是 24 億 1105 萬 699。雖然在聽到 million 與 thousand 之間的 fifty（50）時或許會因為不是 3 位數而感到疑惑，進而停下動筆的手，不過在寫完所有數字後重新檢視，知道 million 與 thousand 之間不是寫 50，而是夾在逗號間的三位數 050，就不會出錯了。**只要聽到播放的語音中含有位數多的數字，那就遵守每 3 位數打逗號的原則**，這樣應該就能知道大部分的數值是多少了。

在 1999 年之前，一般會分開唸前面 2 位數字與後面 2 位數字，不過 2000 年之後的唸法可能就會讓人感到困惑了，這邊就介紹幾個例子。

2000：（the year）two thousand

1900 年、1800 年等 19×100、18×100 的數字，也會以前 2 後 2 的方式來唸，表示為 nineteen hundred、eighteen hundred。不過 1000 年或 2000 年等後半 3 位數都是 0 的數字，一般都會唸成 thousand。如果太突然會不知道是普通數字還是年號，所以可在最前面加上 the year。

2002：two thousand two

two thousand two 以 2000 ＋ 2 的方式來唸。記住不要在中間加 and，唸成 two thousand and two。順帶一提，zero 0 唸成字母的「o」。

2020：two thousand twenty / twenty twenty

two thousand twenty 以 2000 ＋ 20 的方式來唸，同樣不要加 and，唸成 two thousand and twenty。twenty twenty 是分成前面 20 與後面 20 的唸法。

2100：two thousand one hundred / twenty one hundred

two thousand one hundred 以 2000 ＋ 100 的方式來唸，同樣不要加 and，唸成 two thousand and one hundred。twenty one hundred 是以 21×100 的方式來唸的。

最後關於數字的表記方式，我想各位會很猶豫，到底該寫成阿拉伯數字還是拼寫出字母來。美式英語和英式英語的格式也不盡相同。雖然數字表記有許多細瑣的規則，但這邊就介紹幾個在本書中會出現的情況。

- **0 ～ 9 等 1 個位數的數字會拼寫出字母，如 zero、one、two...nine，而 10 以上的數字則多表記為阿拉伯數字。** 序數（first, second...ninth, 10th, 11th...20th, 21st, 22nd, 23rd, 24th...）也是相同的。
- **句首數字即使是 10 以上也要拼寫出來。**

  Ex）Fifteen people are playing there.
- **計量單位或%等帶有單位的數字就寫成阿拉伯數字。**

  Ex）make a discount of 5% on cash purchases, 3 inches long, 7 dollars

有關複數形與單數形的概念 ▶ **Grammar**

　　英語母語者很重視單數形及複數形，可以說在英語中少掉複數形的 s，就跟說話時弄錯量詞等是一樣的感覺。聽懂是什麼名詞固然重要，但在習慣後也要開始將注意力，放到能夠適當判斷單數形及複數形的能力上。由於在母語中能數的名詞，在英語中不見得能數，或是單數形的事物和複數形的事物在母語及英語中根本不一樣，因此先簡單整理幾個英語中的可數名詞與不可數名詞，說不定會方便許多。

▶ 不可數名詞的特徵

① **液體、氣體**：water, smoke, juice, air, blood, oil...
② **材料、食材**：wood, leather, beef, cheese, fish（這裡是指作為食物的魚）...
③ **感情、概念**：happiness, beauty, time, wealth...
④ **總稱**：food, money, Japanese...
⑤ **難以理解的事物**：help, homework, news, advice, information...

* 像 fish 這類單字在單數時與複數時的意思不同。chicken 為可數名詞時是指「雞」這種動物，不過當作不可數名詞時就是「雞肉」的意思了。其他還有如 glass 或 fire 等在可數名詞與不可數名詞中意思不同的單字。

* 也有些如 team, people, audience 等雖是單數形，不過當成複數形處理的單字。

關於專有名詞 ▶ **Vocabulary**

　　本書中會出現許多企業名、人名、國名、電影標題等各式各樣的專有名詞。雖說國名可能許多人都知道，但人名及企業名等拼寫就不見得廣為人知，不知道也是當然的。就像母語中同樣人名有各種不同寫法一樣，請將此當成相同概念就好。在平時課堂上我也會告訴學生，即使字母沒辦法完全拼寫出來，但在聽寫中只要聽出並知道這個單字是專有名詞，那給自己打分數時當作正確答案也 OK。以後每次遇到著名企業或人名，就連著字母的拼寫一起記起來吧。我想在聽力測驗中出現專有名詞可能會讓你感到混亂，不過在當下不知道意思也沒關係，知道是專有名詞就好。以下就介紹幾個如何判斷為專有名詞的重點。

・若是想在企業名或人名等專有名詞之後加逗號說明這個名詞，那麼會先停頓一下，並換個說法解釋，可以從這點知道是專有名詞。

・若能從前後脈絡或句子結構察覺是「名詞」，就能推測或許是專有名詞。

・增加知識量仍是最重要的功夫。關注國外的流行趨勢，並抱持興趣是關鍵所在。

地名或外來語的發音方法 ▶ Pronunciation

　　母語中的外來語及英語中的外來語，由於接受的方式有些許不同，因此發音也有差異。這邊就舉幾個具體的例子來說明。

　　挪威的首都奧斯陸（Oslo）即是個很好的例子。若是刻意將英語的發音拼出來，那應該會變成接近「Ozuro」這樣帶有濁音的發音。這是因為，雖然有些語言會試圖唸成靠近那個外來語（本例中為挪威語）的發音（也就是嘗試忠實地接近原本的發音），但在英語中，則會用英語本來就有的音對那個外來語（本例中為挪威語）進行發音。而常見的著名瑞典家具商 IKEA 要如何發音，英語中通常也分為「ee·**kay**·uh」與「ai·**kee**·uh」等，兩者聽起來不盡相同。

　　英語裡的日語也是類似的情形。譬如卡拉 OK（karaoke）外國人唸起來應該會更像「Kyariokii」才是，而和服（kimono）聽起來也比較像「Kumounou」。這些都與「Oslo」相同，不是想接近當地語言本來的發音，而是用英語本來有的音來發音，所以若抱著聽母語發音的準備來聽寫是會聽不出來的。

斜體及引號的用法 ▶ Grammar

▶ 引號

　　引號的英語為 quotation mark，母語中常用「　」表示。引號又分成單引號（'）與雙引號（"）。美式英語和英式英語的用法有所不同，在美式英語中不太使用單引號。

●**雙引號（"）的用法**
　① **表示台詞**　Ex）He said to me, "It's never too late."
　② **引用別人的話**　Ex）According to the CEO, "more layoffs are unavoidable."
　③ **新聞報導、書籍的章節標題、歌曲等**　Ex）My favorite song is "My Heart Will Go On" by Celine Dion.

④ 用於強調時　Ex）"Safety is our number one priority!"

⑤ 用於與一般意思不同的說法時　Ex）She was really "sad" about it. →其實不悲傷

　　希望各位一併記住的是，想在實際會話中表達像⑤這樣的諷刺時，可以一併使用 air quotes 的手勢：兩隻手先比出 V 字手勢，然後兩隻手的食指與中指彎曲 2 次，這個動作在英語中稱為 air quotes。這對美國人而言是相當常見的肢體語言，還請不要害怕，試著用看看吧。

▶ 斜體

　　因為這常與雙引號的用法③、④混淆，所以這邊先整理起來。

① 對英語來說的外來語

② 書名、新聞報導的標題、電影名、電視節目的名稱等等

③ 想強調的字為 1 個單字時

　　一般會在美國大學中撰寫報告或 essay（申論短文、大學自傳）時習得這些校閱的規則。雖然聽力練習中不太會去注意這些地方，但在聽寫時若可以顧及這些細節，就應該能更接近高階學習者的程度吧！不過，雖然規則本身有規定如何使用，但其實也存在著部分時候刻意無視這些規則的藝術表現手法，還請各位在看到時體會這種樂趣吧！

大寫與小寫的用法 ▶ | Grammar

　　由於英文字母只有 26 個，因此會區分大小寫，讓可以使用的字母數量倍增。與斜體、粗體、引號等符號相同，還請先認知到不同字體也有各自意義上的差別。這邊就介紹幾個容易搞混的例子。

- **Earth：作為行星的地球＝專有名詞所以是大寫。**

　Ex）It takes six to eight months to travel from Earth to Mars.

- **作為土地、地面的地球＝普通名詞所以是小寫，在慣用語中也是小寫。**

　Ex）I felt the cool earth on my bare feet. / What on earth?

- **King, Manager, President 等職稱：職稱名＝專有名詞所以是大寫。**

　Ex）Princess Charlotte is The Duke and Duchess of Cambridge's second child.

　Ex）Sheila Smith, Vice President of Finance, presented the award.

- **職業名稱＝普通名詞所以是小寫。**

　Ex）The marketing manager is Joe Smith.

　　非母語者不擅長英聽的一個主要原因，就是當單字組合成文章時所發生的發音變化。英語母語者不會一個一個地對文章中連續的單字發音，而是將單字的要素黏在一起，或將 2 個單字組成 1 個單字等，為發音做出變化。這個發音變化就是造成學習者不擅長聽力的主因。由於在學習過程中多半會以為單字要逐個清楚地發音才是正確的，但母語者聽得懂的發音反而會像所有單字都黏在一起的感覺。

　　為了在聽到這些發音時可以清楚區分出每個字，就必須與子音打好關係。英語不適用「所有的音必定以母音作結」這個規則，因此以子音結束的單字非常多。在這之後接續的單字會因為母音起始還是子音起始的不同，而有發音連接方式上的差異。了解這點，就可以矯正斷斷續續的不道地英語。這邊介紹最具代表性的發音變化規則。

▶ 連接（Concatenation）

　　所有讓相鄰的 2 個單字合體，唸成 1 個單字般的發音方式，筆者個人統稱為「連接」。

① 子音結尾的單字＋母音起始的單字→子音與後面的母音吸在一起而連接

② 子音＋子音→ don't you 之類的連接請看「變換」Transformation

③ 母音＋母音→ do it 之類的連接請看「插入音」Insertion

　　當然也有例外，譬如屬於 Silent e 的單字（無聲 e，指的是拼寫有 e 卻不發聲的 e 音，例如 make, take, cake 等），因為 e 沒有作為母音的機能，因此 Silent e 中前面的那個單字會與後面單字的母音連在一起。換句話說，make it 就會變成 mak it（meikit）這類的音。

▶ 插入音（Insertion）

　　2 個母音相連時，為避免母音混在一起，造成發音上的困難，因此會在中間插入子音，讓英語說起來更為流暢。以下舉出具體的例子。

① /u/ 結尾的單字＋母音起始的單字→插入 /w/

Who is that?　→　Who/w/ is that?

You only live once.　→　You/w/ only live once.

Did you look through our estimation?　→　Did you look through/w/ our estimation?

② /i/ 結尾的單字＋母音起始的單字→插入 /y/

I agree.　→　I/y/ agree.

* 不要忘了不是用單字拼寫，而是用發音來判斷。因為是「ai」的發音，所以要判斷為母音 i 接母音 a

I appreciate it. → I/y/ appreciate it.

Tell me a story. → Tell me/y/ a story.

▶ 變換（Transformation）

you 前面的單字若以子音結尾，那子音與 you 會連在一起變換為新的音。請看以下具體例子。

Can I help you? → ✕「herupuyuu」 ◯「herupyuu」

What's your name? → ✕「wattsuyoa」 ◯「wacchoa」

▶ 同化（Assimilation）

如本章開頭所述，在某些語言中是「子音＋母音」組成 1 個音，因此必定以母音結尾。如果這個習慣用到英語上，就變得太強調母音，聽起來會有點刺耳。想脫離這個習慣，有個好用的規則是「同化」。

相鄰的 2 個單字，若最初的單字以塞音（p、b、t、d、k、g）結尾，而下個單字以子音起始，那前面的塞音就不會發音。這時 2 個單字會合體，發音成 1 個單字。請看以下具體例子。

What do you mean? →（whado you mean）

part time job →（par time job）

drop the ball →（dro the ball）

I want to sound like a native English speaker! →（I wan to soun like a...）

▶ 減弱的音（Attenuation）、Flap T

夾在母音與母音之間的 /t/ 音會轉變為更柔和，接近彈舌的 /d/ 或是 /r/ 的音。如果發得出彈舌音，就試著以像用彈舌音講話的方式來發音，聽起來就比較像是英語了。不過這是美式英語的特徵，在英式英語中沒有。最常聽到的例子是 water。之所以聽起來不是「wootaa」而是「warar」，正是因為有這個發音規則。由於 water 的 t 聽起來像 warar 或 wadar，所以若要區分，「warar」會更接近英語發音。再看看其他幾個例子。

① not at all ② Let it be ③ Get out! ④ matter

▶ 停頓的「短音」t

　　t 前面的音若是母音、n 或 r，而 t 的後面是 n、m、l 又或是 syllabic n、syllabic m、syllabic l（音節輔音）時，t 的音會轉變爲停頓的短音。具體可以舉 fitness 這個字來解釋。

　　fitness → t 的前面是母音，後面是 n

　　所以發音不是「fittonesu」，而更像是「finnesu」。

▶ R 音性母音（R-controlled vowel）

　　母音與「r」組合後的母音稱為 R-controlled vowel。由於「r」是非常具有影響力的子音，所以與母音組合後，母音的發音也會產生巨大變化。主要有 3 種類型，請看以下說明。

① Starbucks 的 ar

　　嘴巴縱向張開發出「a」的音，然後將舌頭捲起來發出「r」的音。注意「a」跟「r」發音的長度要差不多長。有很多人以為反正只要將舌頭捲起來，聽起來就像英語，但 r 音不發出來，變成像是「aa」的音，這也不是正確的發音，還請多加注意。以下是含有這個音的單字範例。

　　art, star, Harvard Law, car

② sports 的 or

　　在喉嚨深處發「o」的音，然後捲舌發出「r」的音。同樣地，「o」跟「r」的發音長度也是差不多的。這與①相同，並不是只要什麼都捲舌就好，單只是發出「oo」的音也不是正確的發音，請多加注意。以下是含有這個音的單字範例。

　　corporate, fork, short, born

③ leader 的 er

　　一邊捲舌一邊將舌頭送到最深處，並用喉嚨發出聲音，縮小嘴巴。需要學會腹式呼吸法才能發出這個音，只靠嘴巴是不行的。譬如「older」或「slower」，語尾要捲舌並將舌頭用力送進深處，縮小嘴巴並發出聲音才是正確發音。希望各位記住的是這個 /er/ 的音，除了 er 之外還有 ir、ar、or、ur、ear、our 等好幾種拼寫方式。以下是含有這個音的單字範例。

　　teacher, firm, word, purchase, Earth, bourbon

▶ **Dark L 與 Light L**

單字字尾的 L 稱為 Dark L，而單字字首的 L 則稱為 Light L。

① **Light L**

　　單字字首的 L 或母音前的 L 會變成 Light L 的發音。這個發音對大部分人來說還算是容易的。要點在於舌頭會用力抵在上排門牙的後面，舌尖會貼在上排門牙背面（尤其是牙齦與牙齒的界線上），在用力抵著舌尖的同時像彈舌般發出 L 的音。具體例子有以下幾個單字。

　　lunch, pilot, believe, live, Los Angeles

② **Dark L**

　　單字字尾的 L 或子音前的 L 會變成 Dark L 的發音。這有點類似「u」跟「o」相加再除以二的發音。舌尖輕抵在門牙背面，並吞進舌根，在喉嚨深處發出低沉的聲音。譬如 apple 聽起來不是「appuru」而是「appoo」、miracle 不是「mirakuru」而是「mirakoo」、milk 不是「miruku」而是「mioku」。

▶ **Short O**

　　這指的是 opportunity, office, off 等以 Short O 開始的單字。**發音的方法是，嘴巴縱向大開，像打哈欠一樣張開嘴巴發出「a」的音。**以音標來說是 /a/ 的音標。

▶ **用「o」的嘴型發「a」**

　　雖然這容易與上面的 Short O 混淆，不過嘴巴張得比 Short O 小一點是其差異。音標為 /ɔ/。以拼寫來說，多拼成 au, aw, al 等是這個發音的特徵。具體來說，audio, because, authentic, launch, talk 等單字都是發這個音。許多時候與 Short O 很像，所以容易導致混淆。

▶ **Silent b**

　　這裡指的是雖然 b 完全不發音，但在拼寫上還是需要寫 b 的一類單字。comb, tomb, climb, lamb, debt, doubt, thumb 等等，除此之外還有很多 Silent b 的單字。據說這是英語到了 1300 年左右，完全失去了單字後方 b 的發音所導致的現象。

雖然僅憑文字難以說明，不過這種音接近「au」，也接近打嗝時發出的「uh」音。發音像是介於所有母音之間的音，而且嘴巴的肌肉在發音時較為鬆弛，發音很輕。反過來說，聽起來像是任何一種母音。

音標為 /ə/。音節沒有重音的母音聽起來就會像這種模糊不清的母音。

▶ 複輔音（Consonant Cluster）

pr 或 bl 等子音的組合稱為 Consonant Cluster（複輔音），譬如 problem 的 pr 與 bl 即是複輔音。

全世界的語言中還存在著可以讓 5 個、6 個或 7 個子音串在一起的語言。無須母音，單音也可以獨自成立。研究認為人類的語言受到文化或環境相當大的影響，其中最顯著的例子就是母音數量與氣候的關係。由於母音需要大幅度張開嘴巴來發聲，因此靠近赤道的國家，有比較多母音很多的語言，例如菲律賓的他加祿語、印尼語、史瓦希利語等等。相反地，寒冷地區的語言如俄羅斯語或波蘭語，由於在寒冷地區很難把嘴巴張大，所以多半是嘴巴無須張大、子音較多的語言。

最後來看看 STEP 6 會出現的關鍵字吧。

實詞與虛詞

實詞指的是具有實際詞彙意義的名詞、形容詞、副詞、一般動詞等詞類，可用來表達文章的內容。另一方面，虛詞指的是人稱代名詞、關係代名詞、助動詞、介係詞、冠詞或連接詞等不是用來表達實際內容的詞類。

之所以會覺得母語和英語文章中整體的節奏或抑揚頓挫有所不同，是因為英語會加強實詞發音，減弱虛詞發音，藉由強弱對比來說話。本書中會在 STEP 6 針對實詞進一步解說，請試著多加練習。

重音

重音指的是發音時強調特定 Syllable（音節）勝過其他 Syllable 的發音方式。每個單字的重音位置只要查字典就可以知道，不清楚的時候請一定要查詢字典，記住單字的重音位置。有重音的 Syllable，其母音會拉長。**與其提高音量來表現重音，拉長有重音的音節母音會更恰當。**因為這個發音規則不了解就很容易會忽略，我想一開始一定很不習慣，但其實**重音比發音本身更加重要。**

整個發音應注意的事

文章越長，越要注意換氣，說英語時需要持續吐出一定程度的氣。**英語中以腹式呼吸發音的音很多，**帶著用吸管長時間吸吐的想像來說英語，是很有效的方法。雖然一開始或許會太過意識到這點而說不好，不過習慣後就會變得更放鬆，英語也會更自然。

另外若想要更進一步，**聲音的音質也很重要。**亞洲人似乎習慣聲音稍微高一點，認為會比較好聽，但其實對英語圈的人來說，這種音高不僅容易聽不清楚，也帶有一種稚嫩感。請看英語圈的女性播報員進行報導的影片就可以知道，相較於亞洲的播報員，聲音會稍微比較低沉，給人一種較為冷靜沉著的印象。

「10 秒聽力」的規則

如同前面多次所述，從 3 個重點培養綜合英語能力，並進一步提升聽力相當重要。這 3 個重點「文法力」、「語彙力」、「發音力」各自都有令人容易感到挫折的地方，而我將這些重點彙整成可以參考的規則。在各個單元的 **STEP 3** 下方的檢查項目中，會從以下所介紹的規則裡選出適當的項目以供參考。

Grammar ［文法］ 16 條規則

1 是否寫出常用的表現與慣用語了呢？

若能了解母語者常用的表現與慣用語，有時候就能一口氣看出整個句子的骨架或結構。在檢查項目中，若單純知道慣用語就能知道文意時，就當作「語彙」的規則；若需要透過慣用語了解整個句子的結構時，則當作「文法」的規則。

2 察覺到斜體了嗎？

只憑聲音當然不可能知道是否為斜體。在聽寫到某個程度並準備透過本書 **STEP 3** 檢查時，若了解哪裡應該寫為斜體（→第 17 頁「本書的重要關鍵字與概念」），可說就更接近高手了。

3 以文法判斷出音較弱的虛詞了嗎？／以文法判斷出較弱的音了嗎？
4 理解介係詞的用法並寫出來了嗎？

介係詞或助動詞等虛詞發音較弱，經常有聽不出來的情況。由於「感覺像在說些什麼」的音多半是虛詞，所以最好從前後文脈絡或單字的排列等文法層面，判斷該放入什麼詞類、該填入哪個適當的單字。**4** 介係詞可以跟之後出現的名詞湊成一組一起背下來，譬如「on ＋星期」、「at ＋時間」等等。

5 理解換句話說的表現了嗎？

專有名詞後插入逗號並進行名詞的說明，或是透過冒號換個說法來表達文章內容，就是文章上暫停並準備換句話說的地方，此時可以用適當的記號來標記。

6 寫出三單現（第三人稱、單數、現在式）的 S 了嗎？
7 寫出複數形的 S 了嗎？
8 寫出所有格的 S 了嗎？

任何一種 S 都是聽寫中時常漏掉的音，但若能從文章脈絡或前後單字等線索，在最後檢查時從文法層面判斷是否正確也沒關係。

9 留意到時態是否一致了嗎？／從文章中選擇適當的時態了嗎？

想忠實聽出動詞的現在式、過去式與過去分詞的音是非常困難的事。從文章或英文中的年號等數字、文意推敲適當的時態並進行選擇是很重要的技巧。

10 察覺修飾的部分並理解句子結構了嗎？
11 察覺插入語（句）並理解句子結構了嗎？

若能察覺關係代名詞或副詞、形容詞（句）等「修飾的部分」，那麼長句也能拆解為簡單的句子，看出句子的結構。11 的副詞句或 5 那種夾入逗號的換句話說等等，句子中的插入語（句）也能在察覺後進行拆解。

12 區別大寫與小寫了嗎？

人名、地名、作品名、產品名等專有名詞，以及星期、月份、節日等日期，除此之外還有縮寫（從首字母拼湊出的單字）、God 等英語中獨一無二的事物、King 等為表敬意的稱呼，全部都需要在首字母大寫。透過本書一個個記起來吧。

13 理解定冠詞與不定冠詞的用法了嗎？

這是許多人會混淆的重點之一。基本上可從單字在英文句子中是否為第一次出現，來判斷是用 a（an）還是 the。

14 發現倒裝句了嗎？

雖然本書中不會出現太多倒裝句，不過所謂倒裝句，指的是把最想告訴對方的事情放到最前面，此時本來在敘述句中應該放在後半的詞就會倒過來放在句首。大多時候，若抱著句首會出現主詞的心理準備，在聽到倒裝句時就可能陷入混亂，聽不下之後的音，因此最好捨棄先入為主的觀念，習慣倒裝句等並非常態的語句順序。

15 是否正確寫出雖然音相同，拼寫卻不同的單字？

有時候相同的發音會有好幾種拼寫，本書頻繁出現的 its「它的」與 it's（it is 的縮寫）即是典型案例。可以從單字出現的位置適合什麼詞性、（同樣詞性但拼寫不同時）文章脈絡上是否恰當，或目前正在說明的話題來進行判斷。習慣後，在聆聽英語時應該就能瞬間了解喔！

16 察覺到平行結構了嗎？

and 是解讀英語句子結構很重要的線索。它連接的可以是複數個單字，或是同一主詞的 2 個動詞⋯⋯若能知道 and 連接的是什麼，就能更快速地了解句子，尤其是在 1 句話特別長的英語句子想表達的意思時。

Vocabulary ［語彙］ 16 條規則

① 是否寫出常用的表現與慣用語了呢？

這與「文法」的規則 ① 相同，只是有時候與文法知識無關，只要知道表現或慣用語的意思就可以理解文章的內容。

② 寫出常用的單字了嗎？

③ 知道更精確的表現了嗎？

④ 聽出專門用語等平時很少聽到的單字了嗎？

令人意外地，許多對學習者而言很困難或聽不習慣的單字，其實是英語母語者在生活中相當常用的字。為了提升與這些單字之間的熟悉度，每當看到這些字就盡量學起來吧。希望本書能成為學習這些單字的契機。

③ 在單字熟悉度上也是類似的規則。學習者往往會用學校學到的「教科書英語」，如此一來表達方式就會變得單調乏味。由於英語會盡量在同一篇文章中避免使用同一個單字或表現，因此掌握超越「教科書英語」的表達能力，提高表現的專業程度非常重要。

④ 指的是新聞用語、醫學用語等在該領域的話題中無論如何也避不掉的單字。有時候視話題不同還會更加頻繁地出現，請透過本書好好學習這些單字吧。

⑤ 聽出專有名詞了嗎？

⑥ 發現常用的人名了嗎？

任何人都知道的國名、企業名、人名等等，光是聽到就能判斷是專有名詞，但很多時候也不全然是廣為人知的名字。在「本書的重要關鍵字與概念」第 15 頁中，已介紹了如何在英聽中判斷是否為專有名詞的訣竅。

⑦ 能從字根推測意思了嗎？

⑧ 聽出由字首＋單字所組合的單字了嗎？

⑨ 聽出由單字＋字尾所組合的單字了嗎？

想在英聽中推測不知道意思的單字，或第一次聽到的單字意思，最重要的提示就是關於字根、字首與字尾的知識。只要活用這些知識，就能推測許多單字的意思。 ⑧ 的字首裡最好懂的例子就是「表否定的 un-」，譬如 unable「不能的」、unbelievable「無法相信的」等等。字根雖然和字首、字尾有重複的部分，但在本書中，將起源自（對英語而言的）外語（如拉丁語、法語等）的單字當作「字根」，而一般廣為人知的單

字則視為字首與字尾。

10 發現新詞了嗎？
11 發現縮寫了嗎？

　　10指的是新創造的單字與流行語。各位知道最近的 Brexit 或 Megxit 等單字的意思嗎？英國脫離歐盟的新聞滿天飛的時候，British（英國的）＋ exit（出口、離開）所組成的單字就是 Brexit。同樣地，哈利前王子夫婦脫離英國王室的問題，就從前公爵夫人梅根的名字 Meghan ＋ exit 創造出了具有諷刺意味的單字 Megxit。像這樣的詞語常因應時事而被創造出來。**11**也是類似原理，會將常用的單字縮寫後使用，例如最經典的例子，便是將 As Soon As Possible 各個單字的首字母縮寫後，就成了 ASAP。雖然一般都是在書寫中省略，但普及程度很高的單字，也可能會在說話時省略。

12 聽出母語中也有類似意思的單字了嗎？

　　從英語變成母語的單字，很多時候會與原本的意思有所出入。需要熟悉兩種語言間的文化差異，並在聽寫過程中注意文章中是指哪一種意思。

13 是否能夠區別不同詞性的用法？

　　有些單字具有拼寫相同，但詞性不同的特徵，在英聽中可藉由重音位置來判斷詞性。另外也可以在聽寫告一段落後，從文法上來判斷適當的詞性。這邊介紹幾個名詞與動詞拼寫相同，但因為詞性不同，重音位置也有變化的單字。insult（名詞：**in**·sult ／動詞：in·**sult**）、record（名詞：**re**·cord ／動詞：re·**cord**）、conflict（名詞：**con**·flict ／動詞：con·**flict**）、perfect（名詞：**per**·fect ／動詞：per·**fect**）。除此之外，有些只知道名詞用法的單字，其實也有動詞用法。在查字典的過程中，確認該單字到底用的是什麼詞性吧。

14 發現複合名詞及複合形容詞了嗎？

　　在「本書的重要關鍵字與概念」第 12 頁中已詳細說明過了，有時候若沒有發現句中含有複合名詞及複合形容詞，可能會看不出句子的構造。不過有時也能從文法上的不協調感，察覺到是否有複合名詞及複合形容詞的存在。

15 是否正確拼寫出在美式英語及英式英語中用法不同的單字？

　　當一個單字的拼寫有 2 種時，就統一為美式英語或英式英語的其中一種吧。

16 發現 1 個單字有好幾種意思了嗎？

這與 **17** 也是類似概念。用字典查詢單字意思時，一定要確認到至少第 3 種意思，或許會發現該單字出人意料的意思或詞性用法喔。

Pronunciation ［發音］ 14 條規則

1 聽出 Dark L 的音了嗎？

Dark L 已在「本書的重要關鍵字與概念」第 21 頁詳細解說過。語尾的 /l/ 不會發太過捲舌的音（如 apple 聽起來像「appoo」）。如果不知道這項規則，會感覺聲音與拼寫對不起來，聽不懂單字的意思。

2 聽出相似的 R 與 L 連續出現的單字了嗎？

relative 等單字中同時有 R 與 L 這種對非母語者而言既難以發音，也難以聽明白的音。請多加利用 STEP 6 來練習，只要能自行發音，就能聽出單字的音。

3 發現 t 的音變成 d/r 的音了嗎？（Flap T）

這雖然是美式英語特有的規則，但各位如果想學會說「像英語的英語」，還請記住這個規則。water 之所以聽起來不像「wootaa」而是「warar」正是因為這個規則。在「本書的重要關鍵字與概念」第 19 頁已有詳細解說，簡單來說夾在母音之間的 t 會變化成彈舌般的 d/r 的音。

4 發現英式英語及美式英語之間的發音差異了嗎？

我想各位都知道，不只英國與美國，各個國家的英語發音都有相當大的差別。若在熟悉某個國家的發音後，還繼續了解其他國家的發音，一定能大幅提升用英語交流的能力。

5 寫出帶有 Short O 的音了嗎？

Short O 是典型的例子，如 opportunity 中 o 這個音其實要縱向張開嘴巴發音，接近打哈欠時的「a」的音。

6 確切寫下與拼寫不同的音了嗎？（Silent B）

有時候聽到的音與拼寫不完全一致，這種現象稱為 Silent B 或 Silent E 等等。這些 B 或 E 明明沒有發音卻留在拼寫裡，譬如 climb 的 b 並沒有發音，但拼寫時卻是必要的。

7 寫出連接的單字了嗎？／寫出句中因為連接而變弱的音了嗎？

關於連接，已在「本書的重要關鍵字與概念」第 18 頁詳細解說過，這是非母語者覺得英聽很困難的原因之一。只要了解連接的規則，很快就能習慣這些發音，請閱讀第 18 頁並活用本書，盡可能熟悉這些發音吧。

8 寫出字首變弱的母音了嗎？

重音在字首之外，而字首又是母音的單字，發音在句子中特別容易變弱。由於這個緣故，有時候即使是知道的單字也聽不出來。

9 寫出如停頓「短音」般的 t 音了嗎？

這個音的規則也詳細寫在「本書的重要關鍵字與概念」第 20 頁了，是本書常出現的規則。與 1 及 3 相同，只要了解這個規則就能聽出來。

10 寫出脫落的音了嗎？
11 寫出句中變弱的音了嗎？

語尾的塞音或 /th/ 等無聲音都是容易脫落的音。另外，連接虛詞後的音可能會變得更弱，難以聽出來。

12 聽出數字了嗎？

許多英語學習者最感到挫折的就是「英語的數字」。由於母語跟英語在數字讀法上的邏輯不同，所以想將聽到的數字轉變為母語相當辛苦，需要長時間的練習。聽懂數字的技巧已經整理在「本書的重要關鍵字與概念」第 13 頁。雖然數字位數越多就越困難，不過若能了解「英語數字的解讀方式」，在聽寫時應該能更加輕鬆才是。

13 聽出並區分單數形與複數形了嗎？

雖然在本書中很少出現，不過也存在一些不規則的複數形（與動詞過去式、過去分詞的概念類似），如 knife → knives、mouse → mice 等等。這些不規則的語詞就當作知識好好學起來吧。

14 聽出變成英語的外來語了嗎？

日語中如 kimono（和服）、tofu（豆腐）、sake（清酒）……這些直接變成英語的外來語詞彙正在逐年增加。筆者認為用英語的重音或發音來唸這些字，對方會更容易理解。

2 個月
快速訓練！
10 秒聽力

Unit 01

從每天1個單元開始
學習英語吧！

Unit 60

Business Executives

請聽音檔，按照 STEP 1 到 STEP 6 的順序往下聽寫。音檔依照 10 次慢速→ 3 次母語者自然語速的順序，播放文章的朗讀。

STEP 1 請聽音檔，嘗試寫下聽到的關鍵字，並從關鍵字聯想本文的內容。

STEP 2 最多反覆播放 10 次音檔，並盡可能寫下在文章中所聽到的英文單字。直接用英文字母拼寫看看，字跡潦草、拼寫不夠正確也沒有關係。

[目標：要達到多益 500 分最多可聽 10 次、多益 600 分最多可聽 7 次、多益 700 分最多可聽 5 次、多益 800 分最多可聽 3 次]

STEP 3 閱讀聽寫下來的英文，檢查文法上的意思是否通順並進行修改。下方會列舉檢查時的重點，還請多加參考。

□ 寫出複數形的 S 了嗎？
□ 寫出三單現（第三人稱、單數、現在式）的 S 了嗎？
□ 理解換句話說的表現了嗎？
□ 聽出專有名詞了嗎？
□ 聽出由單字＋字尾所組合的單字了嗎？
□ 寫出帶有 Short O 的音了嗎？
□ 寫出句中因為連接而變弱的音了嗎？

原文 & 解說

Many top ^{G1}executives have serious ^{P1}hobbies. ^{V1}Warren Buffet ^{G2}plays the ukulele. ^{V2}Larry Ellison, ^{V3}founder of Oracle, ^{G3}sails competitively. ^{V4}Oprah Winfrey ^{G4}reads books. David Solomon, CEO of ^{V5}Goldman Sachs is ^{G5}a DJ. His ^{P2}hobby is so serious to the point ^{P3}that he has released his own CD.

文法　Grammar

G1 ▶ 開頭的 Many 表示是複數，因此 executives 需要加上複數形的 s。

G2 G3 G4 ▶ **G2** 的主詞是 Warren Buffett（He），為第三人稱單數形，因此後面需要加 s。後面的 sails 跟 reads 也因為主詞都是人名，與 **G2** 相同。

G5 ▶ 這句話將逗號當作等號（＝）就可以理解了。雜誌或新聞報導等因為有字數限制，想要添加補充資訊時常使用這個寫法。在這裡，David Solomon ＝ CEO of Goldman Sachs，因此簡化後可知 David Solomon（或 CEO）is a DJ，a 是必要的。

語彙　Vocabulary

V1 V2 V4 V5 ▶ Warren Buffett、Larry Ellison 或 Oprah Winfrey 都是世界知名人士，Oracle（甲骨文公司）是美國大型 IT 軟體公司，而 Goldman Sachs（高盛集團）是美國的大型投資銀行。這些名字最好都能記起來。

V3 ▶ founder 是「創辦人、創始人」的意思。拆成 found ＋ er 後，found 是動詞「創辦、成立」，而～ er 的意思是「做……的人」的字尾。teacher 與 singer 同樣都是含有 er 字尾的單字。

發音　Pronunciation

P1 P2 ▶ hobby 的 o 是 Short O，需要張開嘴巴發出「a」的音，聽起來才像 hobby。

P3 ▶ 虛詞 that 非常微弱，只能隱約聽出如同「za」的音而已。在句子中間出現的代名詞 he 常有 h 的音脫落的現象，而同樣地，後面的 has 因為只是形成現在完成式的虛詞而已，h 的音也往往會脫落。因此，that he has 聽起來會接近「zariirazu」。

_____

_____

_____

_____

翻譯　　許多企業大亨都有著自己熱衷的興趣。華倫·巴菲特喜歡彈烏克麗麗；甲骨文公司的創辦人賴瑞·艾利森會參加帆船比賽；歐普拉·溫芙蕾的興趣是讀書；高盛集團執行長大衛·索羅門則是一名 DJ。索羅門對興趣的熱愛，甚至讓他發行了專輯。

單字

☐ **executive** (n)：公司幹部、管理階層

☐ **serious** (adj)：認真的、熱衷的

☐ **founder** (n)：創辦人

☐ **competitively** (adv)：競爭地、有競爭力地

☐ **to the point that ～**：到……為止

ex ▶ At first I was nervous, but as I continued the lessons I became more and more comfortable, **to the point that** now I actually enjoy it.「雖然一開始很不安，但隨著課堂持續進行，我感到越來越自在，到現在我很享受上課。」

主題解說專欄

賴瑞·艾利森與歐普拉·溫芙蕾是誰？

賴瑞·艾利森是科技企業 Oracle 創始人，也是世界屈指可數的大富豪。賴瑞是在 1966 年，於加利福尼亞大學的帆船課上接觸到帆船運動的，那年他 22 歲。

歐普拉·溫芙蕾是最富有的非裔美國人之一。她是演員、電視節目主持人兼製片人，還是一名慈善家。歐普拉擔任主持人的節目《歐普拉·溫芙蕾秀》被評為是美國脫口秀史上最優秀的節目，獲獎無數。

STEP 6　參考箭頭與標記來朗讀原文，學習單字與發音的韻律。只要是自己能夠發音的單字，往後就能漸漸聽得懂。

Many top ①**executives** / have serious hobbies. ↓
Warren Buffet / plays the ②**ukulele**. ↓
Larry Ellison, ↓ / ★**founder** of Oracle, ↑ / sails competitively. ↓
Oprah Winfrey ↑ / reads books. ↓
David Solomon, ↓ / CEO of Goldman Sachs ↑ / is a DJ. ↓
His hobby / is so serious / to the point that / he has released / his own CD. ↓

發音（單字）

① executives [ɪɡˈzekjʊtɪvz] (uhg **zeh** ·kyuh ·tuhvz)

注意重音的位置。第 2 音節 /zeh/ 的音要拉長，而其他音節則短一點。後半 t 的音被前後 u 跟 i 這 2 個母音夾在中間，因此依照 Flap T 規則，發音時比起「ti」，用「ri」的音聽起來更自然一點。

② Ukulele [juːkəˈleɪli] (yoo ·kuh **·lei** ·lee)

烏克麗麗其實不是「u」而是「yu」的發音。ku 較短，然後重音要放在第 3 音節的 /lei/。若有餘力，請提升 L 的發音準確度；舌尖抵在門牙後方的牙齒界線上，一邊滑開一邊發音，發出正確且乾淨的 L 音吧。

發音（連接）

★ founder of Oracle

中間 of 的發音不會很明顯，更像是吐息般的 /uh/，在 founder 的後面讓其連接。先暫停在 founderuh，讓 Oracle 的前面與 v 的音連接，發音為 vOracle。整組詞變成 founderuh vOracle。

複合名詞

人名或企業名等專有名詞，請練習到能一整組流暢地說出來吧。

Criminal Justice

請聽音檔，按照 STEP 1 到 STEP 6 的順序往下聽寫。音檔依照 10 次慢速→ 3 次母語者自然語速的順序，播放文章的朗讀。

STEP 1 請聽音檔，嘗試寫下聽到的關鍵字，並從關鍵字聯想本文的內容。

_____

_____

_____

_____

STEP 2 最多反覆播放 10 次音檔，並盡可能寫下在文章中所聽到的英文單字。直接用英文字母拼寫看看，字跡潦草、拼寫不夠正確也沒有關係。

[目標：要達到多益 500 分最多可聽 10 次、多益 600 分最多可聽 7 次、多益 700 分最多可聽 5 次、多益 800 分最多可聽 3 次]

_____

_____

_____

_____

STEP 3 閱讀聽寫下來的英文，檢查文法上的意思是否通順並進行修改。下方會列舉檢查時的重點，還請多加參考。

_____

_____

_____

□ 從文章中選擇適當的時態了嗎？
□ 聽出由字首＋單字所組合的單字了嗎？
□ 是否寫出常用的表現與慣用語了呢？
□ 寫出連接的單字了嗎？
□ 寫出句中變弱的音了嗎？

原文＆解說

Japanese prisons **G1**are sometimes called "nursing homes" because **P1**one in five inmates **G2**are over the age of 60. Elderly prisoners tend to **V1**recommit crimes **P2**because they often lack family and **P3**financial support and prefer prison life. This is becoming a **V2**burden on the Japanese criminal justice system.

文法　Grammar

G1 ▶ Japanese prisons 為主詞，從文章脈絡來看，are sometimes 後面的 called 為過去分詞，因此雖然音不是很容易聽清楚，但 are 是必要的。

G2 ▶ because 之後的段落，主詞為 one in five inmates。這個主詞的意思是「每 5 個受刑人中有 1 人（為 60 歲以上）」，因此複數形的 are 才是自然的。

語彙　Vocabulary

V1 ▶ 字首 re 表「再次、原本、多次」，commit 為「犯罪」的意思，由此可知 re ＋ commit 即是「再犯」的意思。re 為字首的單字還有 reborn, retry, redo, reuse, review 等等。

V2 ▶ burden 為名詞，意思是「累贅、負擔」。be a burden on ～是常用的慣用表現，意思是「造成……的麻煩」。

Ex）I don't want to **be a burden on** you.「我不想造成你的麻煩。」

發音　Pronunciation

P1 ▶ one in 發音時不是「wan·in」而比較接近「wanin」。five inmates 也不是「faivu·inmeetsu」而是「faivinmeetsu」。只要了解連接的規則，就能冷靜地將連接的音拆解成 2 個獨立的單字，推導出正確答案。

P2 ▶ 因為這是在會話中頻繁使用的單字，所以不會每次都確實地發音，實際發音會較接近短促的「bikazu」。

P3 ▶ 無論美式還是英式英語，這個單字基本上發音都是一樣的，結尾的 l 有個小小的捲舌音。

翻譯　日本的監獄有時會被稱為「老人之家」，這是因為每 5 個受刑人中，就有 1 人年紀在 60 歲以上。高齡的受刑人有再犯罪的傾向。由於身邊沒有可倚靠的家人，經濟上也難以度日，因此這些受刑人反而更喜歡在監獄裡的生活。這種社會現象正在壓迫日本的刑事司法體系。

單字

☐ **nursing home** (n)：老人之家、照護中心

☐ **tend to ～** (v)：有做……的傾向、往往會

ex ▶ I **tend to** get sleepy after lunch.「我吃完午餐往往會想睡覺。」

☐ **lack** (v)：缺乏、欠缺

☐ **burden** (n)：負擔

主題解說專欄

世界各地的監獄收容率

如果觀察世界各地的監獄狀況，可以發現到處都存在嚴重的超收問題。監獄收容率世界第一的海地高達 454.4％，菲律賓、薩爾瓦多緊接在後（2020 年 5 月時）。收容率高的國家，監獄管理能力通常嚴重不足，因此存在缺糧、疾病蔓延等問題。

美國的收容率為 99％，於世界排名中大概在 100 名左右。即使是這樣的美國，加州的監獄也都曾經發生過絕食抗議。日本的監獄收容率為 70％左右，在世界上算是居住環境相當優渥的了。監獄成為老人之家，或許可說是一種必然吧。

STEP 6　參考箭頭與標記來朗讀原文，學習單字與發音的韻律。只要是自己能夠發音的單字，往後就能漸漸聽得懂。

Japanese prisons / are sometimes / called ①"**nursing homes**" ↓
because / one in five ②**inmates** / are over / the age of 60. ↓
Elderly prisoners / tend to / recommit / crimes ↑
because they often ③**lack** / family ↑ / and financial support ↓
and prefer / prison life. ↓
This is becoming / a burden / on the Japanese / criminal justice system. ↓

發音（單字）

① **nursing homes** [ˈnɜːrsɪŋ həʊmz]（**nur**·suhng·howmz）
若是複合名詞，重音就在前面的單字上。
如果看原文，會看到 nursing homes 有 quotation marks（相當於括號），這是表示諷刺意味的用法，以感到傻眼的口氣表達日本監獄舒適到簡直像老人之家一樣。

② **inmates** [ˈɪnˌmeɪts]（**in**·meits）
雖然發音本身與拼寫相同，唸起來並不困難，但要注意重音在字首。

③ **lack** [læk]（lak）
可能很多人都知道 lack 這個名詞的意思是「不足」，不過其實這個單字也可以當動詞，意思是「缺乏、欠缺」。lack 的 a 發音時，嘴巴要像發「e」的音一樣往兩邊張開，然後發出「a」的音。似是而非的還有 luck 這個單字，注意不要混淆了。luck 的母音為模糊不清的母音，既不是「a」也不是「u」，嘴巴只是輕輕張開，發出像是「a」的音，因此 lack 與 luck 的母音並不相同。

複合名詞

nursing homes, prison life, criminal justice system

LGBT Inclusivity

 03

請聽音檔，按照 STEP 1 到 STEP 6 的順序往下聽寫。音檔依照 10 次慢速→ 3 次母語者自然語速的順序，播放文章的朗讀。

STEP 1　請聽音檔，嘗試寫下聽到的關鍵字，並從關鍵字聯想本文的內容。

_____

_____

_____

STEP 2　最多反覆播放 10 次音檔，並盡可能寫下在文章中所聽到的英文單字。直接用英文字母拼寫看看，字跡潦草、拼寫不夠正確也沒有關係。

[目標：要達到多益 500 分最多可聽 10 次、多益 600 分最多可聽 7 次、多益 700 分最多可聽 5 次、多益 800 分最多可聽 3 次]

_____

_____

_____

STEP 3　閱讀聽寫下來的英文，檢查文法上的意思是否通順並進行修改。下方會列舉檢查時的重點，還請多加參考。

_____

_____

_____

☐ 從文章中選擇適當的時態了嗎？
☐ 是否寫出常用的表現與慣用語了呢？
☐ 留意到時態是否一致了嗎？
☐ 聽出專有名詞了嗎？
☐ 聽出由字首＋單字所組合的單字了嗎？
☐ 發現英式英語及美式英語之間的發音差異了嗎？
☐ 寫出句中因為連接而變弱的音了嗎？

原文＆解說

Passengers who don't identify as **P1**either "male" **P2**or "female" **G1**will have more gender options to **G2**choose from when booking tickets. **V1**United is determined to lead the industry in LGBT inclusivity. The US airline **G3**will offer multiple gender options, including U **P3**for **V2**undisclosed and X for **V3**unspecified.

文法　Grammar

G1 ▶ 第 1 句話的主詞是「非男性或女性任何一方的乘客」。因為這句話針對並非傳統男性與女性這 2 種性別的新性別進行說明（因此才會被新聞所報導），所以使用未來式的 will have。

G2 ▶ choose 是「選擇」，choose from ～意思是「從（特定的選項中）選擇」。這裡使用 choose from，表示「從（以後會增加的）性別中選擇」。

G3 ▶ 因為在 **G1** 判斷時態為未來，所以整篇報導都使用未來式。請注意時態的統一。

語彙　Vocabulary

V1 ▶ United 是 United Airline「聯合航空」的簡稱。美國最大型也最著名的航空公司另外還有 American（美國航空）與 Delta（達美航空）。

V2 V3 ▶ 先分解成 un ＋ disclosed。disclose 為動詞，意思是「公開、揭露」。字首 un 表「不……」，因此整個單字意思是「不公開」。這也是 NDA（Non-disclosure agreement）「保密協議」的 disclose。**V3** 可分解成 un ＋ specified。specify 為動詞，意思是「指定、指明」，加上 un 就變成「不特定」。IT 用語中為人熟知的 specification「規格」，原本的動詞即是 specify。

發音　Pronunciation

P1 ▶ 「ee·thr」是美式英語，「ai·thr」是英式英語，憑喜好選擇其中一邊就可以了。即使是美國人也各有一半的使用者。

P2 P3 ▶ or 在句中會是 /er/ 的音，聽起來會像 maler female。for 與 **P2** 的 or 類似，變成較弱的 /er/，聽起來會像是 fer。

_____

_____

_____

_____

| 翻譯 |　　不適用於「男性」或「女性」等性別區分方式的乘客，今後在預訂機票時，有更多的性別選項可供選擇。聯合航空決心在 LGBT 包容性上領導業界。這家美國航空公司將提供多樣的性別選項，包含表示「非公開」的 U，以及表示「不特定」的 X 等等。

單字

☐ **book** (v)：預訂

☐ **determine** (v)：決心做……

☐ **industry** (n)：業界

☐ **inclusivity** (n)：包容性

　　* 形容詞 inclusive 加字尾 -ity 而成的名詞

主題解說專欄

對 LGBT 觀念最為先進的美國

美國是世界上 LGBT 社會運動最蓬勃的國家之一，積極推動社會接受性少數群體。雖然站在多數派時，對少數群體的苦痛難免有著遲鈍的一面，不過在社會上所有場域中，都有著區分性別的習慣。例如廁所或更衣室的規範，今後也都會是我們需要認真面對的問題。

今日，有些家長會對社會想在兒童孩提時期，就強加性別二分概念的做法提出異議。也有些家長主張，性別本就可以自行選擇。譬如有一部分人認為，小男孩穿藍色衣服、小女孩穿粉紅色衣服這種既定觀念就是一種洗腦。

發音重點

STEP 6 參考箭頭與標記來朗讀原文，學習單字與發音的韻律。只要是自己能夠發音的單字，往後就能漸漸聽得懂。

Passengers / who don't ①**identify** / as either "male" ↑ or "female" ↓
will have more / gender options / to choose from / when booking tickets. ↓
★1 United is / ②**determined** to / lead the industry / in LGBT ③**inclusivity**. ↓
The US airline / will offer / ★2 **multiple gender options**, ↓
including U / for undisclosed ↑ / and X / for unspecified. ↓

發音（單字）

① **identify** [aɪˈdɛntɪfaɪ]（ai·**den**·tuh·fai）
重音放在第 2 音節。為了讓重音所在的第 2 音節「den」聽起來明顯，不要太過強調字首的「ai」發音。

② **determined** [dɪˈtɜː(r)mɪnd]（duh·**tur**·muhnd）
由於重音在第 2 音節，所以 ter 要確實拉長。第 1 音節的 de 要短促，而第 3 音節的 mine 比起「min」更接近「mun」的音。

③ **inclusivity** [ˌɪnkluːˈsɪvəti]（in·kluh·**see**·vi·tee）
隨著音節數量增加，重音位置的正確性會變得更重要。此外，音節增加後，重音的數量也會隨之增加。inclusivity 的第 1 重音在第 3 音節的 si，第 2 重音在第 1 音節的 in。由於原形容詞 inclusive 的重音是在 clu，還請不要受到太多影響。

語調

★1 第 2 句的 lead 是頂點，所以到 lead 前語調要慢慢上升，而在這之後則慢慢下降。

複合名詞

★2 **multiple gender options** [ˈmʌltɪp(ə)l ˈdʒendə(r) ˈɑːpʃ(ə)nz]（**muhl**·tuh·pl·**jen**·dr·**aap**·shnz）
因為 3 個實詞接連出現的情況並不多，所以各位或許會覺得這句話的發音節奏頗為困難。中間沒有虛詞，說話時就難以做出抑揚頓挫。在 multiple 和 gender options 之間暫停一拍，發音會變得容易一些，而且以單字意思來說是切成「多樣的」及「性別選項」，因此這種切法也是很自然的。另外，gender options 是「性別選項」這種複合名詞，所以要拼在一起當作 1 個單字發音。

Hindu Philosophy

請聽音檔，按照 STEP 1 到 STEP 6 的順序往下聽寫。音檔依照 10 次慢速→ 3 次母語者自然語速的順序，播放文章的朗讀。

STEP 1 請聽音檔，嘗試寫下聽到的關鍵字，並從關鍵字聯想本文的內容。

_____

_____

_____

STEP 2 最多反覆播放 10 次音檔，並盡可能寫下在文章中所聽到的英文單字。直接用英文字母拼寫看看，字跡潦草、拼寫不夠正確也沒有關係。

[目標：要達到多益 500 分最多可聽 10 次、多益 600 分最多可聽 7 次、多益 700 分最多可聽 5 次、多益 800 分最多可聽 3 次]

_____

_____

_____

STEP 3 閱讀聽寫下來的英文，檢查文法上的意思是否通順並進行修改。下方會列舉檢查時的重點，還請多加參考。

_____

_____

_____

☐ 寫出複數形的 S 了嗎？
☐ 寫出三單現（第三人稱、單數、現在式）的 S 了嗎？
☐ 是否能夠區別不同詞性的用法？
☐ 寫出脫落的音了嗎？
☐ 寫出連接的單字了嗎？

原文＆解說

G1Recent studies P1have revealed that "successful" people suffer as they V1age because they lose G2abilities that were gained over many years of hard work. Hindu philosophy G3suggests that you should be P2prepared to P3walk away from your successes before you feel ready.

文法　Grammar

G1 ▶ 如果覺得聽到的是 study，那應該會是 A recent study。從接續的動詞為 have revealed，可以推測出主詞應該是複數形的 recent studies。

G2 ▶ 從脈絡也可推敲指的是「人隨著年紀增長開始失能」的時候，失去「多數的能力」是比較符合邏輯的想法（譬如健忘、靈敏動作、視力、聽力等等）。若為單數形，那就需要 the ability 等冠詞。

G3 ▶ 主詞是 Hindu philosophy，所以 suggests 不要忘記三單現的 s。

語彙　Vocabulary

V1 ▶ age 一般作為「年齡」的名詞廣為人知，但其實也有「年紀增長」的動詞用法，請先記到腦海裡吧。最近流行的 aged beef（熟成牛肉），用的也是 aged 這個動詞。Ex）She hasn't **aged** a bit!「她一點都沒變老！」

發音　Pronunciation

P1 ▶ have revealed 的 have 幾乎聽不到發音。have 以 /v/ 子音結尾，而 revealed 則以 /r/ 這個子音開頭。當子音接在一起時，第 1 個子音 have 的 /v/ 就會脫落，這便是同化（Assimilation）的規則。

P2 ▶ prepared to 與 prepare to 的發音聽起來幾乎相同。prepared 以 d 這個子音結尾，而 to 又以子音開始，因此 prepared 的 d 音會脫落。同樣也是同化（Assimilation）的規則。

P3 ▶ walk 以子音 k 結尾，away 以母音 a 開始，所以會連接成 walkway 來發音。因為連音的關係，聽起來會像是「wookafei」。

_____

_____

_____

_____

| 翻譯 |　最近的研究顯示，越是「成功」的人隨著年齡增長，就越會對喪失長年努力所習得的能力感到苦惱。印度哲學不斷暗示人們，在調適好自我之前，應該做好捨棄這些成功的準備。

_____

單字

☐ **suffer** (v)：感到痛苦、苦惱
☐ **Hindu** (n)：印度教徒
☐ **philosophy** (n)：哲學
☐ **walk away from ～**：從……離開、逃離

主題解說專欄

西洋的「靈性」

在美國，將印度教、佛教、儒教、禪宗等哲學統稱為「靈性思想」（spiritual），有不少商務人士從中獲得深遠的智慧及經驗。如同東方人嚮往西方文化，西方似乎也同樣對充滿異國情調的東方思想感到魅力。

儒教教誨之一「尊敬年長者」這個概念，對於以基督教為主的西方人來說是相當令人驚訝的思維。基督教思想認為在神之下人人皆為平等，因此在這樣的環境成長的西方人，會覺得只因為「年長」就受到尊敬的觀念相當新穎。

禪宗的思想近年來擴展到了全世界，連史蒂夫·賈伯斯等著名企業家們都嘗試實踐其精神。據說禪修有著提高專注力，減少壓力的效果。

STEP 6　參考箭頭與標記來朗讀原文，學習單字與發音的韻律。只要是自己能夠發音的單字，往後就能漸漸聽得懂。

Recent studies / have ①**revealed** ★1**that** ②"**successful**" people ↑
suffer / as they age ↓ because they / lose abilities / ★2**that** were gained ↑
over many years / of hard work. ↓
③**Hindu philosophy** / suggests ★3**that** ↑ you should be / prepared to ↑
walk away / from your successes / before you feel / ready. ↓

發音（單字）

① **revealed** [rɪˈviːld]（ruh·**veeld**）

reveal 字首的 r 要確實地捲起舌頭。可以在 r 之前先發 /w/ 的音，然後慢慢移動嘴角的肌肉進行發音。

② **successful** [səkˈsesf(ə)l]（suhk·**seh**·sfl）

重音在第 2 音節。重音所在的 /seh/ 的音要確實地拉長。第 3 音節的 ful 依照 Dark L 的規則變成接近「foo」的發音。這裡之所以寫成 "successful"，是因為有著雖然指的是「成功者」，但成功定義因人而異的意涵。

③ **Hindu philosophy** [ˌhɪnˈduː fɪˈlɑːsəfi]（**hin**·doo·fuh·**laa**·suh·fee）

因為 Hindu philosophy 是複合名詞，所以重音在 Hindu。Hindu 的母音 Hi 在發音時要拉長、提高。

語調

★ that 的發音要短促，像是吐掉什麼東西般的「da」，可當作突顯 that 之後的句子所需的助跑。一個一個來看有 that 的地方吧。★1 successful people 是這一段的正中間也是山頂，所以語調要提高，而 suffer 之後則下降。★2 也相同，were gained 是這一段的正中央也是山頂，所以語調要提高，over many years 之後則下降。★3 因為 you should be 是虛詞，所以 prepared to 是山頂，在這之前要提高語調，而語調在 walk away 之後則下降。

複合名詞

Hindu philosophy

Wildlife

請聽音檔,按照 STEP 1 到 STEP 6 的順序往下聽寫。音檔依照 10 次慢速→ 3 次母語者自然語速的順序,播放文章的朗讀。

STEP 1　請聽音檔,嘗試寫下聽到的關鍵字,並從關鍵字聯想本文的內容。

_____

_____

_____

_____

STEP 2　最多反覆播放 10 次音檔,並盡可能寫下在文章中所聽到的英文單字。直接用英文字母拼寫看看,字跡潦草、拼寫不夠正確也沒有關係。

> 目標:要達到多益 500 分最多可聽 10 次、多益 600 分最多可聽 7 次、多益 700 分最多可聽 5 次、多益 800 分最多可聽 3 次

_____

_____

_____

_____

STEP 3　閱讀聽寫下來的英文,檢查文法上的意思是否通順並進行修改。下方會列舉檢查時的重點,還請多加參考。

_____

_____

_____

_____

☐ 寫出複數形的 S 了嗎?
☐ 是否寫出常用的表現與慣用語了呢?
☐ 聽出數字了嗎?
☐ 寫出帶有 Short O 的音了嗎?

原文＆解說

V1All around the world, infrastructure G1planners are adopting a technique to solve the P1problem of roadkill. Wildlife G2overpasses V2caught on in Europe in the V31950s and have spread around the world since. There are now G3overpasses used by moose in P2Canada, bobcats in Montana, and crabs on Christmas Island.

文法　Grammar

G1 G2 G3 ▶ 注意別聽漏了 infrastructure planners、（wildlife）overpasses 等複數形的 s。**G1** 因為在前面有 All around the world，所以知道「全世界的規劃者」為主詞，並能推測為複數。**G2**「流行於歐洲的天橋」和 **G3**「許多國家為各式各樣的動物所建設的天橋」也同樣能想像是複數的天橋。

語彙　Vocabulary

V1 ▶ 因為 All around the world 是相當常用的表現，請直接背起來吧。Oasis 或 Justin Bieber 等著名歌手也曾發行過同名歌曲。

Ex）Our company has branches **all around the world**.「本公司在全世界都有分公司。」

V2 ▶ catch on ～的意思為「博得……的人氣、流行」

Ex）The new product didn't really **catch on**.「新產品不怎麼流行。」

V3 ▶ 1950s 是一種在數字後方加 s 來表達年代的表記方式。由於 50 年代有 50 年、51 年、52 年……等等複數的年份，所以寫成 1950s 成為複數形。發音為 nineteen fifties。

發音　Pronunciation

P1 ▶ problem 的 o 為 Short O，比起「o」更接近「a」的音，嘴巴在發音時會縱向張開。pr 或 bl 等連續的子音稱為 Consonant Cluster（複輔音），子音間沒有母音。

P2 ▶ 要注意，Canadian 聽起來會像「ka」，這是因為 Canada 將重音放在 Ca，而 Canadian 將重音放在 na 所導致。重音在 Ca 聽起來像「kya」，其他情況則會像「ka」（如果寫成音標，Canada 為 [ˈkænədə]，Canadian 為 [kəˈneɪdiən]）。譬如 camera、calcium、California 聽起來都是「kya」的音。

STEP 5　翻譯 STEP 4 的原文，確認文章的意思。在這個步驟中，請透過翻譯來檢查自己是否正確理解了文章的內容。

_____

_____

_____

_____

翻譯　　全世界的基礎建設規劃者採用了某種技術以解決路殺問題。1950 年代，野生動物專用的天橋在歐洲獲得很高的人氣，之後便開始普及到全世界。現在，加拿大的駝鹿、美國蒙大拿州的短尾貓及澳洲聖誕島的紅蟹都有專供牠們使用的天橋。

單字

- □ **infrastructure** (n)：基礎建設、基底
- □ **adopt** (v)：採用（方法、方針、態度等）
- □ **roadkill** (n)：路殺、在路上被車輾死的動物
- □ **overpass** (n)：天橋
- □ **bobcat** (n)：短尾貓（動物）

主題解說專欄

動物專用的天橋

無論在日本還是全世界，都有截斷森林的道路。這些道路對以樹枝為路的樹上動物而言，在移動、築巢、繁殖、捕食等生活與生存面造成非常嚴重的影響。動物天橋能夠為受到貫穿森林的道路或森林開發等影響，無法在森林間自由移動的樹上動物提供安全的移動路徑。

bobcat

moose

Crabs

STEP 6　參考箭頭與標記來朗讀原文，學習單字與發音的韻律。只要是自己能夠發音的單字，往後就能漸漸聽得懂。

All around the world, ↓
①**infrastructure** planners / are adopting / a ②**technique** / to solve / the problem /of roadkill. ↓
Wildlife overpasses / caught on / in Europe / in the ③**1950s** ↑
and have spread / around the world / since. ↓
There are now / overpasses / used by ↑
★**moose in Canada**, / **bobcats** / in **Montana**, / and **crabs** / on **Christmas Island**. ↓

發音（單字）

① **infrastructure** [ˈɪnfrəˌstrʌktʃə(r)]（**in**·fruh·**struhk**·chr）
fr 跟 str 皆是複輔音，子音間沒有母音，而是由接續的 2 或 3 個子音所組成。fr 跟 str 都要注重 r 的發音。這個單字有 2 個重音，第 1 個是字首的 in，第 2 個是第 3 音節的 struc。

② **technique** [tekˈniːk]（tek·**neek**）
音節共有 2 個，重音在第 2 音節的 nique。發音時要確實地拉長，而第 1 音節的 tech 則盡量發短一點。

③ **1950s** [ˌnamˈtiːn ˈfiftiz]（nain·**teen**·**fif**·teez）
年份的發音要分成前 2 位的 19 與後 2 位的 50 這兩組數字，唸成 nineteen fifties。nineteen 跟 ninety 的發音很像，可能有點困難，不過 19 的話重音會在後面的 teen 並拉長，而若是 90 則會將重音放在前面 nine 的母音 i。

語調

★ **moose in Canada, bobcats in Montana, and crabs on Christmas Island**
動物名與場所名（moose、bobcats、crabs、Canada、Montana、Christmas Island）要進行強調，將實詞部分確實表達出來。另外也要注意 A（moose in Canada ↑），B（bobcats in Montana ↑）, and C（crabs on Christmas Island ↓）的語調。

複合名詞

infrastructure planners, wildlife overpasses, Christmas Island

Internships

請聽音檔，按照 STEP 1 到 STEP 6 的順序往下聽寫。音檔依照 10 次慢速→ 3 次母語者自然語速的順序，播放文章的朗讀。

STEP 1 　請聽音檔，嘗試寫下聽到的關鍵字，並從關鍵字聯想本文的內容。

STEP 2 　最多反覆播放 10 次音檔，並盡可能寫下在文章中所聽到的英文單字。直接用英文字母拼寫看看，字跡潦草、拼寫不夠正確也沒有關係。

> 目標：要達到多益 500 分最多可聽 10 次、多益 600 分最多可聽 7 次、多益 700 分最多可聽 5 次、多益 800 分最多可聽 3 次

STEP 3 　閱讀聽寫下來的英文，檢查文法上的意思是否通順並進行修改。下方會列舉檢查時的重點，還請多加參考。

☐ 寫出複數形的 S 了嗎？

☐ 寫出常用的單字了嗎？

☐ 發現複合名詞及複合形容詞了嗎？

☐ 聽出 Dark L 的音了嗎？

原文&解說

The highest-paid ᴳ¹interns in America earn more than ᴾ¹double the wage of the average US worker. While the ᵛ¹median income in the US is \$43,400, Facebook interns are getting paid ᴳ²up to ᴾ²almost \$96,000 a year. These ᵛ²dream jobs are not easy to get and require high-level skills.

文法　Grammar

G1 ▶ 注意別聽漏 interns 複數形的 s。「在美國獲得最高額薪資的實習生」或許人數是不多，但肯定不只 1 人而是複數人次。

G2 ▶ 文法上 Facebook interns get paid \$96,000 a year. 也沒問題，但是這樣意思會變成「Facebook 的所有實習生，每年都支薪 \$96,000」。get paid 後面加上 up to 有「最多」的意思，這樣可以為句子中，加上每個實習生的薪資高低不一的語感。將 up to 替換成 as much as，寫成 Facebook interns get paid as much as \$96,000 a year. 也有幾乎相同的意思，不過 up to 給人一種實習生彼此間的薪資落差較大，而 as much as 則有落差較小的感覺。

語彙　Vocabulary

V1 ▶ median 的意思是「中位數」。所謂中位數，指的是將每項數據全部按照高低排序後，位在正中間的那個值。若數據共為偶數個，那就取最靠近中間的 2 個值的平均當成中位數。各位知道 mean、median、mode 這 3 個字的差異嗎？一般來說的「平均」使用 mean 這個字，而 mode 指的是「某個數列中最頻繁出現的值」。

V2 ▶ dream jobs 意思是「理想的工作」，為複合名詞。這裡的 dream 是「像夢想般」的意思，如 dream life「理想的人生」、dream home「理想的家」、dream car「夢想中的車」都是相同的用法。

發音　Pronunciation

P1 P2 ▶ double 的發音更接近「daboo」。單字最後的 L 是 Dark L，因此接近拉長的「oo」音。apple → appoo／tunnel → tanoo 等也都是以 Dark L 發音的基礎單字。**P2** 的 almost 發音會更接近「aamoo」。前面的 al 以「o」的嘴型發「a」的音，聽起來會像「aa」。always、also、although 等單字也是同樣的發音。

翻譯

　　在美國薪水最高的實習生，可以賺取美國一般勞動者兩倍以上的薪資。相較於全美年均收入的 43,400 美元，臉書的實習生每年最多能得到 96,000 美元的薪資。想要獲得這種令人夢寐以求的工作並不容易，需要具備相當高水準的工作技能。

單字

□ **wage** (n)：薪資、時薪
□ **median** (n)：中位數
□ **income** (n)：所得、收入
□ **require** (v)：需要

主題解說專欄

美國的實習狀況

美國的求職方式與日本不同，幾乎都需要實習經驗。因此，在大學 3 年級的夏天（視情況可能還要提早），在志向所在的業界得到實習機會就成了一件非常重要的事。

在實習期間可通過工作經驗，確認自己是否真的適合這個產業，或了解自己的工作適性。如果實習生受到實習的公司關注，直接得到公司錄用也是常有的事。在求職的面試中，要求應徵者準備實習公司給予的推薦函也是很常見的條件。

STEP 6　參考箭頭與標記來朗讀原文，學習單字與發音的韻律。只要是自己能夠發音的單字，往後就能漸漸聽得懂。

The ①**highest-paid** interns / in America / earn more than ↑
double the wage / of the average / US worker. ↓
While the/ ②**median** income / in the US / is ③**$43,400** ↑
Facebook interns / are getting paid up to almost ④**$96,000** / a year. ↓
These dream jobs / are not easy to get ↑
and require / high-level skills. ↓

發音（單字）

① **highest-paid** [ˈhaɪest peɪd]（**hai**·uhst·peid）
這是複合形容詞（compound adjective）。
因為是複合形容詞，所以要注意重音在最初的單字。以 highest-paid 來說，發音時要強調 highest 的母音 i。

② **median** [ˈmiːdiən]（**mee**·dee·uhn）
重音在第 1 音節 me。由於英語母語者比起音的正確性，會更重視重音的位置或單字節奏，以此來掌握意思，因此重音非常重要。既然重音在第 1 音節，那麼第 2 音節與第 3 音節發音就要比較短、比較弱，藉此來襯托出強弱之別。

③ **$43,400** [ˈfɔː(r)di θriː θaʊz(ə)nd fɔː(r) ˈhʌndrəd ˈdɑːlərz]（**for**·tee·three·**thaw**·znd·for·**huhn**·druhd·**daa**·lrz）
唸成 forty-three thousand four hundred dollars。記得 thousand 之後不要加 and。另外也要注意 40 與 14 兩個數字的發音不同，fourteen 時 four 較輕，重音在 teen 的部分，拉長 teen 的發音。forty 的重音則在 for 的部分，並拉長 for，ty 則發得短一點、輕一點。

④ **$96,000** [ˈnaɪndi sɪks ˈθaʊz(ə)nd ˈdɑːlərz]（**nain**·tee·siks·**thaw**·znd·**daa**·lrz）
唸成 ninety-six thousand dollars。

複合名詞與複合形容詞

highest-paid interns, US worker, median income, Facebook interns, dream jobs, high-level skills

Vaping

請聽音檔，按照 STEP 1 到 STEP 6 的順序往下聽寫。音檔依照 10 次慢速→ 3 次母語者自然語速的順序，播放文章的朗讀。

STEP 1 請聽音檔，嘗試寫下聽到的關鍵字，並從關鍵字聯想本文的內容。

_____

_____

_____

STEP 2 最多反覆播放 10 次音檔，並盡可能寫下在文章中所聽到的英文單字。直接用英文字母拼寫看看，字跡潦草、拼寫不夠正確也沒有關係。

[目標：要達到多益 500 分最多可聽 10 次、多益 600 分最多可聽 7 次、多益 700 分最多可聽 5 次、多益 800 分最多可聽 3 次]

_____

_____

_____

_____

STEP 3 閱讀聽寫下來的英文，檢查文法上的意思是否通順並進行修改。下方會列舉檢查時的重點，還請多加參考。

_____

_____

_____

_____

☐ 寫出複數形的 S 了嗎？

☐ 察覺到平行結構了嗎？

☐ 發現 1 個單字有好幾種意思了嗎？

☐ 能從字根推測意思了嗎？

☐ 寫出脫落的音了嗎？

原文＆解說

It is unclear what precisely is causing **V1**severe lung diseases linked to **V2**vaping. **G1**Patients typically experience **G2**coughing, chest pain, or shortness of breath before being hospitalized. **P1**Health **G3**experts **P2**advise the **P3**youth not to vape.

▌文法　Grammar

G1 G3 ▶ 注意 Patients 與 experts 的複數形 s。這裡指的是一般意思的「病患」與「專家」，所以是複數形。

G2 ▶ 從「病患身上可見的症狀……」開始的這句話所接的 coughing「咳嗽」、chest pain「胸痛」、shortness of breath「呼吸急促」全都是名詞。若要以 A, B, or C 的方式舉出具體例子，那麼 A、B、C 需使用相同詞性的單字。

▌語彙　Vocabulary

V1 ▶ 這則文章中的形容詞 severe 為「嚴重、劇烈」的意思。這個單字同樣也有「嚴厲、嚴格」的意思。用字典查詢單字時，1 個單字有各式各樣的意思是很常見的情況，因此最好養成至少看過單字前 3 個意思的習慣。

V2 ▶ vape 的字根是 vaporize，意思是「使液體汽化、蒸發」。在英語中會像以下這樣用不同動詞區分不同的動作，如 smoke cigarettes「吸菸」、vape e-cigarettes「吸電子菸」。電蚊香上也常見 vape 這個字。大多數電蚊香與蚊香不同，是利用電熱讓有效成分的除蟲菊精揮發到空氣中。

▌發音　Pronunciation

P1 P3 ▶ 單字字尾的 th 幾乎無音，不能期望會聽到「su」的音。

P2 ▶ 務必注意 advice 與 advise 發音並不相同。名詞 advice 為「su」的音，動詞 advise 為濁音的「zu」，藉此來分辨兩者詞性。

_____

_____

_____

_____

翻譯　　目前還不清楚電子菸與重度肺部疾病之間明確的因果關係，但是病患在住院前，通常會出現咳嗽、胸痛、呼吸急促等症狀。專家勸告年輕人最好不要吸電子菸。

單字

☐ **precisely** (adv)：正確地、明確地

☐ **severe** (adj)：嚴重的

☐ **lung** (n)：肺

☐ **vaping** (n)：吸電子香菸

☐ **typically** (adv)：典型地、一般地

☐ **shortness** (n)：不足

☐ **hospitalize** (v)：使住院

主題解說專欄

英語醫療用語以及面對「第二醫療意見」的思維

對非母語者而言，想理解英語的醫療用語應是很困難的事。器官名稱、病名、藥物名等等多取自希臘語或拉丁語，因此會有很多根本沒聽過的詞彙。譬如 Pedo 在希臘語為「小孩」的意思，因此小兒科為 Pediatrician，看起來簡直就像是拼圖。

另外，美國普遍有著「第二醫療意見」（Second Opinion）的思維，所以病患很少會對醫師的話照單全收。大家就診時幾乎都會精準向醫師說明自己健康上的風險、平時使用的藥品成分、過敏的狀況等。另外，針對醫師的說明不斷詢問，直到自己可以接受為止，在美國也是很常見的做法。

STEP 6　參考箭頭與標記來朗讀原文，學習單字與發音的韻律。只要是自己能夠發音的單字，往後就能漸漸聽得懂。

★It is unclear / what precisely / is causing / ①**severe** lung diseases / linked to vaping. ↓
Patients /typically experience /coughing, ↑ / chest pain, ↑ / or shortness of breath ↓
before being ②**hospitalized**. ↓
Health experts / advise the youth / not to vape. ↓

發音（單字）

①**severe** [sɪˈvɪə(r)]（suh·**veer**）
這是 2 音節的單字。因為重音在第 2 音節，所以前面的 se 發音要短、輕。

②**hospitalized** [ˈhɑːspɪt(ə)laɪzd]（**haa**·spuh·tuh·laizd）
這是 4 音節的單字。因為重音在第 1 音節，所以 /haa/ 的音在發音時要強調、拉長。
後半 3 個音節可以像繞口令那樣快速唸過去就好。

語調

★ 第 1 句話的正中間是 causing。以 causing 為山頂，It is unclear what precisely is 的語調要往上升，然後以 causing 為界，severe lung diseases linked to vaping 的語調則往下降。若有餘力，最好在提高語調的同時也提升音高（速度）。相反地，在降低語調的同時也要降低音高。

複合名詞

以下全都是複合名詞，將 2 個單字結合成 1 個單字一口氣發音。複合名詞的重音無論在什麼時候都放在最前面的單字。

lung diseases, chest pain, health experts

Japanese Royal Family

請聽音檔，按照 STEP 1 到 STEP 6 的順序往下聽寫。音檔依照 10 次慢速→ 3 次母語者自然語速的順序，播放文章的朗讀。

STEP 1 請聽音檔，嘗試寫下聽到的關鍵字，並從關鍵字聯想本文的內容。

STEP 2 最多反覆播放 10 次音檔，並盡可能寫下在文章中所聽到的英文單字。直接用英文字母拼寫看看，字跡潦草、拼寫不夠正確也沒有關係。

> 目標：要達到多益 500 分最多可聽 10 次、多益 600 分最多可聽 7 次、多益 700 分最多可聽 5 次、多益 800 分最多可聽 3 次

STEP 3 閱讀聽寫下來的英文，檢查文法上的意思是否通順並進行修改。下方會列舉檢查時的重點，還請多加參考。

☐ 留意到時態是否一致了嗎？

☐ 寫出複數形的 S 了嗎？

☐ 發現 1 個單字有好幾種意思了嗎？

☐ 聽出專門用語等平時很少聽到的單字了嗎？

☐ 寫出句中因為連接而變弱的音了嗎？

原文 & 解說

Akihito [G1]stated in 2016 [P1]that he found it hard to [V1]perform his [G2]duties and [G3]announced in late 2017 [P2]that he will [V2]abdicate. His abdication ended the era of Heisei. The new era named Reiwa is ruled by Naruhito.

文法　Grammar

G1 ▸ 因為有 in 2016，所以敘述的是過去的事實，動詞 state 要寫為過去式。

G2 ▸ 注意複數形的 s。可以推測「職責」有複數個。

G3 ▸ 因為有 in late 2017，所以「發表」為過去發生的事，動詞 announce 要寫為過去式。

語彙　Vocabulary

V1 ▸ 雖然許多人會將這個單字記為「演奏、表演」的意思，但其實 perform 的意思相當多。可以當作表達更為精準、能夠代替 do 的動詞，用在「做、舉行、實行、執行」等意思上。

V2 ▸ 這是在有關皇族的話題中頻繁出現的單字，常以 abdicate the throne（退位）這個形式來表現。

發音　Pronunciation

P1 ▸ that he found it 句中 he 的 h 音幾乎脫落而聽不到。found 與 it 連接在一起，it 最後的 t 音會脫落。

P2 ▸ that he will 句中 he 的 h 音脫落，will 只有 wi 的部分聽起來有發音。

―――――――――――――――――――――――――――――――――――

―――――――――――――――――――――――――――――――――――

―――――――――――――――――――――――――――――――――――

―――――――――――――――――――――――――――――――――――

翻譯　　　2016 年，明仁上皇表示自身已難以再履行作為天皇的職責，並宣布將於 2017 年後半退位。他的退位代表平成時代的落幕，開啟了德仁天皇名為令和的全新時代。

―――――――――――――――――――――――――――――――――――

單字

☐ **duty** (n)：義務、職責、職務
☐ **abdicate** (v)：放棄（王位、地位等）
☐ **abdication** (n)：讓位、退位

主題解說專欄

雙腿交叉這個行為

令和最初的國賓為美國總統川普及其夫人梅蘭妮亞。媒體報導了兩位與安倍首相一同觀賞相撲及高爾夫賽事的光景。

在來訪過程中，由於梅蘭妮亞夫人在與天皇及皇后會面時，曾雙腿交叉與雅子皇后交談，因而引發了是否有失禮節的問題。雖然對日本人來說，在公開場合交叉雙腿是不禮貌的行為，然而其實在歐美，雙腿交叉反而是正確的禮儀。翹起腳來有向對方表示自己相當放鬆，或表示自己並非敵人的意涵存在。

STEP 6　參考箭頭與標記來朗讀原文，學習單字與發音的韻律。只要是自己能夠發音的單字，往後就能漸漸聽得懂。

★Akihito stated / in ①**2016** / that he found it / hard to perform / his duties ↑
and announced / in late ①**2017** / that he will ②**abdicate**. ↓
His abdication / ended / the era of Heisei. ↓
The new era / named Reiwa / is ruled by Naruhito. ↓

發音（單字）

① 2016：**two thousand sixteen 或 twenty sixteen**

　　2017：**two thousand seventeen 或 twenty seventeen**

16 與 60、17 與 70 是常常聽錯的數字，**sixteen** [ˌsɪksˈtiːn]（sik·**steen**）、**seventeen** [ˌsev(ə)nˈtiːn]（seh·vuhn·**teen**）這些數字的重音是放在單字的字尾。

13 以後十位數字為 1 的數字，需要注意發音時重音在後方的 teen，因此母音 e 要確實拉長。

② **abdicate** [ˈæbdɪkeɪt]（**ab**·duh·keit）

最需要小心的地方是發出 b 音之後馬上接著 d 的音。這是很容易唸錯的連續子音，還請各位積極學習這樣的發音吧。

語調

★ 第 1 句的語調正中間是 his duties。若將 his duties 視為山頂，那麼 Akihito stated in 2016 that he found it hard to perform 的語調就要逐漸往上提高，接著以 his duties 為界，and announced in late 2017 that he will abdicate 之後的語調則要逐漸往下降。若有餘力，在提高語調的同時也要提升音高（速度），而在降低語調的同時也降低音高。

雖然長的句子並不好唸，但像這樣了解提高及降低語調的位置後，不僅更便於換氣，也更容易說得有抑揚頓挫、更有感情。

World Population

請聽音檔,按照 STEP 1 到 STEP 6 的順序往下聽寫。音檔依照 10 次慢速→ 3 次母語者自然語速的順序,播放文章的朗讀。

STEP 1 請聽音檔,嘗試寫下聽到的關鍵字,並從關鍵字聯想本文的內容。

_____

_____

_____

STEP 2 最多反覆播放 10 次音檔,並盡可能寫下在文章中所聽到的英文單字。直接用英文字母拼寫看看,字跡潦草、拼寫不夠正確也沒有關係。

[目標:要達到多益 500 分最多可聽 10 次、多益 600 分最多可聽 7 次、多益 700 分最多可聽 5 次、多益 800 分最多可聽 3 次]

_____

_____

_____

_____

STEP 3 閱讀聽寫下來的英文,檢查文法上的意思是否通順並進行修改。下方會列舉檢查時的重點,還請多加參考。

_____

_____

_____

_____

□ 寫出所有格的 S 了嗎?

□ 察覺到平行結構了嗎?

□ 聽出數字了嗎?

□ 是否寫出常用的表現與慣用語了呢?

□ 寫出帶有 Short O 的音了嗎?

原文&解說

The ^{G1}world's ^{P1}population is ^{G2}getting older and growing at a slower pace but is still expected to increase from ^{V1}7.7 billion to 9.7 billion in ^{P2}2050. ^{P3}Europe and Asia are aging rapidly, while Africa is ^{V2}home to the world's largest youth population.

文法　Grammar

G1 ▶ 注意別聽漏表示所有格的 's。world's 的所有格 's 不能漏掉，才能讓「世界的人口」成為一整個完整的主詞。

G2 ▶ 透過 and 並列的 getting older 與 growing at a slower pace，這 2 個動詞的形式必須統一，因此兩方都寫為 -ing 的現在進行式。

語彙　Vocabulary

V1 ▶ 世界人口大約為 7.7 billion，也就是 77 億人。日本人口為 126 million（1 億 2 千 6 百萬人）（皆為截至 2020 年 5 月的數據）。這 2 個數字就當作知識一起記起來吧。

V2 ▶ be home to ～是意思為「有……存在的地方」、「存在許多……的場所（大本營）」的慣用表現。了解以簡單的單字組成的慣用語及片語，是讓英語能力更突出的關鍵，請腳踏實地記下這些表現吧。

發音　Pronunciation

P1 ▶ 字首 po 的 o 是 Short O，所以嘴巴要縱向張開發「a」的音。聽起來會像是「papyulayshon」

P2 ▶ 年份的發音，以 2050 來說，分成前 2 位及後 2 位來發音，唸成 20（twenty）和 50（fifty）。順帶一提，2001 ～ 2009 都唸成 two thousand one、two thousand two......以此類推。

P3 ▶ 陸地名、國名、城市名的英語發音不常出現，因此每次遇到都要仔細學習其發音。

_____

_____

_____

_____

| 翻譯 |　世界人口伴隨著高齡化，正以緩慢的速度不斷成長，但預計到 2050 年將從目前的 77 億人成長為 97 億人。相比急速高齡化的歐洲與亞洲，非洲將成為全世界年輕人口最多的洲。

單字

□ **be expected to ～** (v)：預計會……

ex ▶ The guests **are expected to** arrive at any minute.「客人們預計隨時會抵達。」

主題解說專欄

世界人口的變遷

從 2019 年到 2050 年，預計印度、奈及利亞、巴基斯坦、剛果民主共和國、衣索比亞、坦尚尼亞聯合共和國、印尼、埃及、美國這 9 個國家（依照人口預期增加數排列）將會是人口增長幅度最大的國家。一般認為印度在 2027 年時，就會超越中國成為全世界人口最多的國家。

從人口動態發展的思維來看，就必須了解 Population Bonus「人口紅利」及 Population Onus「人口負債」這 2 個概念。Population Bonus 指的是勞動人口在總人口的佔比遠大於依賴人口的狀態，而相反的情況則稱為 Population Onus，而日本現在正要進入這樣的階段。

STEP 6　參考箭頭與標記來朗讀原文，學習單字與發音的韻律。只要是自己能夠發音的單字，往後就能漸漸聽得懂。

The world's population / is getting ①**older** / and growing / at a ①**slower** pace ↑
but is still ②**expected** / to increase / from 7.7 ③**billion** / to 9.7 billion / in 2050. ↓
Europe and Asia / are aging rapidly, ↑
while Africa / is home / to the world's / largest youth population. ↓

發音（單字）

① older 跟 slower 的 er 發音

這是 R 音性母音。由於 r 是影響力非常強的子音，因此若與母音結合，母音的發音也會隨之產生巨大變化。注意需要一邊捲舌一邊將舌頭收到最深處，然後縮小嘴巴，用喉嚨發出「rr」的音。

② expected [ɪkˈspektɪd]（uhk·**spek**·tuhd）

這是 3 音節的單字，重音在正中間。注意 ex 的發音不要發成像「ekusu」般追加多餘的母音。另外，還要注意 ex 最初的音並不是 /e/，而是 /ɪ/。

③ billion [ˈbɪljən]（**bi**·lee·yuhn）

小心音在第 1 音節 bi，要確實拉長。第 2 音節 li 的 L 發音也很明顯，因此舌尖要先抵在門牙背面後再放開，發出漂亮的 L 音。第 3 音節 ion 其實比較接近「iyun」的發音。

複合名詞

以下為複合名詞，要將 2 個單字結合成 1 個單字一口氣發音。結合後新單字的重音無論什麼時候都在最前面。

youth population

Public Health

> 請聽音檔，按照 STEP 1 到 STEP 6 的順序往下聽寫。音檔依照 10 次慢速→ 3 次母語者自然語速的順序，播放文章的朗讀。

STEP 1　請聽音檔，嘗試寫下聽到的關鍵字，並從關鍵字聯想本文的內容。

_____

_____

_____

STEP 2　最多反覆播放 10 次音檔，並盡可能寫下在文章中所聽到的英文單字。直接用英文字母拼寫看看，字跡潦草、拼寫不夠正確也沒有關係。

[目標：要達到多益 500 分最多可聽 10 次、多益 600 分最多可聽 7 次、多益 700 分最多可聽 5 次、多益 800 分最多可聽 3 次]

_____

_____

_____

_____

STEP 3　閱讀聽寫下來的英文，檢查文法上的意思是否通順並進行修改。下方會列舉檢查時的重點，還請多加參考。

_____

_____

_____

_____

□ 理解定冠詞與不定冠詞的用法了嗎？

□ 是否寫出常用的表現與慣用語了呢？

□ 知道更精確的表現了嗎？

□ 寫出句中變弱的音了嗎？

□ 寫出字首變弱的母音了嗎？

原文＆解說

Obesity has become **G1**a public health crisis in the US. There **P1**has been a **V1**sharp **G2**increase in obesity rates over **G3**the last **V2**decade. Nearly 40% of all **P2**adults are currently obese.

文法　Grammar

G1 ▶ public health crisis（公共健康危機），也就是某「事態」的前面需要放不定冠詞a。不定冠詞用在說話者第一次在話題中提到的事物。

G2 ▶ 接在 increase「……的增加」之後的介係詞 in 與 of 的用法有些許不同。increase in ～為事物本身增加的狀況，如 an increase in population、an increase in price、an increase in crime rate 等等。increase of ～的後面會接續實際增加的量、額度等具體數字，如 an increase of 5% in population、an increase of 10 cents in price、an increase of 20% in crime rate 等等。

G3 ▶ over the last decade 意思是「過去 10 年間」，具體來說是最近的 10 年，也就是 2010～2020 年這段期間（以現在 2020 年的視角來看）。因為是特定的 10 年間，因此這時候較適合用定冠詞的 the。

語彙　Vocabulary

V1 ▶ 形容詞 sharp 意思為「銳利的、急遽的」。這個表現比 a big increase 或 a large increase 更為精確。

V2 ▶ 特定的年數有專門的稱呼，如 10 年：decade、100 年：century、1000 年：millennium 等等。half a decade 就是 5 年的意思。相比 ten years，使用 decade 會給人比較聰明的印象。

發音　Pronunciation

P1 ▶ has been 中 has 的 s 音要減弱，been 也只能聽到較明顯的 be。

P2 ▶ adults 的重音在第 2 音節的 dults，字首的 a 發音很弱，幾乎聽不到。有可能會誤聽成 dots 或 darts 等其他單字。

翻譯　　在美國，肥胖已成為大眾健康的危機。在過去 10 年間肥胖率急遽增加，現在約有 40% 的成人擁有肥胖問題。

單字

☐ **obesity** (n)：肥胖
☐ **obese** (adj)：肥胖的

主題解說專欄

美國人的體型與增長的肥胖問題

筆者在 80 年代曾居住於美國，而即便只是憑感覺比較，現今的美國人似乎也有體重逐漸攀升的趨勢。只要觀察 80 年代、90 年代與 2000 年代流行的電視影集，再與最近影集中的演員體型做比較，彼此之間的差距可說一目瞭然。

此外，近年來希望人們重視「最自然的自己」等論調也逐漸變多了，有許多人認為不需要壓抑想吃東西的慾望。這樣的觀念也推動了如大尺碼模特兒的崛起、巴黎時裝週不再起用過瘦模特兒等，不同於以往過度在意體重增加的文化。

STEP 6　參考箭頭與標記來朗讀原文，學習單字與發音的韻律。只要是自己能夠發音的單字，往後就能漸漸聽得懂。

★1 ①**Obesity** / has become / a public health crisis / in the US. ↓

★2 There has been / a sharp increase in ↑

obesity rates / over the last ②**decade**. ↓

Nearly 40% / of all adults / are currently ③**obese**. ↓

發音（單字）

① **Obesity** [oʊˈbiːsəti]（ow·**bee**·suh·tee）

前面的 o 要像 ou 般稍微嘟起嘴巴發音。不是像「oo」拉長，而是「ou」的感覺。重音在第 2 音節的 be。字尾的 ty 為 Flap T，因此發音比起「ti」更接近「ri」。

② **decade** [ˈdekeɪd]（**deh**·kcid）

重音在字首。重音所在的第 1 音節不是「di」，而比較接近「de」。

③ **obese** [oʊˈbiːs]（ow·**bees**）

發音要訣與①相同。最前面的 o 要像 ou 般稍微嘟起嘴巴發音。重音在第 2 音節的 be，也與①相同。

語調

★1 裡 public 是第 1 句話的正中間。public health crisis 若視為山頂，那麼 Obesity has become a 的語調就要逐步提高，然後以 public health crisis 為界，in the US 的語調要下降。★2 則是 sharp increase in 在正中間。到 There has been a sharp increase in 為止語調都要上升，然後 obesity rates over the last decade 的語調則要下降。若有餘力，在提高語調的同時也要提升音高（速度），而在降低語調的同時也要降低音高。

複合名詞

（public）health crisis, obesity rates

Finance

請聽音檔，按照 STEP 1 到 STEP 6 的順序往下聽寫。音檔依照 10 次慢速→ 3 次母語者自然語速的順序，播放文章的朗讀。

STEP 1　請聽音檔，嘗試寫下聽到的關鍵字，並從關鍵字聯想本文的內容。

STEP 2　最多反覆播放 10 次音檔，並盡可能寫下在文章中所聽到的英文單字。直接用英文字母拼寫看看，字跡潦草、拼寫不夠正確也沒有關係。

> 目標：要達到多益 500 分最多可聽 10 次、多益 600 分最多可聽 7 次、多益 700 分最多可聽 5 次、多益 800 分最多可聽 3 次

STEP 3　閱讀聽寫下來的英文，檢查文法上的意思是否通順並進行修改。下方會列舉檢查時的重點，還請多加參考。

☐ 寫出三單現（第三人稱、單數、現在式）的 S 了嗎？
☐ 是否寫出常用的表現與慣用語了呢？
☐ 理解定冠詞與不定冠詞的用法了嗎？
☐ 發現縮寫了嗎？
☐ 是否能夠區別不同詞性的用法？
☐ 發現 t 的音變成 d/r 的音了嗎？（Flap T）

原文&解說

V1FIRE **G1**stands for Financial **V2**Independence Retire Early. It is a **G2**way of life and a growing movement that is spreading **G3**across the globe. Becoming financially **V3**independent is about designing the life you want; work is an **P1**option, **P2**not a mandate.

文法　Grammar

G1 ▶ 注意三單現的 s。stand for ～的意思是「……的簡稱、表示……」。由於主詞是名為 FIRE 的運動，因此需要 s。如果是 stand for，那麼單字最後 d 的音會脫落，聽起來應該會像 stan for。

G2 ▶ way of life 指的是「生活方式」。因為 of 是虛詞，所以幾乎聽不見，反而比較像「wei e laif」。另外，FIRE 的說明有 way of life 及 growing movement 這兩個並列的名詞，因此兩個字前面都需要加不定冠詞 a。

G3 ▶ 就算沒聽到 across the globe 的 the，但只要知道 globe 是獨一無二的「地球」，就能判斷前面要放定冠詞 the。

語彙　Vocabulary

V1 ▶ FIRE 是取自 Financial Independence Retire Early 的首字母所組成的新詞。像這樣的單字在英語中稱為 Abbreviation（縮寫），譬如 ASAP 為 as soon as possible（盡快），FYI 為 for your information（供您參考）等等。

V2 V3 ▶ 名詞 independence 意思為「獨立、自立」。想聽出並分辨 independence（名詞）與 independent（形容詞）並非易事，不過因為 **V2**financial 是形容詞，所以可知後面要接名詞的 independence。而 **V3**Becoming financially 則是動詞與副詞，後面就要接形容詞 independent「獨立的、自主的」。

發音　Pronunciation

P1 ▶ 字首 o 為 Short O，所以比起「opushon」，聽起來更像「apushon」。

P2 ▶ not a 聽起來像 nara。not 的 o 同樣是 Short O，而 not 的 t 是夾在 o 跟 a 兩個母音間，因此發音會轉變成 d/r 的音。

_____

_____

_____

_____

翻譯　　　FIRE（經濟獨立、提早退休）是 Financial Independence Retire Early 的縮寫。這是一種生活方式，而此一成長中的運動現在正普及全球。達成經濟獨立後代表著要規劃自己期望的人生；工作只是一種選項，並非人生不可或缺的事。

單字

☐ **finance** (n)：金融、財務
☐ **financial** (adj)：金融的、財務的、財政的
☐ **mandate** (n)：命令、必須要做的事

主題解說專欄

FIRE 運動

筆者是從某位 YouTuber 的影片裡知道 FIRE 這項運動的。影片的內容是某對 40 多歲的美國夫妻與他們的 2 個孩子，已經存到可供今後生活下去的必要資金，正在慶祝 FIRE 生活的第 1 日。這對夫妻皆是公務員，家庭環境一般，但卻示範了即使不工作到退休年齡也能提前退休的可能性。

FIRE 運動會使人與社會的連結更薄弱，而且面對突如其來的大筆開銷，也存在無法支出的風險，因此社會對於 FIRE 運動評價可說正反兩極。不過我想這項運動也讓我們重新思考，我們到底是為了什麼而生活。

STEP 6　參考箭頭與標記來朗讀原文，學習單字與發音的韻律。只要是自己能夠發音的單字，往後就能漸漸聽得懂。

FIRE / stands for / Financial ①**Independence** / Retire Early. ↓

★1 It is a / way of life / and a growing movement ↑

that is spreading across the globe. ↓

Becoming / financially ①**independent** ↑

★2 is about ②**designing** the life you want; ↓

work is an option, ↑

not a ③**mandate**. ↓

發音（單字）

① **independence** [ɪndɪˈpendəns]（in·duh·**pen**·dns）

　 independent [ɪndɪˈpendənt]（in·duh·**pen**·dnt）

2 個單字皆由 4 個音節組成，重音都在第 3 音節。

② **designing** [dɪˈzaɪnɪŋ]（duh·**zainin**）

字首的 de 發音接近「di」。重音在字尾也就是第 2 音節，這樣發音聽起來才像英語。

③ **mandate** [ˈmændeit]（**man**·date）

重音在字首的第 1 音節。a 的音要用「e」的嘴型發「a」的音。

語調

★1 第 2 句話的 a growing movement 在整句話的正中間。a growing movement 若是山頂，那麼 It is a way of life and a growing movement 的語調要逐漸往上升，然後以 a growing movement 為界，that is spreading across the globe 的語調要下降。

★2 第 3 句話的分號（;）可以當作實質上切斷句子的地方。如原文所示，分號（;）之後語調要下降，並暫停一下，表示後面的 work is an option, not a mandate. 是換了一種方式進行說明。

請聽音檔，按照 STEP 1 到 STEP 6 的順序往下聽寫。音檔依照 10 次慢速→ 3 次母語者自然語速的順序，播放文章的朗讀。

STEP 1 請聽音檔，嘗試寫下聽到的關鍵字，並從關鍵字聯想本文的內容。

_____

_____

_____

_____

STEP 2 最多反覆播放 10 次音檔，並盡可能寫下在文章中所聽到的英文單字。直接用英文字母拼寫看看，字跡潦草、拼寫不夠正確也沒有關係。

［ 目標：要達到多益 500 分最多可聽 10 次、多益 600 分最多可聽 7 次、多益 700 分最多可聽 5 次、多益 800 分最多可聽 3 次 ］

_____

_____

_____

_____

STEP 3 閱讀聽寫下來的英文，檢查文法上的意思是否通順並進行修改。下方會列舉檢查時的重點，還請多加參考。

_____

_____

_____

□ 留意到時態是否一致了嗎？

□ 發現複合名詞及複合形容詞了嗎？

□ 以文法判斷出音較弱的虛詞了嗎？

□ 聽出由單字＋字尾所組合的單字了嗎？

□ 聽出專有名詞了嗎？

□ 聽出 Dark L 的音了嗎？

原文＆解說

An adult-sized android, P1modeled after a Buddhist V1Goddess, G1was introduced to Kodaiji, a P2400-year old temple in Kyoto. The P3android, named V2Mindar, is programmed to deliver a G225-minute sermon. English G3and Chinese translations are projected on a screen.

文法　Grammar

G1 ▶ 從脈絡也可以知道是「被介紹」，因此希望各位聽寫可以寫出 was introduced。無論 was 還是 introduced 的 ed，都是表達時態的文法記號，所以在發音上的重要度不高，其實聽不太到。

G2 ▶ 25-minute 是複合形容詞，所以不會寫成 minutes。單字與單字間可用連字號連接，創造新的形容詞，25-minute sermon 意思是「25 分鐘的講經」。

G3 ▶ and 聽不太到，甚至很多人會聽成 in 吧。這裡的意思是「英文版」及「中文版」翻譯都投影到螢幕上，因此用 and 連接。

語彙　Vocabulary

V1 ▶ God 的陰性形式為 Goddess。-ess 這個字尾來自法語的陰性名詞，可將「陽性名詞轉變為陰性名詞」。waiter → waitress、actor → actress、steward → stewardess 都是相同的原理。不過近年來使用中性的英語單字是主流，因此各自使用中性的 server、（女性也可用的）actor、cabin attendant 是比較常見的情況。

V2 ▶ Mindar 是專有名詞。對進階學習者而言，從音推測拼寫也是必要的技能之一。Min 如音所示，dar 則是與 star 和 car 的音相同，所以能寫出 ar 就及格了！

發音　Pronunciation

P1 ▶ 一開始的 o 為 Short O，發音比「o」更接近「a」。最後的 L 為 Dark L，聽起來像拉長的「oo」，因此整體來說會更像「madoo」。

P2 ▶ 許多人會將 year old 聽錯成 Euro，這是因為 year 跟 old 連接，old 的 d 脫落所導致。請從單字意思來推敲吧。

P3 ▶ android 因為中間的 d 跟 r 間沒有母音，dr 要連在一起發音。

_____

_____

_____

_____

| 翻譯 |　在京都長達 400 年歷史的古寺廟高台寺中，引進了形象仿造觀音菩薩、尺寸等同成人的仿生機器人。這部被命名為 Mindar 的人型機器人，被設定為可以進行 25 分鐘的講經，且螢幕上會投射英文及中文字幕。

| 單字 |

□ model...after ～ (v)：仿造……做出

ex ▶ This statue is **modeled after** the famous "The Thinker". 「這尊雕像仿造著名的『沉思者』。」

□ sermon (n)：（教會或寺廟舉辦的）講經、佈道

| 主題解說專欄 |

宗教與 IT

仿造觀音菩薩所製作的仿生機器人能被信徒允許、接受，佛教這樣的宗教觀對世界各地的人來說都是相當饒富趣味的話題。這是因為，無論基督教、猶太教還是伊斯蘭教等一神教，都對於神的描述有極其嚴苛的規定與限制。

另外，從宗教與 IT 科技的普及這個觀點來看也頗令人深思，畢竟在美國，直到近期才終於允許將智慧型手機帶進基督教的教會之中。最近各教會也才剛剛引進能在手機上閱讀聖經的 Bible app，以及能夠推送所屬教會內的活動通知，或發送簡訊的 Church app。在日本，去到鄉下可以知道每間寺院都會形成自己的社區。同樣地，美國的教會也是類似的概念。這些社區以教會為中心，定期舉辦集會和活動。現在，當這些社區的世代逐漸年輕化，那麼 IT 化的進展也就指日可待了。

STEP 6　參考箭頭與標記來朗讀原文，學習單字與發音的韻律。只要是自己能夠發音的單字，往後就能漸漸聽得懂。

An **adult-sized** android, ↓
★ ①**modeled** after / a Buddhist Goddess, ↓
was introduced / to Kodaiji, ↓
a 400-year old temple / in Kyoto. ↓
The android, / named ②**Mindar**, ↑
is programmed / to ③**deliver** a 25-minute ④**sermon**. ↓
English and Chinese translations / are projected on a screen. ↓

發音（單字）

① **model(ed)** [ˈmɑːdl]（**maa**·dl）

在 **STEP 4** 已經提到，字首的 o 為 Short O，因此發音比「o」更接近「a」。另外 del 的 l 是 Dark L，發音時會更接近「doo」。

② **Mindar** [ˈmindar]（**min**·dar）

Mindar 的 ar 是 R-controlled vowel（R 音性母音），發音時嘴巴縱向張開發出「a」，再將舌頭捲起來發出「r」的音。「a」跟「r」都要同等清楚地發音。

③ **deliver** [dɪˈlivə]（duh·**li**·vr）

重音在第 2 音節 li。為了發出 Li 的 i，嘴巴要往兩側拉長。第 1 音節的 de 很短，幾乎聽不到發音，發音是輕輕的「di」音。

④ **sermon** [ˈsɜːmən]（**sur**·muhn）

重音在第 1 音節的 ser。母音 er 是母音和 r 組合而成的 R-controlled vowel。發音時，保持 r 的舌頭形狀並發出 sur 的音。mon 部分屬於模糊不清的母音，所以嘴唇用較輕的力量發出 muhn 的音即可。

發音（連接）

★ **modeled after**

modeled 以子音 d 結尾，並接續 after 的母音 a，產生了連接。2 個單字會結合在一起，發音時像是 1 個單字。

複合名詞與複合形容詞

adult-sized, Buddhist Goddess, 400-year, 25-minute

Health and Wellness

請聽音檔，按照 STEP 1 到 STEP 6 的順序往下聽寫。音檔依照 10 次慢速→ 3 次母語者自然語速的順序，播放文章的朗讀。

STEP 1 請聽音檔，嘗試寫下聽到的關鍵字，並從關鍵字聯想本文的內容。

_____

_____

_____

STEP 2 最多反覆播放 10 次音檔，並盡可能寫下在文章中所聽到的英文單字。直接用英文字母拼寫看看，字跡潦草、拼寫不夠正確也沒有關係。

> 目標：要達到多益 500 分最多可聽 10 次、多益 600 分最多可聽 7 次、多益 700 分最多可聽 5 次、多益 800 分最多可聽 3 次

_____

_____

_____

STEP 3 閱讀聽寫下來的英文，檢查文法上的意思是否通順並進行修改。下方會列舉檢查時的重點，還請多加參考。

_____

_____

_____

☐ 察覺到平行結構了嗎？
☐ 理解定冠詞與不定冠詞的用法了嗎？
☐ 發現複合名詞及複合形容詞了嗎？
☐ 是否寫出常用的表現與慣用語了呢？
☐ 聽出由單字＋字尾所組合的單字了嗎？
☐ 聽出並區分單數形與複數形了嗎？

原文＆解說

Saunas, once a place for ^{V1}middle-aged men, have ^{V2}shed that ^{P1}image ^{G1}and is now ^{P2}attracting ^{G2}the younger generation, including ^{P3}women. The new wave of sauna ^{V3}enthusiasts are called ^{V4}"saunners."

文法　Grammar

G1 ▶ 連接 have...image 跟 is...younger generation 這 2 個子句的 and 因為是虛詞，所以幾乎不發音。雖然聽起來像是 and、in、an 任何一種，但從文脈可以知道是 and。

G2 ▶ 別忘了 the。雖然文法上寫成不定冠詞的 a younger generation 也沒問題，但會有語感差異。不過如果沒有任何冠詞，在文法上就是錯的。

語彙　Vocabulary

V1 ▶ 這是複合形容詞，意思為「中年的」。一般所謂的 adults 還可分成 young adults：18 ～ 35 歲、middle-aged adults：36 ～ 55 歲、older adults：55 歲以上。

V2 ▶ 動詞 shed 意思是「擺脫、脫落」，這裡是指「擺脫印象」。其他還有 shed tears「掉淚」、shed leaves「落葉」、shed skin「脫皮」等其他組合。

V3 ▶ 字尾 -ist 源自拉丁語 -ista，意思是「做某事的人」。其他還有 dentist「牙醫」、journalist「記者」、scientist「科學家」等等。

V4 ▶ saunner 是新詞，不知道是當然的，不過其實可以從 sauna ＋ er 來推測意思。字尾 -er 表示名詞化的「人」或「物」。

發音　Pronunciation

P1 ▶ 這個字重音放在第 1 音節的 i。

P2 ▶ t 跟 r 是子音連在一起的 Consonant Cluster（複輔音），因此若以為是「att·ract」就會聽不懂這個單字。

P3 ▶ woman（**wu**·muhn）是單數形，women（**wi**·muhn）是複數形。man 跟 men 的部分發音相同，所以要從前半的母音來區別是單數形還是複數形。

STEP 5　翻譯 STEP 4 的原文，確認文章的意思。在這個步驟中，請透過翻譯來檢查自己是否正確理解了文章的內容。

_____

_____

_____

_____

翻譯　　三溫暖曾被認為是專供中年男子使用的地方，不過現在已擺脫這種印象，吸引了包含女性在內的年輕世代。這些新時代的三溫暖愛好者被稱為「saunners」。

單字

☐ **sauna** (n)：三溫暖

☐ **shed** (v)：脫掉（衣服）、擺脫（印象等）、去除

☐ **enthusiast** (n)：粉絲、愛好者、狂熱者

主題解說專欄

美國的三溫暖

為美國帶來三溫暖文化的是來自芬蘭的移民。據說參加 1952 年赫爾辛基奧運的美國選手，對芬蘭選手竟能如此活用三溫暖感到驚訝，甚至在之後將之引進到自己的訓練中。

美國的健身房或 SPA 等地通常都會附設三溫暖。由於美國與日本不同，會對在公共場合裸身感到抗拒，因此即使在三溫暖中也會穿著泳裝，或至少用浴巾包起來。

STEP 6　參考箭頭與標記來朗讀原文，學習單字與發音的韻律。只要是自己能夠發音的單字，往後就能漸漸聽得懂。

①**Saunas**, / once a place / for middle-aged men, ↑

have ②**shed** / that image ↓

and / is now attracting / the younger generation, ↑

including women. ↓

The new wave / of sauna ③**enthusiasts** ↑

are called "saunners." ↓

發音（單字）

① **Saunas** [ˈsɔːnəz]（**saa**·nuhz）

首先重音是在第 1 音節的 sau，用「ɔ」的嘴型發「a」，發出「saa」的音。第 2 音節的「na」是模糊不清的母音，所以嘴唇肌肉可以放鬆一點。這裡不要忘了複數形 s 的 /z/ 音。

② **shed** [ʃed]（shed）

這個字要嘟起像是四角形的嘴唇，並以腹式發聲的方式來發音。

③ **enthusiasts** [ɪnˈθ(j)uːziæsts]（uhn·**thoo**·zee·uhst）

重音在第 2 音節的 thu。th 的發音方法是舌尖抵在上門牙，並用力吐氣。

複合名詞與複合形容詞

middle-aged men 這個字要意識到，這 3 個單字須當作 1 個單字來發音。發音時 middle 這個單字也是重音最強的地方。

middle-aged men, sauna enthusiasts

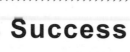

請聽音檔,按照 STEP 1 到 STEP 6 的順序往下聽寫。音檔依照 10 次慢速→ 3 次母語者自然語速的順序,播放文章的朗讀。

STEP 1　請聽音檔,嘗試寫下聽到的關鍵字,並從關鍵字聯想本文的內容。

STEP 2　最多反覆播放 10 次音檔,並盡可能寫下在文章中所聽到的英文單字。直接用英文字母拼寫看看,字跡潦草、拼寫不夠正確也沒有關係。

[目標:要達到多益 500 分最多可聽 10 次、多益 600 分最多可聽 7 次、多益 700 分最多可聽 5 次、多益 800 分最多可聽 3 次]

STEP 3　閱讀聽寫下來的英文,檢查文法上的意思是否通順並進行修改。下方會列舉檢查時的重點,還請多加參考。

☐ 以文法判斷出音較弱的虛詞了嗎?

☐ 寫出複數形的 S 了嗎?

☐ 是否寫出常用的表現與慣用語了呢?

☐ 寫出字首變弱的母音了嗎?

☐ 寫出脫落的音了嗎?

原文＆解說

G1While P1talent is P2indeed V1responsible for extraordinary G2results, most G3accomplishments generally V2result from a combination of practice, P3habit, and mindset.

文法　Grammar

G1 ▶ 由於 While 是虛詞，所以發音不明顯，或許會聽不太清楚。只要理解 While 後面的 talent...results 與逗號之後的 most...mindset. 呈現對比，那應該就能寫出連接詞 while。

G2 G3 ▶ 「卓越的成就來自才能」，這裡的成就一般會想像成複數個而不是單數個，因此若寫成單數形的 an extraordinary result 感覺就會很奇怪。G3 的「多數成就來自於努力、習慣，還有心態」裡的成就也是複數形。

語彙　Vocabulary

V1 V2 ▶ 如果知道 be responsible for ～「是……的原由、是……的貢獻者」或 result from ～「起因自……、由於……所導致」等表達，應該也能聽寫出聽不太出來的 for 或 from。

Ex）My team members **are responsible for** the success of the project.「我的團隊成員為計畫成功做出貢獻。」

Ex）Lots of money **resulted from** his hard work.「這麼多金錢來自他的辛勤工作。」

發音　Pronunciation

P1 ▶ talent 重音在第 1 音節的 ta。這個 a 用「e」的嘴型發「a」的音。此外由於最後的 t 音脫落，所以 t 聽起來不會很明顯。

P2 ▶ indeed 重音在第 2 音節的 deed，而第 1 音節的 in 因為是母音，所以聽起來只有「n」的音。

P3 ▶ habit 最後的 t 音脫落，因此可能會有人聽成 have it。v 跟 b 若能好好發音，應該就能聽出之間的差異。

STEP 5　翻譯 STEP 4 的原文，確認文章的意思。在這個步驟中，請透過翻譯來檢查自己是否正確理解了文章的內容。

_____

_____

_____

_____

_____

翻譯　雖然才能可以締造卓越的成就，但一般來說大部分成就都誕生自努力、習慣，還有自己的心態。

_____

單字

☐ **extraordinary** (adj)：卓越的、令人驚嘆的
☐ **accomplishment** (n)：實績、成就

主題解說專欄

從格言中獲得力量

像本篇主題般能激勵他人成功的短句，可在網路上查詢 inspirational quotes，就能找到其他類似的格言。如筆者個人就常受到演員 Will Smith 的話語鼓勵，定期會在心中默念，也會請 COMMUNICA 英語補習班的學生們記起來。就連那個 Will Smith 都說「我與一般人沒有兩樣，所以做出超過常人的努力就好了」。例如當對手在睡覺時，自己在此期間努力練習；去健身房時，在隔壁跑步機上運動的人下來前，自己也絕不下來休息。

感到自己不可能做到、很無力，打算放棄的時候，不妨試著借助格言的力量吧。

發音重點

STEP 6 參考箭頭與標記來朗讀原文，學習單字與發音的韻律。只要是自己能夠發音的單字，往後就能漸漸聽得懂。

While talent / is indeed responsible for / ①**extraordinary** results, ↑
most ②**accomplishments** / generally result from / ★a **combination** of ↑
practice, ↑ **habit**, ↑ and **mindset**. ↓

發音（單字）

① **extraordinary** [ɪkˈstrɔː(r)d(ə)n(ə)ri]（uhk·**stror**·duh·neh·ree）

從單字的意思上可以拆分成 extra ＋ ordinary 來思考。因為突出、超越了 ordinary（平凡），所以這個單字的意思就是「卓越的、超凡的」。但是，發音時 extra 跟 ordinary 的界線會消失，extra 的 a 音會脫落，而 r 與 ordinary 連接在一起。

② **accomplishments** [əˈkʌmplɪʃmənts]（uh·**kaam**·pluhsh·ments）

這個單字有 4 個音節，重音在第 2 音節。第 1 音節的 a 為模糊不清的母音，發音時要短且弱。隨後重音所在的 com 的 o 就用力、清晰的發出聲音來吧。

語調

★ a combination of practice, habit, and mindset

發音重點是將語調「提高、提高、下降」。想要列舉事物，基本上最多到 3 個，A, B, and C 就是典型的並列舉例（A ↑，B ↑，and C ↓）。C 這個最後的單字語調下降，就能更清楚地將列舉的部分傳達給聽者。

 **Self-care**

請聽音檔,按照 STEP 1 到 STEP 6 的順序往下聽寫。音檔依照 10 次慢速→ 3 次母語者自然語速的順序,播放文章的朗讀。

STEP 1 請聽音檔,嘗試寫下聽到的關鍵字,並從關鍵字聯想本文的內容。

_____

_____

_____

_____

STEP 2 最多反覆播放 10 次音檔,並盡可能寫下在文章中所聽到的英文單字。直接用英文字母拼寫看看,字跡潦草、拼寫不夠正確也沒有關係。

[目標:要達到多益 500 分最多可聽 10 次、多益 600 分最多可聽 7 次、多益 700 分最多可聽 5 次、多益 800 分最多可聽 3 次]

_____

_____

_____

_____

STEP 3 閱讀聽寫下來的英文,檢查文法上的意思是否通順並進行修改。下方會列舉檢查時的重點,還請多加參考。

_____

_____

_____

□ 是否正確寫出雖然音相同,拼寫卻不同的單字?

□ 以文法判斷出音較弱的虛詞了嗎?

□ 是否寫出常用的表現與慣用語了呢?

□ 發現 1 個單字有好幾種意思了嗎?

□ 寫出句中變弱的音了嗎?

□ 發現 t 的音變成 d/r 的音了嗎? (Flap T)

□ 寫出句中因為連接而變弱的音了嗎?

原文＆解說

Taking care of ourselves requires discipline **P1**because **G1**it's boring to do things **P2**that are good for us **P3**instead of what feels good in the moment. It's **V1**making the commitment to stay healthy **G2**and **V2**balanced as a regular **V3**practice.

文法　Grammar

G1 ▶ 只從發音難以判斷是 its 還是 it's，此時可以從 it is boring to do things... 這個構句，從文法上判斷這裡應是 it is 的縮寫 it's。

G2 ▶ 這個 and 換句話說就是 stay healthy and stay balanced。由於直接從發音上聽出 an、in、and 是相當困難的技巧，所以從文法來理解句子吧。

語彙　Vocabulary

V1 ▶ make a(the) commitment 是「做出承諾、保證」的慣用語。比起只背 commitment，如果能跟常用的動詞一起記下來會更有用。

Ex）To be honest, I don't really want to go, but I **made a commitment**.「老實說我不太想去，但我已經約好了。」

V2 ▶ stay balanced 意思是「保持均衡」。工作與生活的平衡、攝取的酒精量等，凡是生活中的事物都可以用這個說法。

V3 ▶ 雖然常讓人聯想到動詞的「練習」，不過還有名詞的「實踐、實行、習慣」等各種意思。

發音　Pronunciation

P1 ▶ 因為這是在英語中使用非常頻繁的單字，所以母音發得較短，聽起來像「(bi)kazu」。

P2 ▶ that 字尾的 t 被前後的 a 夾在中間，而被母音夾著的 t 音聽起來像 d 或 r。

P3 ▶ instead 以子音結尾，跟 of 的 o 連接使發音聽起來像「uhn·stede」。of 的 f 則會脫落。

翻譯 維持健康需要自律，這是因為做些對自己身體好的事情，比起當下做些愉快的事還要來得無聊許多。但若能在日常生活中養成規律習慣，就能保持健康且均衡。

單字

☐ **discipline** (n)：教養、紀律
☐ **make a commitment**：承諾、保證
☐ **practice** (n)：實踐、實行、演習、練習

主題解說專欄

美國人保持均衡健康的方式

美國富人階層的教育水準高，往往能在徹底的規律下維持健康。很多人在上班前會先去健身房，接受個人教練的指導。飲食方面大家都知道如何烹調對身體有益的料理，並在高級超市購買有機食材。不少人也養成若在精神層面出了一點小狀況，馬上就去尋找專業第三者諮詢的習慣。

在美國，若感到鬱悶就前去進行心理諮商是相當常見的生活習慣。相較於日本人，美國人不太抗拒接受專家的諮詢，會因為各式各樣的理由去進行心理諮商，譬如戀愛不順、寵物過世而傷心、學校成績沒有起色等等。無論煩惱的內容是什麼、嚴重還是輕微，心理諮商師都會傾聽對方的心聲。

STEP 6　參考箭頭與標記來朗讀原文，學習單字與發音的韻律。只要是自己能夠發音的單字，往後就能漸漸聽得懂。

Taking care / of ourselves / requires ①**discipline** ↓
because / it's boring / to do things / that are good / for us ↑
instead of / what feels good / in the moment. ↓
★It's making / the ②**commitment** / to stay healthy / and balanced / as a regular
practice. ↓

發音（單字）

① **discipline** [ˈdɪsəplɪn]（**di**·suh·pluhn）

這是 3 音節組成的單字。重音在第 1 音節 di，發音要強烈。第 2 音節的 sci 其實是似是而非的音。正確來說像是 ABC 的 C 音。發音方法是在上齒與下齒間做出細縫，然後從細縫中用力吐出氣息。嘴巴要左右張開，嘴角也要提高。

② **commitment** [kəˈmɪtmənt]（kuh·**mit**·muhnt）

commitment 是 3 音節的單字。重音在第 2 音節的 mit，發音時要強調這裡。不過 mit 的 i 是短母音，所以不要拉太長。注意第 1 音節的 co 不要發成「ko」，由於這是模糊不清的母音，聽起來其實比較接近「ku」。

語調

★ healthy 是第 2 句話的正中間。以 healthy 為山頂，提高 It's making the commitment to stay 的語調。接著以 healthy 為界，and balanced as a regular practice 的語調則要下降。若有餘力，在提高語調的同時也要提升音高（速度），而在降低語調的同時也降低音高。

請聽音檔，按照 STEP 1 到 STEP 6 的順序往下聽寫。音檔依照 10 次慢速→ 3 次母語者自然語速的順序，播放文章的朗讀。

STEP 1　請聽音檔，嘗試寫下聽到的關鍵字，並從關鍵字聯想本文的內容。

STEP 2　最多反覆播放 10 次音檔，並盡可能寫下在文章中所聽到的英文單字。直接用英文字母拼寫看看，字跡潦草、拼寫不夠正確也沒有關係。

> 目標：要達到多益 500 分最多可聽 10 次、多益 600 分最多可聽 7 次、多益 700 分最多可聽 5 次、多益 800 分最多可聽 3 次

STEP 3　閱讀聽寫下來的英文，檢查文法上的意思是否通順並進行修改。下方會列舉檢查時的重點，還請多加參考。

☐ 理解定冠詞與不定冠詞的用法了嗎？

☐ 以文法判斷出音較弱的虛詞了嗎？

☐ 是否寫出常用的表現與慣用語了呢？

☐ 確切寫下與拼寫不同的音了嗎？（Silent B）

原文＆解說

The finger-and-**P1**thumb OK sign is universally **V1**known for meaning everything is all right. Now, the "OK" hand gesture is **P2**also **G1**a hate symbol. If **G2**the public is informed, the sign can serve as a **P3**first warning to the presence of people who **V2**intend to commit hate crimes.

文法　Grammar

G1 ▶ 不定冠詞 a 為虛詞，幾乎聽不見。如果將句子簡化為 The gesture is a hate symbol. 就知道應該填入不定冠詞 a。

G2 ▶ the public「大眾」。這是相當常用的單字，如果已經先學會了就知道這裡不是用 a 而是用 the。

語彙　Vocabulary

V1 ▶ 若事先知道 be known for ～「以……為人所知」這個慣用語，那麼就能快速判別出中間插入 universally 的 is universally known for 是一體的。

V2 ▶ 若知道 intend to do ～是「打算做……」的意思，就能發現在聽寫時容易被忽略掉的 to。

Ex）I **intend to** repay the money that they lent me. 「我打算還他們借我的錢。」

　　I **intend to** study abroad in the US next year. 「我明年打算去美國留學。」

發音　Pronunciation

P1 ▶ 字尾的 b 完全不發音，不過拼寫還是要寫上 b。這是所謂的 Silent B。

P2 ▶ 字首的 al 以「o」的嘴型發「a」的音。雖然與 Short O 之間很難區別，但嘴巴張開的幅度比 Short O 再少一些，比起「o」更接近「a」。其他還有 always、salt、talk、walk 等也都是相同的音。

P3 ▶ 有時候在聽到 first 或 fast 時會很難在瞬間判斷究竟是哪一個。first 的 ir 是 R-controlled vowel（R 音性母音），因此要在 STEP 6 確認到底該怎麼發音，才能聽出區別。

_____

_____

_____

_____

翻譯　用手指做出的 OK 手勢最廣為人知的含義是一切順利。但這個表示「OK」的手勢，現在卻成了「仇恨」的象徵。如果大眾能認知到這個事實，那在面對仇恨犯罪者時，這個手勢就能替人們作為警示。

單字

☐ **universally** (adv)：一般地、普遍地
☐ **serve as**：作為……派上用場
☐ **presence** (n)：存在、出席、在場

主題解說專欄

在日本是 OK 手勢，但在美國……！？
對日本人來說，OK 手勢最普及的意涵是「一切順利」。美國手語（American Sign Language）裡 OK 手勢表達的是 9 的意思。

2017 年之後，OK 手勢開始與「白人力量」或「白人優越」等種族歧視思想掛勾。雖然眾說紛紜，但如圖所示，普遍認為立起的 3 根手指代表「W」，拇指與食指圍圈的部分到手臂則代表「P」，象徵著白人力量（White Power）的首字母。美國最大的反歧視組織 Anti-Defamation League（反誹謗聯盟）宣布，OK 手勢列入了官方指定的仇恨符號中。

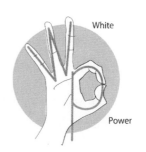

STEP 6　參考箭頭與標記來朗讀原文，學習單字與發音的韻律。只要是自己能夠發音的單字，往後就能漸漸聽得懂。

★The finger-and-thumb ∕ OK sign ∕ is ①universally ∕ known for ↑
meaning everything ∕ is all right. ↓
Now, ∕ the "OK" hand gesture ∕ is also ∕ a hate symbol. ↓
If the public ∕ is informed, ↓ ∕ the sign ∕ can serve ∕ as a ②first warning ↑
to the ③presence ∕ of people ∕ who intend to ∕ commit hate crimes. ↓

發音（單字）

① **universally** [juːnɪˈvɜː(r)s(ə)li]（yoo·nuh·**vur**·suh·lee）
這個單字較長，有 5 個音節。重音在中間的第 3 音節。比較長的單字會有 2 個重音，第 2 重音落在第 1 音節。

② **first** [fɜː(r)st]（furst）
許多人最頭痛的就是 first 的 ir 母音，也就是 R-controlled vowel。舌頭要用力收到最後面，再用喉嚨發聲。有些人覺得縮小嘴型會比較好發音，也有些人覺得嘴角上揚、稍微捲舌的方法比較好發音。無論如何只用嘴唇是發不出這個音的，必須用腹式呼吸法才能發出這個音。

③ **presence** [ˈprezns]（**preh**·zns）
重音在第 1 音節。在發音時，第 2 音節請不要發出母音。

語調

★ 第 1 句話正中間是 universally，若將 universally 當成山頂，那麼 The finger-and-thumb OK sign is 的語調要慢慢提高。接著以 universally 為界，known for meaning everything is all right 的語調則要下降。若有餘力，在提高語調的同時也要提升音高（速度），而在降低語調的同時也降低音高。

複合名詞與複合形容詞

以下全為複合名詞，要將 2 個單字當成 1 個單字來發音。這些新單字的重音都會在最前面。

finger-and-thumb, OK sign, OK hand gesture, hate symbol, hate crimes

San Francisco

請聽音檔，按照 STEP 1 到 STEP 6 的順序往下聽寫。音檔依照 10 次慢速→ 3 次母語者自然語速的順序，播放文章的朗讀。

STEP 1 請聽音檔，嘗試寫下聽到的關鍵字，並從關鍵字聯想本文的內容。

STEP 2 最多反覆播放 10 次音檔，並盡可能寫下在文章中所聽到的英文單字。直接用英文字母拼寫看看，字跡潦草、拼寫不夠正確也沒有關係。

[目標：要達到多益 500 分最多可聽 10 次、多益 600 分最多可聽 7 次、多益 700 分最多可聽 5 次、多益 800 分最多可聽 3 次]

STEP 3 閱讀聽寫下來的英文，檢查文法上的意思是否通順並進行修改。下方會列舉檢查時的重點，還請多加參考。

☐ 以文法判斷出音較弱的虛詞了嗎？

☐ 能從字根推測意思了嗎？

☐ 發現複合名詞及複合形容詞了嗎？

☐ 寫出如停頓「短音」般的 t 音了嗎？

☐ 發現 t 的音變成 d/r 的音了嗎？（Flap T）

原文＆解說

People wishing ^{G1}to ^{V1}hydrate at San Francisco International Airport ^{G2}will have to drink from a water ^{P1}fountain, bring their own reusable bottle, or prepare to buy an ^{V2}airport-approved glass ^{G3}or ^{P2}aluminum water ^{P3}bottle.

文法　Grammar

G1 ▶ 虛詞 to 幾乎聽不見。若已經先學會 wish to do ～「希望做……」的用法，就會發現 to，並知道後面要放動詞，寫出 wishing to hydrate。

G2 ▶ will 是虛詞，頂多只能聽到「wo」而已。will have to ～「必須做……」。have to 的過去式為 had to，若要用未來式就加上 will，寫成 will have to。

G3 ▶ or 的發音因為是虛詞而變弱，聽起來像 /er/。若了解意思是「玻璃或鋁製的瓶罐」，就知道這裡要寫 or。

語彙　Vocabulary

V1 ▶ 這裡 hydrate 的直譯是「給自己水」，配合主詞可譯為「想在舊金山國際機場補充水分的人」。hydro 的字根是希臘語的「水」。hydrogen「氫」、hydroelectric「水力發電」也是相同字根。

V2 ▶ 如果在回看原文文章時發現 airport-approved 是複合形容詞，並能寫上連字號的話，就算聽寫正確了。

發音　Pronunciation

P1 ▶ 我將 fountain 的 t 稱為可憐的「t」。發音聽起來不是「faunten」，而比較像「faw·n」。

P2 ▶ 聽起來應該比較像「uh·**loo**·muh·nuhm」。由於開頭的 a 不是重音，因此聽不到「a」，很容易聽成其他單字。

P3 ▶ 這邊 -ttle 為 Flap T，聽起來像「baa·tl」。

_____

_____

_____

_____

| 翻譯 |
想在舊金山國際機場喝水的旅客，要不就是喝飲水機的水，要不就是自己帶可重複使用的水壺，再不然就是必須購買機場認可的玻璃或鋁製瓶罐。

| 單字 |

☐ **hydrate** (v)：為……補給水分

☐ **water fountain** (n)：（噴泉式）飲水機

☐ **reusable** (adj)：可重複使用的

☐ **approved** (adj)：得到認可的

| 主題解說專欄 |

塑膠垃圾問題

塑膠垃圾是全世界正在面對的嚴重汙染問題。塑膠輕盈、堅韌，便於加工、防水，是非常方便且便宜的材料。

但是據估計，或許到了 2050 年時，海洋中的塑膠垃圾可能會比魚的數量還多。此外，被丟棄的塑膠垃圾會隨著河流排進海洋，在波浪與紫外線等影響下裂解成細小的碎片。5 毫米以下的垃圾被稱為塑膠微粒，存在世界各地的海洋中。根據研究，若這些微粒累積在人體內，也可能對人體造成健康危害。

世界各地都正積極採取減少塑膠垃圾排放量的措施，其中最先進的一個範例便是舊金山國際機場，機場內四處有給水站供乘客裝入自己的水壺中。未來可以期待這樣的措施能夠更加普及。

STEP 6 參考箭頭與標記來朗讀原文，學習單字與發音的韻律。只要是自己能夠發音的單字，往後就能漸漸聽得懂。

People / wishing / to ①**hydrate** / at San Francisco International Airport ↑
will have to / drink from / a water ②**fountain**, ↑
bring their / own reusable bottle, ↑
or prepare / to buy / an airport-approved glass ↑
or ③**aluminum water bottle**. ↓

發音（單字）

① hydrate [ˈhaɪdreɪt]（**hai**drait）
重音在 hy 部分，發音為 /hai/。

② fountain [ˈfaʊntn]（**faw**·n）
如 **STEP 4** 所說，t 的部分要以停頓短音的感覺來發音。不要直接發出 t 的音，「faw·n」會比較接近真正的發音。

③ aluminum [əˈluːmənəm]（uh·**loo**·muh·nuhm）
重音在第 2 音節的 lu。如 **STEP 4** 所提及，字首的母音為模糊不清的母音，發音並不明確。另外 minum 的部分也同樣是模糊不清的母音，發音時要放鬆嘴唇的力量。由於夾在兩個模糊不清的母音中，所以重音所在的 lu 的發音要強烈些。

語調

掌握長句該如何升降語調，是說好英語的關鍵。想在舊金山國際機場補給水分有以下 3 個選擇，我們可以先整理出句子的構造與意思。

　　1. drink from a water fountain
　　2. bring a reusable bottle
　　3. buy a water bottle

要說 3 是哪種瓶子則有 airport-approved glass 與 aluminum 這 2 種。
在釐清意思後，配合上面文章的斷行和 ↑↓ 來閱讀看看吧。

複合名詞與複合形容詞

San Francisco International Airport, water fountain, airport-approved, aluminum water bottle

Cashless Technology

 18

請聽音檔,按照 STEP 1 到 STEP 6 的順序往下聽寫。音檔依照 10 次慢速→ 3 次母語者自然語速的順序,播放文章的朗讀。

STEP 1 請聽音檔,嘗試寫下聽到的關鍵字,並從關鍵字聯想本文的內容。

_____

_____

_____

_____

STEP 2 最多反覆播放 10 次音檔,並盡可能寫下在文章中所聽到的英文單字。直接用英文字母拼寫看看,字跡潦草、拼寫不夠正確也沒有關係。

> 目標:要達到多益 500 分最多可聽 10 次、多益 600 分最多可聽 7 次、多益 700 分最多可聽 5 次、多益 800 分最多可聽 3 次

_____

_____

_____

_____

STEP 3 閱讀聽寫下來的英文,檢查文法上的意思是否通順並進行修改。下方會列舉檢查時的重點,還請多加參考。

_____

_____

_____

_____

□ 從文章中選擇適當的時態了嗎?
□ 寫出複數形的 S 了嗎?
□ 以文法判斷出音較弱的虛詞了嗎?
□ 聽出由字首＋單字所組合的單字了嗎?
□ 能從字根推測意思了嗎?
□ 發現 t 的音變成 d/r 的音了嗎?（Flap T）

原文＆解說

Japan ^{G1}invented two of the key cashless ^{G2}technologies: the QR code ^{G3}and near-field communication. Despite this, ^{P1}extreme market ^{V1}overcrowding, structural ^{P2}obstacles, and ^{V2}demographics stand in the way of Japan becoming a cashless ^{P3}society.

文法　Grammar

G1 ▸ 從「日本開發了技術」這個內容來推敲文法，可以得到以下 3 種形態，再從中用消去法選擇過去式。1) Japan is inventing：沒有聽見 is 跟 -ing 的音、2) Japan invented、3) Japan invents：沒有聽見 -ts 的音。

G2 ▸ 注意不要遺漏複數形的 s。若留意到 two of the key cashless technologies 的 two，也就是「2 項技術」，就能知道是複數形。

G3 ▸ in 跟 and 聽起來都像「n」。從文法來思考，日本開發了 2 項技術「QR code 與 near-field communication」，因此 and 才是適當的答案。

語彙　Vocabulary

V1 ▸ 字首 over 有「超過」、「過度」的意思，因此整個字意思是 over「過度」＋crowding「擁擠」。其他還有 overbooking「超額預訂」、oversleep「睡過頭」等也是相同字首結合的不同單字。

V2 ▸ demo 的字根來自古希臘語，有「市民、國民、民眾」等意思。democracy「民主主義」、epidemic「具傳染性的」、demonstration「示威遊行」也相同。

發音　Pronunciation

P1 ▸ 重音在第 2 音節，ex 部分的發音是「iks」。

P2 ▸ 開頭的 o 音是 Short O，聽起來比起「o」更接近「a」。b 跟 s 之間不要放入母音「u」。最後的 le 是 Dark L，接近「oo」的音，聽起來像「aabsutakoo」。

P3 ▸ 字首的「so」音其實聽起來比較接近「su」。字尾的 ty 是被母音夾著的 t，聽起來接近 d/r 的音，應該比較像「susaiarii」。

翻譯　日本發明了 2 項重要的數位支付技術，也就是 QR 碼跟 NFC（交通 IC 票卡等）。即便如此，過度壅塞的市場、結構上的障礙以及無法跟進技術的人群，這些問題都在在阻撓了日本實現無現金社會的腳步。

單字

☐ **extreme** (adj)：極度的、極端的

☐ **overcrowding** (n)：密集、擁擠

☐ **structural** (adj)：結構上的、組織性的

☐ **obstacle** (n)：障礙、阻力

☐ **demographics** (n)：人口統計、（特定的）群體、集團

主題解說專欄

普及世界的日本技術

QR 碼是在 1994 年，由汽車零件製造商電裝公司所發明的陣列形二維條碼。QR 是 Quick Response 的縮寫，從名稱也可知道其目的在於快速讀取。由於 QR 碼開放了專利，因此不只是 TOYOTA 的供應鏈，甚至不只限於日本，QR 碼早已普及到世界各地。

NFC 為 near-field communication 的縮寫，意思為近距離無線通訊。這是 Sony 與恩智浦半導體公司（前身為飛利浦半導體）共同開發的技術，在 2003 年 12 月獲得認可，成為 ISO/IEC 18092 國際標準協議。無論哪一項都可說是日本開發，享譽世界的技術吧。

STEP 6　參考箭頭與標記來朗讀原文，學習單字與發音的韻律。只要是自己能夠發音的單字，往後就能漸漸聽得懂。

Japan invented / two of the key / cashless technologies:
the QR code / and near-field communication. ↓
Despite this, / ↓
extreme market overcrowding, ↑
structural ①**obstacles**, ↑
and ②**demographics** ↓
stand in the way of / Japan / becoming / a cashless society. ↓

發音（單字）

① **obstacles** [ˈɑːbstəklz]（**aab**·stuh·klz）

如前面 **STEP 4** 所提到，開頭的 o 音是 Short O，嘴巴要縱向張開發「a」的音。因為重音也在這個音節，所以發音時要稍微長一點、強一點。注意 b 跟 s 之間不要放入母音「u」，而最後的 le 是 Dark L，發音接近拉長的「oo」。

② **demographics** [ˌdeməˈɡræfiks]（dch·muh·**gra**·fuhks）

音節越多、越長的單字，就越要重視重音的位置，並清楚地進行發音。這裡重音在第 3 音節，gra 的 a 以「e」的嘴型發出拉長的「a」音。第 4 音節的 phics 發音較短，聽起來像「fuhks」。

複合名詞與複合形容詞

extreme market overcrowding 的發音重點在於，將 market overcrowding 視為複合名詞，而 extreme 則是形容這個複合名詞的形容詞。複合名詞 market overcrowding 當作 1 個單字般發音，重音在最前面的 market。而修飾這個名詞的 extreme 與 market overcrowding 間則稍微停一拍再發音。

QR code, near-field communication, market overcrowding

Language

請聽音檔，按照 STEP 1 到 STEP 6 的順序往下聽寫。音檔依照 10 次慢速→ 3 次母語者自然語速的順序，播放文章的朗讀。

STEP 1　請聽音檔，嘗試寫下聽到的關鍵字，並從關鍵字聯想本文的內容。

_____

_____

_____

_____

STEP 2　最多反覆播放 10 次音檔，並盡可能寫下在文章中所聽到的英文單字。直接用英文字母拼寫看看，字跡潦草、拼寫不夠正確也沒有關係。

> 目標：要達到多益 500 分最多可聽 10 次、多益 600 分最多可聽 7 次、多益 700 分最多可聽 5 次、多益 800 分最多可聽 3 次

_____

_____

_____

_____

STEP 3　閱讀聽寫下來的英文，檢查文法上的意思是否通順並進行修改。下方會列舉檢查時的重點，還請多加參考。

_____

_____

_____

☐ 寫出複數形的 S 了嗎？
☐ 理解定冠詞與不定冠詞的用法了嗎？
☐ 寫出所有格的 S 了嗎？
☐ 是否寫出常用的表現與慣用語了呢？
☐ 發現 1 個單字有好幾種意思了嗎？

原文＆解說

Soon, there will be no more ᴳ¹manholes in ᴾ¹Berkeley, ᴾ²California. There will also be no chairmen, no manpower, no policemen or policewomen. Words that imply ᴳ²a gender preference will be ⱽ¹removed from the ᴳ³city's ⱽ²codes and ⱽ³replaced with gender-neutral terms.

▌文法　Grammar

G1 ▸ 注意複數形 s。由於話題是有關加利福尼亞州柏克萊這個城市的人孔蓋，所以就算沒聽到 s，也應該知道人孔蓋不只 1 個（因此是複數形）。

G2 ▸ 不定冠詞 a 的發音短而弱，應該幾乎聽不到才是。從文法來看 gender preference 為單數，由此可以推測應該放入 a。因性別偏好相當多樣，並非固定，因此不會用定冠詞的 the。

G3 ▸ 這是所有格的 s。即便聽出 s，也可能誤認為 cities codes。不過除了連續的複數形很奇怪之外，從「城市法規」這意思也能推測出並非 cities（複數形）而是 city's（所有格）。

▌語彙　Vocabulary

V1 ▸ 雖然虛詞 from 聽不太到發音是正常的，但應該很多人都能感覺到 removed 跟 city's 之間還有些什麼吧。如果已經學到 remove from～「從……移除、廢除（規則）」的意思，就能聽寫出這個字。

V2 ▸ 或許各位聽到這裡腦中會浮現「為什麼在這邊出現代碼？」的疑問而感到猶豫，但其實有學過 code「法規、法典」的意思就能寫出這個單字。

V3 ▸ 跟 **V1** 相同，若知道 replace with～「以……取代、替換」的意思，也能透過推理寫出因為發音很弱往往被忽略的 with。

▌發音　Pronunciation

P1 P2 ▸ 遇見每個地名就重新將正確發音學起來，之後遇到相同的專有名詞就可以聽懂該單字而不會搞混。

_____

_____

_____

_____

翻譯　　不久的將來，加州柏克萊市將不再使用 manholes（人孔蓋）一詞。除此之外，chairmen（主席）、manpower（人力）、policemen（男警官）、policewomen（女警官）等詞彙也會消失。城市的法規已禁用暗示性別的詞彙，並替換成性別中立的詞語。

單字

☐ **gender** (n)：性別
☐ **preference** (n)：偏好、選擇
☐ **neutral** (adj)：中立的、中性的

主題解說專欄

語言與性別

語言會如實表現使用者的思考與價值觀。在男女區別仍然重要的時代，waiter（陽性）與 waitress（陰性）等用來表達不同性別的單字有其必要性。時至今日，奧斯卡金像獎仍有最佳男主角獎（Best Actor）和最佳女主角獎（Best Actress）的分別。

但是近來，性別已經不再只有二擇一的可能。LGBT 的概念不斷發展，不只是男同性戀者及女同性戀者，也有人不清楚自己的性別、刻意不決定性別或還沒決定自己的性別。生活在這種社會的人，其思維也會很自然地反映在所使用的語言上，我想日後還會繼續變化下去吧。

STEP 6　參考箭頭與標記來朗讀原文，學習單字與發音的韻律。只要是自己能夠發音的單字，往後就能漸漸聽得懂。

Soon, / there will be no more ①**manholes** in Berkeley, California. ↓
There will / ★1**also** be / no chairmen,　↑ no manpower,　↑ no policemen　↑ or policewomen. ↓
Words / that imply / a ★2**gender** ②**preference** ↑
will be / removed from / the city's codes ↓
and replaced with / ★2**gender-neutral terms**. ↓

發音（單字）

① **manholes** [ˈmænhoʊlz]（**man**·howlz）

重音在第 1 音節，man 部分的 a 用「e」的嘴型發「a」的音。hole 的 ho 不是「hoo」，比較接近「hou」；字尾的 l 要將舌尖輕輕抵在上排門牙後面，再用力彈開發出漂亮的 L 的音。

② **preference** [ˈprefrəns]（**preh**·fr·uhns）

不要被影響了，正確的發音中不會在 p 與 r 之間加入「u」的母音（所以不是 pure）。

語調

★1 also

在閱讀文章時，要注意到意思必須清楚表達。

第 1 行 there will be no...（不再有人孔）

第 2 行則接著 There will also be no...（而且 chairmen、manpower 也都消失）

為了強調「不只是人孔蓋，這些也會不見」，第 2 行的 There will also be no... 的 also 在發音時就要強烈一點。

★2 gender preference、gender-neutral

因為這 2 個單字彼此呈現對比，所以發音時也要強調這 2 個單字。

複合名詞與複合形容詞

manholes, chairmen, manpower, policemen, policewomen, gender preference, gender-neutral terms

請聽音檔，按照 STEP 1 到 STEP 6 的順序往下聽寫。音檔依照 10 次慢速→ 3 次母語者自然語速的順序，播放文章的朗讀。

STEP 1 請聽音檔，嘗試寫下聽到的關鍵字，並從關鍵字聯想本文的內容。

_____

_____

_____

_____

STEP 2 最多反覆播放 10 次音檔，並盡可能寫下在文章中所聽到的英文單字。直接用英文字母拼寫看看，字跡潦草、拼寫不夠正確也沒有關係。

> 目標：要達到多益 500 分最多可聽 10 次、多益 600 分最多可聽 7 次、多益 700 分最多可聽 5 次、多益 800 分最多可聽 3 次

_____

_____

_____

_____

STEP 3 閱讀聽寫下來的英文，檢查文法上的意思是否通順並進行修改。下方會列舉檢查時的重點，還請多加參考。

_____

_____

_____

_____

- ☐ 理解介係詞的用法並寫出來了嗎？
- ☐ 寫出所有格的 S 了嗎？
- ☐ 以文法判斷出音較弱的虛詞了嗎？
- ☐ 聽出專門用語等平時很少聽到的單字了嗎？
- ☐ 發現複合名詞及複合形容詞了嗎？
- ☐ 聽出數字了嗎？

原文＆解說

The destruction of Kyoto Animation Studio **G1**on Thursday, in a suspected **V1**arson attack that left **P1**36 people dead in the **G2**country's worst **V2**mass killing in almost **P2**20 years, is a terrible loss **G3**for both **V3**humanity and art.

▌文法　Grammar

G1 ▶ 雖然介係詞可能不太容易聽清楚，但「on＋星期」是一個固定用法，先學起來就能在任何聽寫中寫出這個字。

G2 ▶ 表複數形或所有格的字尾 s 並不容易聽清楚。雖然這裡是所有格的 s，但發音與複數形的 countries 完全相同，因此在聽寫時最好從意思來判斷。

G3 ▶ 虛詞 for 的發音是很短的「fo」。從 both humanity and art「人類與藝術界雙方」與 a terrible loss「巨大的損失」之間的連繫來思考，便可以推測出「對……而言」的 for。

▌語彙　Vocabulary

V1 ▶ 名詞 arson 意思是「縱火」。雖然不是日常會話中頻繁使用的單字，但常能在新聞中聽到它，趁此機會學起來吧。

V2 ▶ 複合名詞 mass killing 的意思是「屠殺」。這與 **V1** 同屬於新聞用語，只要知道是複合名詞就能輕易聽出來。

V3 ▶ 名詞 humanity 意思是「人類」。Arts & Humanities（人文藝術）是常見的一組表現，humanity 或 humanities 在許多時候都與 arts 合在一起使用。

▌發音　Pronunciation

P1 P2 ▶ 因為只是 2 位數數字，相較之下比較容易聽出來。36 的發音是「**thur**·tee·siks」，20 則是「**twen**·tee」。當可以順利聽懂 2 位數數字後，也應該能漸漸聽習慣 4 位以後的數字。

翻譯 STEP 4 的原文，確認文章的意思。在這個步驟中，請透過翻譯來檢查自己是否正確理解了文章的內容。

_____

_____

_____

_____

翻譯 　一起發生在周四的疑似縱火案件，不僅造成京都動畫工作室嚴重損毀，也導致 36 人死亡。這是過去 20 年間日本國內發生過最嚴重的多人死亡事件，無論對人類還是藝術界來說都是巨大的損失。

單字

☐ **destruction** (n)：破壞、毀滅
☐ **suspected** (adj)：可疑的、有疑慮的
☐ **arson** (n)：縱火
☐ **mass killing** (n)：屠殺

主題解說專欄

日本動畫的魅力

現在日本的動畫早已是世界級的娛樂。說美國專攻日語或日本文化的學生，大部分都是動畫迷可一點也不為過。要說日本動畫為何會有這等人氣，一般認為這是因為日本動畫已超越了「給小孩子看的卡通」的概念。

長年以來，在美國說到動畫就是指迪士尼電影或學齡前兒童的影視娛樂，然而日本動畫的故事劇情不僅深深吸引成人，在角色塑造與畫面上更有相當高的水準，這些都被認為是普及到全世界的主因。

STEP 6 參考箭頭與標記來朗讀原文，學習單字與發音的韻律。只要是自己能夠發音的單字，往後就能漸漸聽得懂。

The ①**destruction** of / **Kyoto Animation Studio** / on Thursday, ↑
in a suspected / ★ ②**arson attack** / that left / 36 people dead ↓
in the country's / worst mass killing ↑
in almost 20 years, ↓
is a ③**terrible loss** ↑
for both humanity ↑ / and art. ↓

發音（單字）

① **destruction** [dɪˈstrʌkʃɪn]（dee·**struhk**·shn）

注意重音位置，在第 2 音節的 struc。

英語兩個子音中並不會夾入母音，必須學會子音與子音相連的 str 部分的發音，才能聽懂這類的字。

② **arson** [ˈɑː(r)s(ə)n]（**aar**·sn）

重音在字首。因為是 Short O，所以嘴巴要縱向張開，清楚發出「a」的音。第 2 音節的 son 不要太強調母音。

③ **terrible** [ˈterəb(ə)l]（**teh**·ruh·bl）

重音在第 1 音節的 te，唸 te 時要確實地將母音 e 拉長。另外最後的 ble 是 Dark L，因此聽起來會像「teriboo」。

發音（連接）

★ **arson attack**

arson 的 n 與 attack 的 a 產生連接，聽起來會像「arsonatakk」。

複合名詞

mass killing 是複合名詞，修飾它的是 worst，這裡可以將 worst mass killing 當成 1 個字一起發音。注意 Kyoto Animation Studio 是專有名詞，中間不要停頓，3 個單字當成 1 個單字連在一起發音。

Kyoto Animation Studio, arson attack, mass killing

Inclusivity

請聽音檔,按照 STEP 1 到 STEP 6 的順序往下聽寫。音檔依照 10 次慢速→ 3 次母語者自然語速的順序,播放文章的朗讀。

STEP 1 請聽音檔,嘗試寫下聽到的關鍵字,並從關鍵字聯想本文的內容。

_____

_____

_____

_____

STEP 2 最多反覆播放 10 次音檔,並盡可能寫下在文章中所聽到的英文單字。直接用英文字母拼寫看看,字跡潦草、拼寫不夠正確也沒有關係。

[目標:要達到多益 500 分最多可聽 10 次、多益 600 分最多可聽 7 次、多益 700 分最多可聽 5 次、多益 800 分最多可聽 3 次]

_____

_____

_____

_____

STEP 3 閱讀聽寫下來的英文,檢查文法上的意思是否通順並進行修改。下方會列舉檢查時的重點,還請多加參考。

_____

_____

_____

_____

☐ 從文章中選擇適當的時態了嗎?

☐ 聽出專門用語等平時很少聽到的單字了嗎?

☐ 是否寫出常用的表現與慣用語了呢?

☐ 聽出專有名詞了嗎?

原文＆解說

P1Mattel **G1**announced that fans can now buy **V1**UNO Braille. The company **G2**worked with the National Federation of the Blind to make the game more **V2**inclusive for the **P2**7 million blind and **V3**low-vision people in the US.

文法　Grammar

G1 **G2** ▶ announced 過去式的 ed 應該聽不太出來。從意思來思考，這裡可以推測為過去式。**G2** 的 worked 過去式的 ed 也同樣聽不太出來，不過可以從 **G1** 的時態以及單字意思來判斷應該是過去式。

語彙　Vocabulary

V1 ▶ UNO 這項商品可能很多人知道，而後面的 Braille 是「點字」的意思。點字是由一位法國的盲人學校老師，本身也是盲人的路易·布萊葉（Louis Braille）在 1821 所發明，並在之後成為世界標準。畢竟是取自發明者（法國人）的名字，想從發音猜出拼寫是很困難的，不如當作趁這個機會學習新知吧。

V2 ▶ inclusive 的意思為「包含全部的、包括的、包容的」。這是新聞中常聽見的單字，請熟記它吧。順便可以背下意思相反的 exclusive「除外的、排外的、排他的」。

V3 ▶ low-vision 同樣為新聞或醫學相關的專門用語，在日常會話中聽不太到，或許有點難理解它的意思。弱視一般所知的意思是「視力低弱以至於難以接受普通教育」，不過在醫學上則指的是「因視力發育受到障礙而導致的視力低落」，即使戴眼鏡視力仍無法充分恢復。

發音　Pronunciation

P1 ▶ 因為是專有名詞，如果事前不知道自然就寫不出來，這沒有問題。若能從脈絡推測是專有名詞，就不會過於執著，減少在聽寫上受到的挫折。

P2 ▶ 需要注意發音時重音在前面（**mi**·lee·uhn）。如果只是 700 萬還可能快速轉換，但隨著位數增加，想將數字轉成母語就愈發困難，因此最好是把「million 是 100 萬」背下來。

_____

_____

_____

_____

翻譯　　美泰兒公司宣布粉絲近期將能買到點字版的 UNO。該公司與全國盲人協會合作，希望美國 700 萬名的視障人士與低視能（弱視）族群也能夠加入玩家行列。

單字

☐ **Braille** (n)：點字
☐ **low-vision** (adj)：弱視的、低視力的

主題解說專欄

美國的無障礙社會

Mattel 公司是美國最具代表性的玩具製造商。除了紙牌遊戲「UNO」外，旗下還有知育玩具品牌 Fisher-Price、世界最有名換裝玩偶「芭比娃娃」等產品。Mattel 公司希望透過玩具，告訴孩童「Inclusivity」（所有人都有參與社會的機會）的觀念。如 UNO Braille 就創造了與眼睛不方便的人一起玩遊戲的機會。膚色、髮色、眼睛顏色、體型彼此各異，充滿獨特個性的芭比娃娃們也表達出承認美的多樣性與個人特質有多麼重要。

我認為以無障礙社會為目標的美國有很多值得我們效法的地方。筆者在美國的研究所留學時，我曾與擁有聽覺障礙的學生在同一個教室一起學習。她的身邊跟隨一名手語翻譯，在課堂上也踴躍發言，散發著不輸給其他學生的存在感。

發音重點

STEP 6　參考箭頭與標記來朗讀原文，學習單字與發音的韻律。只要是自己能夠發音的單字，往後就能漸漸聽得懂。

① ★**Mattel** / announced that / **fans** / can now buy / UNO ②**Braille**. ↓
The company / worked with / the National ③**Federation** / of the Blind ↑
to make / the game / more ④**inclusive** for the 7 million ↑
blind and ↑
low-vision people / in the US. ↓

發音（單字）

① Mattel [məˈtel]（muh·**tel**）

Mattel 是專有名詞，就算不知道發音也不需要氣餒。每次遇到專有名詞，若感到好奇就上網查詢看看吧。Mattel 公司由哈羅德·馬特森（Harold Matson）及艾略特·韓德勒（Elliot Handler）創辦，據說公司名稱 Mattel 是從 Matson 的小名 "Matt" 與 Handler 的名字 "El"liot 組合而成。發音要強調後半的 tel 部分。

② Braille [bˈreɪl]（b**reil**）

發音跟拼寫有些許不同，學起來有點難。如 **STEP 4** 所提到，這是從法國人名而來的單字，不好發音是當然的。

③ Federation [fedəˈreɪʃn]（fe·dur·**ei**·shn）

如果想清楚發出 de 的音，整個單字唸起來會有點困難，因此發 de 時要柔和（像是輕聲說「re」的感覺），舌頭要靈活運動才能發音。

④ inclusive [ɪnˈkluːsɪv]（in·**kloo**·siv）

重音位置在第 2 音節的 clu，注意 clu 的母音 u 要確實拉長。

語調

★ 發音時不要太在意 that！雖然 that 有為句子分段的功能，在唸出聲時相當重要，但在實際英語中也不過就是發揮文法作用的詞，that 本身沒有意思。將 that 視為跳箱或墊腳椅，然後強調後面的 fans，這樣唸句子時才有抑揚頓挫。由於 that 是句子意義的分隔點，因此許多人發音時會在這裡分段，不過其實 fans 才是頂點，在這之前要提高語調，然後以 fans 為界，降低後面的語調。

Junk Food

請聽音檔,按照 STEP 1 到 STEP 6 的順序往下聽寫。音檔依照 10 次慢速→ 3 次母語者自然語速的順序,播放文章的朗讀。

STEP 1 請聽音檔,嘗試寫下聽到的關鍵字,並從關鍵字聯想本文的內容。

STEP 2 最多反覆播放 10 次音檔,並盡可能寫下在文章中所聽到的英文單字。直接用英文字母拼寫看看,字跡潦草、拼寫不夠正確也沒有關係。

> 目標:要達到多益 500 分最多可聽 10 次、多益 600 分最多可聽 7 次、多益 700 分最多可聽 5 次、多益 800 分最多可聽 3 次

STEP 3 閱讀聽寫下來的英文,檢查文法上的意思是否通順並進行修改。下方會列舉檢查時的重點,還請多加參考。

- □ 以文法判斷出音較弱的虛詞了嗎?
- □ 是否寫出常用的表現與慣用語了呢?
- □ 聽出母語中也有類似意思的單字了嗎?
- □ 聽出數字了嗎?
- □ 寫出如停頓「短音」般的 t 音了嗎?

原文＆解說

More than P1250 P2million adolescents G1will be classed as V1obese by 2030. Children in developing countries in Africa, Asia, and P3Latin America are particularly at risk, G2as a result of fast-changing lifestyles and the growing popularity and V2aggressive marketing of junk food.

文法　Grammar

G1 ▶ will 是虛詞，應該只能聽到些許「wo」的音吧。將句子聽寫到一定程度後，再重新審視整個句子，可以看到第 1 句話最後是 by 2030，便能推測出這是有關未來的話題。或許有人也能從 be classed 推測出來。

G2 ▶ as a result of ～「由於……的原因」。as a 或 of 都不容易聽到發音，但只要知道這個表達就能輕鬆聽寫出來。第 2 句話非常長，最好先確認 as a result of 後面的結構。fast-changing lifestyles 與 growing popularity（of junk food）and aggressive marketing of junk food 這 2 個要素並列在一起。

語彙　Vocabulary

V1 ▶ obese 意思是「肥胖」。正式場合不常使用 fat。

V2 ▶ aggressive 有「侵略的、好鬥的、攻擊性的、積極的、有幹勁的、活躍的、強硬的」等等意思。

發音　Pronunciation

P1 P2 ▶ 250 唸作 two hundred fifty。偶爾會有人不小心唸成 two hundred and fifty，但加了 and 恐怕會被認為是「對數字沒概念」的人，所以還是唸 two hundred fifty 吧。

P3 ▶ Latin 的 t 就像停頓的短音，因此聽起來比較像「latn」。

STEP 5　翻譯 STEP 4 的原文，確認文章的意思。在這個步驟中，請透過翻譯來檢查自己是否正確理解了文章的內容。

_____

_____

_____

_____

> 翻譯　　至 2030 年，將會有 2 億 5 千萬以上的青少年被認定為肥胖。生活方式急遽變化，加上積極行銷的垃圾食物越來越受歡迎，非洲、亞洲以及拉丁美洲等開發中國家的孩童尤其更容易暴露在風險之中。

單字

☐ **adolescent** (n)：年輕人、青少年
☐ **class** (v)：分類
☐ **obese** (adj)：肥胖的、過胖的

主題解說專欄

所得與飲食的關係

家庭所得與飲食品質有著明顯關聯。根據最新的研究表明，過去 10 年美國低收入階層的飲食品質不斷惡化，而富裕階層的飲食習慣卻得到了改善。

關於飲食，有機、蔬食、減醣、純素等各種全新的健康理論受到提倡，相關食材的價格也水漲船高，然而低收入階層卻完全被拋在這個時代潮流後面。由於加工食品價格低廉、也無須複雜的烹調，因此低收入階層的人們更容易取得這些食物。

STEP 6　參考箭頭與標記來朗讀原文，學習單字與發音的韻律。只要是自己能夠發音的單字，往後就能漸漸聽得懂。

More than 250 ★1**million** / ①**adolescents** / will be classed / as obese / by ②**2030**. ↓

Children in developing countries / in ★2**Africa, Asia, and Latin America** /

are particularly at risk, ↓

as a result of / ★3**fast-changing lifestyles** ↑

and the growing popularity ↑

and aggressive marketing / of junk food. ↓

發音（單字）

① adolescents [ˌædəˈles(ə)nt]（a·duh·**leh**·snt）

這個單字從拼寫難以聯想到發音。注意第 2 音節 do 的母音是模糊不清的母音，所以發音較弱，且重音位置在 le，知道這些要點後就比較好發音了。

② 2030 [ˈtwenti ˈθɜːrti]（**twen**·tee·**thur**·tee）

注意 4 位數數字的唸法。雖然 two thousand thirty（分成 2000 與 30 的唸法）絕非錯誤唸法，但 twenty thirty（分成 20 與 30 的唸法）給人英語比較熟練的感覺。

發音（連接）

★1 million adolescents

million 的 n 跟 adolescents 的 a 連在一起發音。million「miliyon」的後半部分要像在吞進喉嚨深處般發出聲音。

語調

★2 Africa, Asia, and Latin America

用 and 列舉 3 個以上的單字時，要提高語調唸到 and，然後在 and 後面降低語調。以這裡來說，就變成 Africa, ↑ Asia, ↑ and Latin America ↓ 的語調。

複合名詞與複合形容詞

★3 fast-changing 是複合形容詞，並修飾 lifestyles，因此 fast-changing 要一口氣唸完。fast-changing 語調稍微高一點，lifestyles 則要降低語調。

Latin America, fast-changing lifestyles, junk food

請聽音檔,按照 STEP 1 到 STEP 6 的順序往下聽寫。音檔依照 10 次慢速→ 3 次母語者自然語速的順序,播放文章的朗讀。

STEP 1　請聽音檔,嘗試寫下聽到的關鍵字,並從關鍵字聯想本文的內容。

_____

_____

_____

STEP 2　最多反覆播放 10 次音檔,並盡可能寫下在文章中所聽到的英文單字。直接用英文字母拼寫看看,字跡潦草、拼寫不夠正確也沒有關係。

[目標:要達到多益 500 分最多可聽 10 次、多益 600 分最多可聽 7 次、多益 700 分最多可聽 5 次、多益 800 分最多可聽 3 次]

_____

_____

_____

_____

STEP 3　閱讀聽寫下來的英文,檢查文法上的意思是否通順並進行修改。下方會列舉檢查時的重點,還請多加參考。

_____

_____

_____

□ 理解介係詞的用法並寫出來了嗎?
□ 以文法判斷出音較弱的虛詞了嗎?
□ 是否寫出常用的表現與慣用語了呢?
□ 發現複合名詞及複合形容詞了嗎?
□ 聽出 Dark L 的音了嗎?
□ 寫出句中因為連接而變弱的音了嗎?

原文＆解說

Diwali is celebrated ^{G1}in India and ^{P1}Nepal to mark the ^{P2}end of the Hindu calendar. People light lamps and ^{V1}pray for good health, peace, and wisdom. They clean their homes and decorate their ^{V2}doorways ^{G2}with pictures made ^{G3}with painted rice.

文法　Grammar

G1 ▶ 光想憑聲音就聽出 in 的音是很困難的，但只要懂得國家前面的介係詞是 in，那個「好像在說些什麼」的地方就知道要填上 in。「in ＋國名」是個固定組合，趁此機會記起來吧。

G2 G3 ▶ 虛詞 with，像 with pictures 或 with painted rice 這樣在後面接續子音時，th 的音就會脫落，聽起來只有「wi」的音而已。若事先知道這些發音較弱的虛詞單字，就可以不用執著於聽出發音，心理上或許就能安心挑戰聽力了。

語彙　Vocabulary

V1 ▶ 雖然 for 的發音短而弱，不太容易聽出來，但如果知道 pray for ～「祈求……」這個用法，應該就能輕鬆聽寫出來。

V2 ▶ 這裡需要個人的字彙力，而就算直接聽出來了也不要當作 2 個單字。door ＋ way 是 1 個單字，意思是「門口、玄關」。

發音　Pronunciation

P1 ▶ Nepal 這個單字最後的 l 是 Dark L，發音聽起來是「nepaa」。

P2 ▶ end of the 全為連續的虛詞，且發音連接在一起，我想有很多人應該聽不出來。文章中聽起來只有「endada」的音才是。end of 連在一起，且 of 的 f 脫落，再與 the 連接，因此聽起來會變成 endat(h)a。

_____

_____

_____

_____

翻譯　Diwali 是印度與尼泊爾的節慶，代表印度曆中一年的尾聲。人們會點燈祈求健康、和平與智慧，並在打掃家裡後，用上色的米所繪製的圖畫裝飾在門口。

單字

□ **decorate... with ～** (v)：用……裝飾
□ **doorways** (n)：門口、出入口、玄關

主題解說專欄

什麼是「Diwali」

筆者有位自中學以來的印度好友 Nirvana，至今我們仍會在彼此生日或各大節日時互相傳訊問候。對 Nirvana 來說，最重要的節日就是 Diwali，每年都會向筆者傳「Happy Diwali!」的訊息。托她的福，我才知道這個印度節慶。

Diwali 譯作排燈節，又被稱為「光明節」。人們會在家裡大掃除，然後點燈。街上到處都有燈飾，鞭炮響徹雲霄，整個晚上都會施放煙火。

學會說英語後就能與外國人交流，最大的優點是可以從身邊的人獲取世界各地的資訊。筆者覺得這些與新聞所傳遞的資訊不同，讓人有種自己確實是這個世界一份子的感受。

STEP 6 參考箭頭與標記來朗讀原文，學習單字與發音的韻律。只要是自己能夠發音的單字，往後就能漸漸聽得懂。

Diwali / is celebrated / in India / and Nepal ↑
to mark / the ★1**end of the** / Hindu calendar. ↓
People / light lamps / and pray for ↑
★2**good health**, / **peace**, / and **wisdom**. ↓
They clean / their homes / and ①**decorate** / their doorways ↑
with pictures / made with / painted rice. ↓

發音（單字）

① **decorate** [ˈdekəreɪt]（**deh·kr·eit**）

注意重音位置在第一音節。名詞形的 decoration 重音則在第三音節。學習重音很重要，能避免發音時被不同詞性的單字所影響。

發音（連接）

★1 **end of the**

這是在 **STEP 4** 的說明中所提到難以聽出發音的部分，發音本身也的確頗為困難。end of 連在一起變成 enda，後面再與 the 連接，發音聽起來像是「endat(h)a」。

語調

★2 **good health, peace, and wisdom**

這是用 and 並排 3 個以上單字的 A, B, and C 構句。

good health, ↑ peace, ↑ and wisdom ↓，到 and 之前提高語調，然後在 and 之後下降。此外第 1 句話的 Nepal 在正中間。到 Nepal 之前提高語調，在 Nepal 之後降低語調。第 2 句及第 3 句也如同文稿所示，為了表達讀到了句子中間，要以同樣方式升降語調。

複合名詞

Hindu calendar 是複合名詞，要將 2 個單字視為 1 個單字一口氣發音。

Hindu calendar, doorways

24 Overtourism

請聽音檔，按照 STEP 1 到 STEP 6 的順序往下聽寫。音檔依照 10 次慢速→ 3 次母語者自然語速的順序，播放文章的朗讀。

STEP 1　請聽音檔，嘗試寫下聽到的關鍵字，並從關鍵字聯想本文的內容。

STEP 2　最多反覆播放 10 次音檔，並盡可能寫下在文章中所聽到的英文單字。直接用英文字母拼寫看看，字跡潦草、拼寫不夠正確也沒有關係。

[目標：要達到多益 500 分最多可聽 10 次、多益 600 分最多可聽 7 次、多益 700 分最多可聽 5 次、多益 800 分最多可聽 3 次]

STEP 3　閱讀聽寫下來的英文，檢查文法上的意思是否通順並進行修改。下方會列舉檢查時的重點，還請多加參考。

□ 以文法判斷出音較弱的虛詞了嗎？

□ 寫出複數形的 S 了嗎？

□ 寫出三單現（第三人稱、單數、現在式）的 S 了嗎？

□ 聽出由字首＋單字所組合的單字了嗎？

□ 能從字根推測意思了嗎？

□ 聽出 Dark L 的音了嗎？

原文＆解說

P1Amsterdam is **V1**undergoing a radical change of attitude **G1**toward tourists. Like other **G2**destinations across Europe, Amsterdam **G3**faces **V2**overtourism. Many **P2**locals worry that soaring visitor numbers are destroying the soul of this **V3**vibrant cosmopolitan city.

文法　Grammar

G1 ▶ toward 是虛詞，在實際文章中只能聽見短短的「twa」發音，字尾的 d 會脫落。attitude to 或 attitude about 在文法上也行得通，只是想精確描述「對於觀光客的態度」這個從市民到觀光客的方向性，那介係詞 toward 是最好的選擇。

G2 ▶ destinations 的複數形 s 應該聽不太到吧。從前後意義來看「與歐洲其他國家相同」可知有數個國家，便能推導出複數形。

G3 ▶ faces 的三單現 s 也不容易聽清楚吧。阿姆斯特丹是主詞，因此即便沒聽清楚 s，檢視寫下來的句子時也能判斷應該要放入 s。

語彙　Vocabulary

V1 ▶ 字首 under ＋ go 的 undergo 是「經歷、忍受」的動詞。如果不知道這個單字，可能會產生「under 這個介係詞後面加 go？所以是 going？」等疑問。

V2 ▶ 跟 **V1** 相同，字首 over ＋ tourism 組成 overtourism。如果先學會這個單字，聽寫時就不會以為 over 是介係詞吧。

V3 ▶ 字根來自拉丁語的 vibrantem「前後搖晃、振動」。vibration 這個單字正是出自這個字根。從不斷動作這個印象應能推測出 vibrant「充滿活力的」的意思。這個單字常用於 vibrant city、vibrant economy 等名詞組合。

發音　Pronunciation

P1 ▶ 國名請直接當成一個全新的單字來記憶，學習其發音與重音（→ **STEP 6**）。

P2 ▶ local 最後的 l 是 Dark L，聽起來會像「lokoo」。順帶一提，Loco Moco（夏威夷漢堡飯）也源於這個單字。

_____

_____

_____

_____

| 翻譯 | 阿姆斯特丹正從根本改變對於外來遊客的看法。與歐洲各國景點相同，阿姆斯特丹也面臨超限旅遊問題。許多當地居民憂心暴漲的遊客數量，會破壞這個國際都市充滿活力的靈魂。

單字

□ **undergo** (v)：經歷、做……
□ **radical** (adj)：根本的、徹底的
□ **soar** (v)：高漲、昂揚
□ **vibrant** (adj)：充滿活力的、驚險刺激的

| 主題解說專欄 |

什麼是「超限旅遊」

隨著旅行價格越來越低廉，前往世界各地旅遊的人數也越來越多，日本近年來畢業旅行或員工旅遊前往海外也已經不是什麼稀有的事。世界各地的人可以輕易往來各處，原本只能在書上或網路上才能看到的絕美景緻、古蹟遺產，現在都是觸手可及的景點。雖然更多人能享受旅遊樂趣是件好事，但另一方面觀光地本身卻得面臨「超限旅遊」（遊客過量）的問題。

在遊客大量聚集的歐洲巴黎、巴塞隆納、倫敦，以及阿姆斯特丹等地，飆漲的物價、交通堵塞、遊客惡劣的舉止等，都在威脅當地居民的生活。

STEP 6　參考箭頭與標記來朗讀原文，學習單字與發音的韻律。只要是自己能夠發音的單字，往後就能漸漸聽得懂。

★ ①**Amsterdam** / is undergoing / a radical change ↑
of attitude / toward tourists. ↓
Like / other destinations / across Europe, ↑
Amsterdam / faces overtourism. ↓
Many locals / worry that / soaring / visitor numbers ↑
are destroying / the soul / of this ②**vibrant** / ③**cosmopolitan** city. ↓

發音（單字）

① **Amsterdam** [ˈæmstɚdæm]（**am**·str·dam）
重音在字首第 1 音節，A 用「e」的嘴型發「a」的音。

② **vibrant** [ˈvaɪbrənt]（**vai**·bruhnt）
重音在最前面。我想這是平時很少見到的單字，各位不妨趁此機會記起來吧。vi 要用上面門牙輕輕咬住下唇，以 /v/ 發出「vai」的音。

③ **cosmopolitan** [ˌkɑzməˈpɑːlɪt(ə)n]（kaaz·muh·**paa**·luh·tn）
注意 cosmopolitan 第 1 音節的 s 不是「su」而是「zu」。另外 cosmopolitan city 是複合名詞，前面則是修飾的 vibrant，發音時先在 vibrant 停頓，接著再一口氣唸出 cosmopolitan city。

語調

★ 以第 1 句 Amsterdam is undergoing a radical change of attitude toward tourists. 來當作範例吧。radical change 在句子正中間，是唸句子時語調的最高點，在此之前要漸漸提高語調；而以 radical change 為界，之後則降低語調。

複合名詞

在修飾以下複合名詞的 soaring 與 vibrant 之後，最好停頓一下再唸出後面的複合名詞。
visitor numbers, cosmopolitan city

請聽音檔，按照 STEP 1 到 STEP 6 的順序往下聽寫。音檔依照 10 次慢速→ 3 次母語者自然語速的順序，播放文章的朗讀。

STEP 1 請聽音檔，嘗試寫下聽到的關鍵字，並從關鍵字聯想本文的內容。

_____

_____

_____

_____

STEP 2 最多反覆播放 **10** 次音檔，並盡可能寫下在文章中所聽到的英文單字。直接用英文字母拼寫看看，字跡潦草、拼寫不夠正確也沒有關係。

[目標：要達到多益 500 分最多可聽 10 次、多益 600 分最多可聽 7 次、多益 700 分最多可聽 5 次、多益 800 分最多可聽 3 次]

_____

_____

_____

_____

STEP 3 閱讀聽寫下來的英文，檢查文法上的意思是否通順並進行修改。下方會列舉檢查時的重點，還請多加參考。

_____

_____

_____

□ 是否寫出常用的表現與慣用語了呢？
□ 是否正確寫出雖然音相同，拼寫卻不同的單字？
□ 發現縮寫了嗎？
□ 能從字根推測意思了嗎？
□ 聽出數字了嗎？

原文＆解說

The global **V1**Esports market is **V2**expected to **V3**generate **G1**more than **P1**$1 billion in **P2**2019. Now, some players are supporting **G2**their entire families from it, and students are considering it a **P3**career goal.

文法　Grammar

G1 ▶ 雖然很多人在聽到 more than 時會做出「接下來會接比較級」的心理準備，但這裡只是用來修飾 10 億美元。more than ＋名詞或形容詞有「比……以上還多、不止、非常」等意思。

G2 ▶ their 與 there 的發音完全相同，需要從前後脈絡來判斷並選擇 their。

語彙　Vocabulary

V1 ▶ Esports 是 Electronic sports「電子競技」的縮寫，最近也已經普及到世界各國。這是將電腦遊戲或主機遊戲當作運動（競技）時所用的名稱。

V2 ▶ expected to 的 to 我想應該聽不太到。如果知道 be expected to do「可以預計會做……」的用法，就能從意思推敲出這裡應該填的字。

V3 ▶ 如果卡在這句前的 expected to，那麼 generate 會變得更難聽懂。動詞 generate 有「產生、引起」的意思，gen(e) 這個字根有「賦予生命、繁衍子孫」等含意。

發音　Pronunciation

P1 ▶ 唸作 one billion dollars。即使是 one 也別忘了 dollars 的複數形 s。這時也一併再次記住 billion「10 億」的意思。

P2 ▶ 讀音是 two thousand nineteen 或 twenty nineteen，兩者都 OK。後者給人一種比較像英語高手的感覺。

P3 ▶ 注意 career 與 carrier 的發音差異。career 重音在後，carrier 重音則在字首。

STEP 5　翻譯 STEP 4 的原文，確認文章的意思。在這個步驟中，請透過翻譯來檢查自己是否正確理解了文章的內容。

翻譯　據推估，全世界的電競市場在 2019 年會創造高達 10 億美元的產值。現在，一部分選手成為家庭的經濟支柱，學生們也開始考慮將電競選手作為職涯目標。

單字

- □ be expected to ～ (v)：預測會……
- □ generate (v)：生產（思想、利益等）、創造出
- □ entire (adj)：全部的、全體的

主題解說專欄

遊戲是運動

未來家長責罵小孩子「別整天只玩遊戲！」的聲音可能會逐漸減少。將來的夢想是電競選手的孩子，今後也會不斷增加吧。目前預估電競會成長為高達 10 億美元的巨大市場。

比賽時，電競選手會穿上印有贊助商 LOGO 的運動衣來宣傳。近年來在日本，即使是與遊戲業界沒有太多交集的企業，也開始贊助電競隊伍。

美國專門播放體育節目的頻道 ESPN，現在也開始播報電競的新聞，交互播放賽場上的影像、選手們比賽時的特寫，以及遊戲的畫面。

STEP 6　參考箭頭與標記來朗讀原文，學習單字與發音的韻律。只要是自己能夠發音的單字，往後就能漸漸聽得懂。

★1The ①**global** / Esports market / is expected ↑
to ②**generate** / more than / ③**$1 billion** / in 2019. ↓
Now, / some players / are supporting / their ④**entire families** / ★2**from it**, ↓
and students / are considering it / a career goal. ↓

發音（單字）

① **global** [ˈɡloʊb(ə)l]（**glow**·bl）

global 最後的 l 是 Dark L，所以發音接近「gulouboo」。另外 glo 部分比起「guloo」更接近「gulou」。

② **generate** [ˈdʒenɔreɪt]（**jeh**·nr·eit）

小心重音位置，重音在第 1 音節，因此第 2 音節的 ner 不要拉長，像 nr 般稍微吸氣並發出「n」的音即可。

③ **$1 billion** [wʌn bɪljən ˈdɑːlərz]（wuhn·**bi**·lee·uhn·**daa**·lrz）

1（one）可能會讓人以為是單數形，但其實 1 billion dollars 的 s 要加上去。

④ **entire** [ɪnˈtaɪə(r)]（uhn·**tai**·ur）

第 1 音節的 en 如果是發音成喉嚨更深處的「un」而不是「en」，那麼整個句子會更好唸。

發音（連接）

★2 **from it**

from 的 m 與 it 的 i 連在一起。it 的 t 脫落，發音聽起來像「furomi」。

語調

★1 第 1 句話的正中間是 is expected。若將這裡當作頂點，那麼前面要逐漸提高語調，然後以此為界往後降低語調，讓整個句子唸起來有抑揚頓挫。

複合名詞

Esports market, career goal

請聽音檔,按照 STEP 1 到 STEP 6 的順序往下聽寫。音檔依照 10 次慢速→ 3 次母語者自然語速的順序,播放文章的朗讀。

STEP 1 請聽音檔,嘗試寫下聽到的關鍵字,並從關鍵字聯想本文的內容。

_____

_____

_____

_____

STEP 2 最多反覆播放 10 次音檔,並盡可能寫下在文章中所聽到的英文單字。直接用英文字母拼寫看看,字跡潦草、拼寫不夠正確也沒有關係。

[目標:要達到多益 500 分最多可聽 10 次、多益 600 分最多可聽 7 次、多益 700 分最多可聽 5 次、多益 800 分最多可聽 3 次]

_____

_____

_____

STEP 3 閱讀聽寫下來的英文,檢查文法上的意思是否通順並進行修改。下方會列舉檢查時的重點,還請多加參考。

_____

_____

_____

_____

☐ 是否寫出常用的表現與慣用語了呢?
☐ 以文法判斷出音較弱的虛詞了嗎?
☐ 聽出母語中也有類似意思的單字了嗎?
☐ 聽出由字首+單字所組合的單字了嗎?
☐ 聽出數字了嗎?

原文＆解說

More than **P1**70,000 people **G1**died from drug overdose, making it a **P2** leading cause of injury-related death in the United States. The **V1**odds of dying from an opioid **V2**overdose are now **G2**greater than those **G3**dying in a car accident.

文法　Grammar

G1 ▶ 如果知道 die from ～「死於……（原因）」的用法就聽寫得出 from。這時不論 die 還是 died 在文法上都是對的，寫哪一個都是正確答案。想確定哪一個更精確，需要從原文前後脈絡來判斷。

G2 ▶ greater than ～「比……更大」，相反的是 less than「比……更少」。相似的表達還有 more than「比……更多」、smaller than「比……更小」等等，這些都一起記起來吧。than 後面接名詞，這裡為避免重複 the odds of，所以替換成 those。

G3 ▶ dying 的 ing 形與接在後面的 in 因為音聽起來很像，或許很多人只會聽到 dying。不過由於 dying car accident 在文法上不成立，聽起來應該會很奇怪，可以由此推測「死於車禍」的「於……」，也就是介係詞 in 是必要的。dying 的 g 會與 in 連在一起，發音聽起來像「daig·in」。

語彙　Vocabulary

V1 ▶ odds 不是複數形，而是原本單字就長這樣，有「機會、可能性、機率、勝算」等意思。

V2 ▶ 字首 over ＋ dose 為 1 個單字。前面很少聽到的單字 opioid 即使聽不懂，但只要聽出 overdose，那麼就能推測 opioid 或其他聽不太清楚的地方的意思。

發音　Pronunciation

P1 ▶ 70,000 唸作 seventy thousand。在 1 個逗號的地方就是 1 個 thousand（1,000）。

P2 ▶ 這裡是 leading 而不是 reading。如果可以區分出 L 與 R 的發音並親口唸出來，那麼就能聽出這個發音差異。

_____

_____

_____

_____

翻譯　　超過 7 萬人因用藥過量而死亡，這成為美國國內外傷相關死亡中最主要的死因。過量服用鴉片類藥物導致死亡的機率，現在比車禍死亡機率還要更高。

單字

□ **overdose** (n)：用藥過量

□ **odds** (n)：賠率、可能性、機率

□ **opioid** (n)：鴉片類藥物

□ **car accident** (n)：車禍、交通事故

主題解說專欄

用藥過量

overdose 指的就是用藥過量。就算不是毒品或興奮劑，在藥局購買的藥也可能因為服用過量而導致死亡。

好萊塢電影或美國影集常見到的是橘色的藥盒，一盒一盒收納在洗手台鏡子後面的櫃子裡，有時也會看見陌生人進入他人家中浴室翻找目標藥物的場面。這其實不是電影主角的特殊技能，大多數美國人都能從瓶罐的標籤或成分表判斷藥物是否含有自己所需的成分，可以說比亞洲人更熟悉藥物或補給品。

美國人本就有著不會對醫師處方照單全收的心態，只是當作一位專家的意見看待而已，對他們而言「第二醫療意見」是理所當然的觀念。

STEP 6　參考箭頭與標記來朗讀原文，學習單字與發音的韻律。只要是自己能夠發音的單字，往後就能漸漸聽得懂。

★More than / ①**70,000** people / died from / drug overdose, ↓
making it / a leading cause / of ②**injury-related death** / in the United States. ↓
The odds / of dying from / an ③**opioid overdose** ↑
are now / greater than / those dying in / a car ④**accident**. ↓

發音（單字）

① **70,000** [ˈsev(ə)nti ˈθaʊzənd]（**seh**·vuhn·tee·**thaw**·znd）

70,000 唸作 seventy thousand（想成 70×1000）。

② **injury** [ˈɪndʒəri]（**in**·jr·ee）

可以將第 1 音節的 in 跟第 2 音節的 jury 分成前後兩半，然後發音時把重音放在前面。

③ **opioid** [ˈəʊpiɔɪd]（**ow**·pee·oyd）

這不是常見的單字，一開始不會發音也沒關係。注意第 1 音節不要拉長唸成「oo」，而是較短的「ou」。

④ **accident** [ˈæksɪd(ə)nt]（**ak**·suh·dnt）

重音在第 1 音節，a 用「e」的嘴型發「a」的音。第 2 音節不是「si」，而比較接近「su」的音。

語調

★ 第 1 句話在 drug overdose 之後語調下降，不過第 2 句話在 an opioid overdose 之後則提升語調，這是因為第 1 句話後面有逗號。由於逗號常用來連接句子與句子，因此在這個用法中，語調要朝著逗號逐漸下降（A, B, and C 等並列的情況除外）。

複合名詞與複合形容詞

這個部分的單字不要看作 2 個字，當作 1 個字一口氣唸出來吧。

drug overdose, injury-related death, United States, opioid overdose, car accident

請聽音檔，按照 STEP 1 到 STEP 6 的順序往下聽寫。音檔依照 10 次慢速→ 3 次母語者自然語速的順序，播放文章的朗讀。

STEP 1 　請聽音檔，嘗試寫下聽到的關鍵字，並從關鍵字聯想本文的內容。

_____

_____

_____

_____

STEP 2 　最多反覆播放 10 次音檔，並盡可能寫下在文章中所聽到的英文單字。直接用英文字母拼寫看看，字跡潦草、拼寫不夠正確也沒有關係。

> 目標：要達到多益 500 分最多可聽 10 次、多益 600 分最多可聽 7 次、多益 700 分最多可聽 5 次、多益 800 分最多可聽 3 次

_____

_____

_____

_____

STEP 3 　閱讀聽寫下來的英文，檢查文法上的意思是否通順並進行修改。下方會列舉檢查時的重點，還請多加參考。

_____

_____

_____

_____

☐ 以文法判斷出音較弱的虛詞了嗎？

☐ 是否寫出常用的表現與慣用語了呢？

☐ 是否能夠區別不同詞性的用法？

☐ 聽出 Dark L 的音了嗎？

☐ 寫出脫落的音了嗎？

原文＆解說

The Sustainable Development Goals are ᴳ¹the blueprint to achieve a ᴳ²better and more sustainable future for ᴾ¹all. They ⱽ¹address the ᴾ²global challenges we ⱽ²face, ᴳ³including those ⱽ³related to poverty, inequality, ᴾ³climate, environmental degradation, prosperity, and peace and justice.

文法　Grammar

G1 ▶ 無論 a 還是 the 文法上都正確。但 the 有「SDGs 才是藍圖（唯一提案）」的感覺，而 a 則是「SDGs 是藍圖（某個提案）」，兩者之間有語感上的差異。

G2 ▶ 若能發現 better and more sustainable 的句型是用 and 連接形容詞的比較級，那應該能察覺 sustainable 之後會接名詞，並在 better 之前有個 a。

G3 ▶ 「譬如」最為人熟知的表達或許是 for example、such as、like 等等。including ～「包含……」也是很常用的表現。

語彙　Vocabulary

V1 ▶ address 作為名詞的意思是「地址」，而當作動詞使用時有「（正式對公眾）發表演說、對……致詞」或「處理、應付」等意思。名詞時的重音在前，動詞時的重音在後。

V2 ▶ 名詞的 face 就是日語中也常出現的「臉」，但當作動詞使用時則是「面對」的意思。像這樣同時包含名詞用法與動詞用法的單字意外地多，用字典查詢單字意思時，務必要確認該單字究竟有多少種意思。

V3 ▶ be related to ～意思是「與……有關、關於」。related 的 ed 與之後的 to 同化，很難分辨清楚，不過若知道這裡的用法就能從意思推測出是被動態的 related to。

發音　Pronunciation

P1 P2 ▶ all 發音並非「ooru」，聽起來比較接近「oo」，這是由於單字以 L 結尾，變成 Dark L 所導致。global 也同樣不是「guloobalu」而是「gulooboo」。

P3 ▶ climate 最後的 /t/ 音幾乎聽不見。因此這個字唸起來應該是「kuraimei」。

翻譯 STEP 4 的原文，確認文章的意思。在這個步驟中，請透過翻譯來檢查自己是否正確理解了文章的內容。

_____

_____

_____

_____

翻譯　永續發展目標是一項為了達成對所有人更好、更能永續發展的未來所制定的藍圖。這項目標要解決我們正面臨的全球性挑戰，包含與貧窮、不平等、氣候變遷、環境惡化、繁榮、和平與正義相關的所有議題。

單字

☐ **sustainable** (adj)：可持續發展的、永續的
☐ **address** (v)：應付（問題等）、認真處理
☐ **poverty** (n)：貧困、貧窮
☐ **inequality** (n)：不平等
☐ **degradation** (n)：惡化、劣化
☐ **prosperity** (n)：繁榮、成功

主題解說專欄

SDGs 排名

2019 年的全球 SDGs 達成度排名裡，日本是 162 國中的第 15 名。這與前一年的名次相同，且同樣被指出在性別平等、負責任的消費與生產、氣候變遷對策、伴侶制度上還有很大的進步空間。如果仔細看評價的細項，還能看到女性國會議員的數量不足、男女薪資差距、無償勞動時間的男女差距等緊迫的社會問題。

從第 1 名到第 5 名分別是丹麥、瑞典、芬蘭、法國與奧地利。

STEP 6　參考箭頭與標記來朗讀原文，學習單字與發音的韻律。只要是自己能夠發音的單字，往後就能漸漸聽得懂。

The Sustainable Development Goals / are the blueprint ↑
to achieve / a ★1 **better** / **and more** sustainable future / for all. ↓
They ①**address** / the global challenges / we face, ↓
including those / related to ↑
②**poverty**, / ③**inequality**, / climate, / environmental ④**degradation**, /
prosperity, / and ★2 **peace** and **justice**. ↓

發音（單字）

① **address** [ˈædres]（名詞）/ [əˈædres]（動詞）

如 **STEP 4** 所述，這個單字的名詞與動詞用法各有不同的重音。名詞：**add**·ress「地址」、動詞：add·**ress**「（正式對公眾）發表演說、演講、致詞」

② **poverty** [ˈpɑːvə(r)ti]（**paa**·vr·tee）

第 1 音節的 o 是 Short O，發音接近「a」的音。

③ **inequality** [ˌɪnɪˈkwɑːləti]（uhn·ee·**kwaa**·luh·tee）

第 3 音節 qua 是 /kwa/ 的發音。另外還要注意重音，雖然可能會被 equal 影響而把重音放在 e 的位置，但其實重音在第 3 音節。

④ **degradation** [ˌdegrəˈdeɪʃ(ə)n]（deh·gruh·**dei**·shn）

注意在第 2 音節 gra 裡，g 跟 r 之間不會插入母音。

語調

★1 **better and more sustainable future**

從意思來思考，是用 better 與 more sustainable 修飾 future，所以為了表達這裡是 2 個並列的形容詞，要以 better／and more sustainable future 的方式來讀。

★2 **peace and justice**

請將「和平與正義」當作 1 個單字。到 prosperity, and 為止語調要上升，在這之後語調再下降，然後一口氣讀出 peace and justice。

複合名詞

blueprint 是複合名詞，所以重音在 blue。

The Sustainable Development Goals, blueprint

Royal Family

 28

請聽音檔，按照 STEP 1 到 STEP 6 的順序往下聽寫。音檔依照 10 次慢速→ 3 次母語者自然語速的順序，播放文章的朗讀。

STEP 1 請聽音檔，嘗試寫下聽到的關鍵字，並從關鍵字聯想本文的內容。

_____

_____

_____

_____

STEP 2 最多反覆播放 10 次音檔，並盡可能寫下在文章中所聽到的英文單字。直接用英文字母拼寫看看，字跡潦草、拼寫不夠正確也沒有關係。

> 目標：要達到多益 500 分最多可聽 10 次、多益 600 分最多可聽 7 次、多益 700 分最多可聽 5 次、多益 800 分最多可聽 3 次

_____

_____

_____

_____

STEP 3 閱讀聽寫下來的英文，檢查文法上的意思是否通順並進行修改。下方會列舉檢查時的重點，還請多加參考。

_____

_____

_____

_____

☐ 區別大寫與小寫了嗎？

☐ 聽出由單字＋字尾所組合的單字了嗎？

☐ 是否寫出常用的表現與慣用語了呢？

☐ 寫出脫落的音了嗎？

☐ 發現 t 的音變成 d/r 的音了嗎？（Flap T）

☐ 聽出數字了嗎？

原文&解說

Members of the British Royal Family ᴾ¹support ᴳ¹The ᴳ²Queen's ᴾ²duties in public and ⱽ¹charitable service. Every year the Royal Family ⱽ²carries out over ᴾ³2,000 official engagements ⱽ³throughout the UK and worldwide.

文法　Grammar

G1 **G2** ▶ 使用 The Queen 時，The 及 Queen 的首字母都要大寫。Queen 大寫是為了表示尊敬。另外 Queen's 的所有格 s 也常被聽漏，從後面接 duties 和 service 等名詞來看，可以推測還需要加上「女王的公務與慈善活動」的「的」。

語彙　Vocabulary

V1 ▶ charitable 的字根是 charity，意思是「慈善的、仁慈的」。寬鬆地說，將這個單字理解成 charity ＋ able 也沒關係。

V2 ▶ out 夾在 carry 與 over 之間，發音弱到聽不太清楚，但只要知道 carry out「實現、實行」的用法，應該能更輕鬆地聽寫下來。

V3 ▶ 與 **V2** 相同，這個介係詞也同樣聽不清楚，但這是相當常用的單字，還請記起來吧。throughout 是 1 個字，有「（表示場所）遍布、完全、到處；（表示時間）從頭到尾、始終」等意思。

發音　Pronunciation

P1 ▶ support 最後的 t 幾乎聽不見。遇到這類 t 幾乎不發音的單字時，最好把發音記下來。

P2 ▶ duties 中間的 t 聽起來像 r 或 d，變成 duries／dudies。夾在母音間的 t 會變成更為平滑的 Flap T，像是 r 或 d 的音。water 聽起來像 warar 也是源自這個現象。

P3 ▶ 2,000 是很漂亮的數字，唸作 two thousand。

_____

_____

_____

_____

| 翻譯 |　英國王室成員會支援伊莉莎白女王的公務及慈善活動。王室每年會在英國國內及全球各處舉辦超過 2,000 場官方活動。

單字

□ **duty** (n)：義務、職務、職責
□ **charitable** (adj)：慈善的、仁慈的
□ **engagements** (n)：（聚會等）約定

| 主題解說專欄 |

對美國人來說的英國王室

即使是在日常生活中對階級社會、貴族風尚以及往日歷史都不太感興趣的美國人，也會關注英國王室的動態。用於王室成員的敬稱 His／Her Majesty 或 His／Her Royal Highness 對美國人而言都只是電影中的橋段，所以他們對英國王室總抱持著一種羨慕的眼光。

美國沒有王室，因此我覺得第一家庭似乎有著類似的定位。如黛安娜王妃或凱特王妃般受到大眾關注的就是第一夫人（美國尚未誕生女性總統，因此這裡指的是總統夫人）。歐巴馬總統的夫人蜜雪兒・歐巴馬非常有人氣，甚至在民眾最希望成為下任總統的期待排行榜中佔據前幾名位子，受歡迎程度可見一斑。

STEP 6 參考箭頭與標記來朗讀原文，學習單字與發音的韻律。只要是自己能夠發音的單字，往後就能漸漸聽得懂。

Members of / the British Royal Family / support ↑
★1 The Queen's ①duties / in public / and ②charitable service. ↓
★2 Every year / the Royal Family / carries out / over 2,000 / official engagements ↑
throughout the UK / and worldwide. ↓

發音（單字）

① **duties** [ˈduːtiːz]（**du**ries／**du**dies）
如 **STEP 4** 所說，duties 的 t 會變成 Flap T，像是輕彈般發出接近 d 或 r 的音。

② **charitable** [ˈtʃærɪtəb(ə)l]（**cheh**·ruh·tuh·bl）
重音在 cha。重音之後放鬆嘴唇的力量，在不太開口的狀態下一口氣發音。

發音（連接）

★2 Every year
Every 結尾的 y 與 year 開頭的 y 是相同子音，因此 y 的發音會連在一起，只有發一次音。聽起來會像是 Everyear。這是同化（Assimilation）的發音規則。

語調

★1 The Queen's duties in public and charitable service
意思是 support A（The Queen's duties in public）and B（charitable service）這 2 項事物，因此 in public 後暫且提高語調，然後在 charitable service 後降低語調，這樣更能傳達出 and 所連接的 2 項事物。

★2 Every year
Every year 的語調先暫時下降，這樣更能表達這裡是句子的停頓處。

Appearance

STEP 1 請聽音檔，嘗試寫下聽到的關鍵字，並從關鍵字聯想本文的內容。

_____

_____

_____

_____

STEP 2 最多反覆播放 10 次音檔，並盡可能寫下在文章中所聽到的英文單字。直接用英文字母拼寫看看，字跡潦草、拼寫不夠正確也沒有關係。

> 目標：要達到多益 500 分最多可聽 10 次、多益 600 分最多可聽 7 次、多益 700 分最多可聽 5 次、多益 800 分最多可聽 3 次

_____

_____

_____

_____

STEP 3 閱讀聽寫下來的英文，檢查文法上的意思是否通順並進行修改。下方會列舉檢查時的重點，還請多加參考。

_____

_____

_____

_____

☐ 以文法判斷出較弱的音了嗎？

☐ 寫出常用的單字了嗎？

☐ 聽出由單字＋字尾所組合的單字了嗎？

原文＆解說

P1Physically attractive **V1**individuals have **G1**higher income than **P2**average individuals, but the **P3**effects of intelligence on income were **G2**stronger than the effects of **V2**attractiveness.

文法　Grammar

G1 G2 ▶ 我想比較級 higher 的 er 部分應該不容易聽清楚，這時候只要聽到後面的 than，就能知道 higher income 是「比較級＋名詞」的形式。than 之後有 average individuals，是和主詞 Physically attractive individuals 進行比較，且 individuals 為共同的單字，因此也能從這裡推測是比較級。

G2 也是比較級。雖然 than the 的地方應該聽不清楚，不過就算難以分辨出 than the，在 but 以下的句子裡，成為主詞的 the effects of 同時出現在最前面與 than 的後面，由此也可得知這裡是比較級。

語彙　Vocabulary

V1 ▶ 或許很多人知道 individual 有「個人」的意思，但有時候也會用來表達「……的人」，語感上接近 people。

V2 ▶ 形容詞＋ ness 為名詞化用法。attractive ＋ ness 即是「吸引力」。

發音　Pronunciation

P1 ▶ 請注意這個字的拼寫。Phy 是發「fi」的音，此外字尾的 cally 聽起來接近「kulii」。

P2 ▶ 這個字共有三個音節，重音在字首。

P3 ▶ effect 跟 affect 這 2 個單字無論拼寫還是發音都很像，即便是母語者都時常聽錯。首先，affect 常作為動詞使用，意思是「對……產生影響」或「對……發生作用」。另一邊的 effect 常作為名詞使用，有「效果、結果、影響」等意思。

翻譯　　雖然一般認為外在條件越好的人比普通人擁有更高的收入，但實際上比起個人的吸引力，智力對收入的影響更為強烈。

單字

☐ **physically** (adv)：肉體上地、身體地
☐ **attractive** (adj)：有吸引力的

主題解說專欄

怎麼算是有吸引力的外貌？

想在這篇文章中提出 Physically attractive people（外貌有吸引力的人）具體的定義是很困難的，畢竟這會受到個人特色、業界、立場等各種條件的影響。

生為日本人，天生無法自然取得的外貌便是金髮。是不是有很多人羨慕電影中漂亮的女演員一頭飄逸的金髮，所以在年輕時就染成明亮的顏色，或漂成金色呢？

其實在美國，也並非每個人都想要金髮，不喜歡金髮的也大有人在，這是因為金髮會給人看起來不聰明、輕浮的刻板印象。但無論如何，在美國說到有吸引力的外貌，那麼比起髮色，經過鍛鍊的體魄更惹人喜愛。我覺得美國人比較喜歡肌肉發達的手腳，比起單純瘦高的體型，健壯一點似乎更受歡迎。

STEP 6　參考箭頭與標記來朗讀原文，學習單字與發音的韻律。只要是自己能夠發音的單字，往後就能漸漸聽得懂。

①**Physically** attractive individuals / have higher income / than ★1 **average individuals**, ↓
but the effects / of intelligence / on income ↑
were stronger / than the effects / of ②**attractiveness**. ↓

發音（單字）

① **Physically** ['fɪzɪkli]（**fi**·zuh·kuh·lee）
字尾的 -cally 發音更接近「kulii」而不是「kalii」，不要太過在意第 3 音節 cally 的 ca。

② **attractiveness** [ə'træktɪvnəs]（uh·**trak**·tuhv·nuhs）
較長的單字，音節也會變多，重音的位置就顯得很重要，在發音時需要多加注意。
由於重音在第 2 音節，所以第 1 音節的 a 要放鬆嘴巴肌肉，發出模糊不清的母音。

發音（連接）

★1 average individuals

average individuals 的 ge 和 i 連在一起，唸起來像是 averagindividuals。若反過來想忠實地個別唸出 average 與 individuals，那麼應該會覺得句子節奏或韻律被打亂，反而變得很難唸出聲。

語調

由於句子使用了比較級，若朗讀時能意識到這部分，便能說出有韻律感的英語，也更能清楚地表達出句子的意思。
為了傳達出句子正在做 Physically attractive individuals 和 average individuals，以及前後 the effects of 之間的比較，發音時可以強調比較級的形容詞 higher 跟 stronger，這樣聽的人更能了解比較的重點在哪。

Digital Detox

請聽音檔,按照 STEP 1 到 STEP 6 的順序往下聽寫。音檔依照 10 次慢速→ 3 次母語者自然語速的順序,播放文章的朗讀。

STEP 1 請聽音檔,嘗試寫下聽到的關鍵字,並從關鍵字聯想本文的內容。

_____

_____

_____

STEP 2 最多反覆播放 10 次音檔,並盡可能寫下在文章中所聽到的英文單字。直接用英文字母拼寫看看,字跡潦草、拼寫不夠正確也沒有關係。

> 目標:要達到多益 500 分最多可聽 10 次、多益 600 分最多可聽 7 次、多益 700 分最多可聽 5 次、多益 800 分最多可聽 3 次

_____

_____

_____

STEP 3 閱讀聽寫下來的英文,檢查文法上的意思是否通順並進行修改。下方會列舉檢查時的重點,還請多加參考。

_____

_____

_____

☐ 寫出所有格的 S 了嗎?

☐ 寫出複數形的 S 了嗎?

☐ 發現縮寫了嗎?

☐ 是否能夠區別不同詞性的用法?

☐ 發現 t 的音變成 d/r 的音了嗎?(Flap T)

☐ 寫出連接的單字了嗎?

原文＆解說

Too much ᵛ¹tech can be bad for you. In the US, on average people are looking at their phones for over 4 hours a day. There are new ᴳ¹businesses ᵛ²targeted at ᴾ¹combating ᴾ²this issue, such as hotels that ᴾ³lock away their ᴳ²guests' ᴳ³phones.

文法　Grammar

G1 ▶ 雖然是基本單字，但意思會因為可數與不可數而不同，最好再三確認。若當作不可數名詞，意思是「商業、生意」等等。若像這次文章中作為可數名詞（可以加 a 或寫成複數形），則有「事業、公司」的意思。字根是 busy（形容詞：忙碌的）＋ ness（表狀態）。

G2 ▶ 因為這裡不僅是 guest 的複數形，還加了所有格的 's，所以單字最後面是撇號（guests's 看起來很雜亂，因此規定寫成 guests'，後面的 s 在表記上省略）。在聽寫中，可能會懷疑到底是 guests、guest's 還是 guests'，但可以在大致寫完句子後，從前後文章脈絡來檢查應該是哪個形式。

G3 ▶ 雖然複數形 s 不太容易聽清楚，但如果知道 **G2** 是複數形，那就能判斷既然「房客」是複數，那「電話」當然也是複數。前面的 their 也能提供線索，協助判斷是複數形。

語彙　Vocabulary

V1 ▶ tech 是 technology 的縮寫。單字很短，就算學過也很容易聽漏。

V2 ▶ 或許較少人知道 target 的動詞用法。將 target at ～「瞄準、以……為目標」的用法學起來吧。

發音　Pronunciation

P1 ▶ combating 的 t 被母音夾在中間，音聽起來像輕彈的 d 或 r（Flap T）。

P2 ▶ this 的 thi 變弱，與後面連接成 sissue。聽寫連在一起的音時，可以像是做因式分解般，將聽到的音拆分後寫下來。

P3 ▶ 如果把 lock 誤認為 rock，那 away 會變得更難聽懂。lock 也常作為動詞使用，這裡的 lock away ～是「將……鎖起來、保管」的意思。

翻譯　　使用過多科技會對你造成負面影響。在美國，每人平均每天花 4 個小時以上在滑手機。為了應對這個問題，新的商業模式應運而生，譬如有些飯店會代為保管房客的手機。

單字

☐ **target at ～** (v)：以……為目標
☐ **combat** (v)：與……戰鬥

主題解說專欄

手機成癮

如果對放下手機感到恐懼，那可能就是得到了無手機恐懼症，英文稱為 Nomophobia，是近期才出現的新單字。各位是否看過在餐廳用餐的情侶彼此沒有任何交談，只是一直滑手機的光景呢？比起與眼前的人互動，似乎有越來越多的現代人更重視網路上的虛擬對話。

筆者也發現自己在打高爾夫球時，一有空檔也想要去摸自己的 iPhone；如果 2～3 小時沒看到手機就覺得難以忍受，這應該就是成癮的證據。或許我也跟吸菸的人相同，一遇到擊球失誤或推桿沒進，為了排解煩躁的情緒就會開始玩起手機。

STEP 6　參考箭頭與標記來朗讀原文，學習單字與發音的韻律。只要是自己能夠發音的單字，往後就能漸漸聽得懂。

Too much tech / can be bad / for you. ↓
★1In the US, / on average / people are / looking at ↑
their phones / for over 4 hours a day. ↓
★2There are / new businesses / targeted at / combating ★3this issue, ↓
★4such as / ①hotels that / lock away / their guests' phones. ↓

發音（單字）

① hotels [hoʊˈtel]（how·tel）
重音是在「te」的部分，而「ho」的部分則要嘟起嘴巴發出「hou」的音。另外還要注意，有時候最前面的 h 也幾乎不會發音，聽起來很小聲，所以需要仔細聆聽。

發音（連接）

★2、3、4 全都連接在一起。
★2 There are 是 r 與 a 連接，聽起來像 Therere。★3 this issue 是 s 與 i 連在一起，再加上 this 的 th 音變弱，因此聽起來像 sissue。★4 such as 是 ch 與 a 連接，發音成 suchas。

語調

★1 第 2 句話的 looking at 是句子中心。句子要以這裡為頂點逐漸提高語調，然後以 looking at 為界，之後慢慢下降語調。
★2 第 3 句話雖然有點長，但在 this issue 後再換氣吧。從 hotels that（最後的 t 脫落）之後漸漸提高語速。

Sweden

請聽音檔，按照 STEP 1 到 STEP 6 的順序往下聽寫。音檔依照 10 次慢速→ 3 次母語者自然語速的順序，播放文章的朗讀。

STEP 1 　請聽音檔，嘗試寫下聽到的關鍵字，並從關鍵字聯想本文的內容。

_____

_____

_____

_____

STEP 2 　最多反覆播放 10 次音檔，並盡可能寫下在文章中所聽到的英文單字。直接用英文字母拼寫看看，字跡潦草、拼寫不夠正確也沒有關係。

[目標：要達到多益 500 分最多可聽 10 次、多益 600 分最多可聽 7 次、多益 700 分最多可聽 5 次、多益 800 分最多可聽 3 次]

_____

_____

_____

_____

STEP 3 　閱讀聽寫下來的英文，檢查文法上的意思是否通順並進行修改。下方會列舉檢查時的重點，還請多加參考。

_____

_____

_____

_____

☐ 區別大寫與小寫了嗎？
☐ 發現複合名詞及複合形容詞了嗎？
☐ 是否能夠區別不同詞性的用法？
☐ 是否寫出常用的表現與慣用語了呢？
☐ 聽出 Dark L 的音了嗎？
☐ 寫出脫落的音了嗎？

原文＆解說

The ^{G1}King of ^{P1}Sweden has reduced the number of family members who will continue to receive ^{V1}taxpayer funds, ^{V2}stripping five of his grandchildren of their ^{G2}Royal Highness status. The children will keep their ^{P2}titles, but ^{P3}won't be ^{V3}expected to perform royal duties.

文法　Grammar

G1 ▶ King of Sweden 的 K 與 S 都是大寫。能夠在學習過程中慢慢學會區別並使用大小寫是最好的。

G2 ▶ Royal Highness 的 R 與 H 也都是大寫，這是為了表示敬意。

語彙　Vocabulary

V1 ▶ taxpayer funds 為複合名詞，意思是「來自納稅人的資金」。拆開來分別是 taxpayer「納稅人」、funds「資金」。如果不知道個別的意思，或許就無法發現這是一個複合名詞。

V2 ▶ 動詞 strip 意思為「脫掉、剝奪」，脫衣秀 strip show 的 strip 即是脫掉的意思。若不知道這個單字有動詞用法及其意思，會難以發現這裡採用分詞構句的形式，進而聽寫不出來吧。

V3 ▶ be expected to do ～意思為「應該會……、預料會……」，是頗為萬用的慣用語，還請各位記下來。

發音　Pronunciation

P1 ▶ 關於地名發音，每次看到都盡量重新學起來吧。發音是 [ˈswiːd(ə)n]，聽起來不是「suwee」而是「suwii」。

P2 ▶ 這個字發音是「**tai**·tl」。字尾的 l 是 Dark L。

P3 ▶ will not 縮寫的 won't 發音是「won」，字尾的 t 脫落而聽不見。

翻譯　　瑞典國王為了避免家族成員日後繼續領有納稅人以稅金支付的王室津貼，於是減少王室人數，將他 5 名孫子從王室身分中除名。雖然這些子女可繼續保有王室稱號，但也應無須履行王室的職責。

單字

☐ **taxpayer** (n)：納稅人
☐ **strip...of ～** (v)：從……剝奪
☐ **perform** (v)：執行、履行、完成

主題解說專欄

瑞典王室

這則新聞提到，瑞典國王決定正式將他 5 個孫子從王室除名。雖然王位繼承順序較高的另外 2 名孫子依舊留在王室，不過這 5 名孫子則不再保有殿下的稱號。另一方面，他們也不再需要履行王室應盡的職責。

瑞典歷史學家迪克・哈里森（Dick Harrison）表示，瑞典王室的人數目前已達到過去 100 年間的最高峰，透過脫離王室，這 5 名王孫終於有機會過上「一般人的生活」。在瑞典，「王室人數過多，執行公務所需的費用太高」的看法深植人心，因此一般認為這是應對這點所做的措施。

STEP 6　參考箭頭與標記來朗讀原文，學習單字與發音的韻律。只要是自己能夠發音的單字，往後就能漸漸聽得懂。

The King / of Sweden / has ★**reduced** / **the** number of / family members ↑
who will continue / to receive / taxpayer funds, ↓
stripping / five of / his grandchildren / of their / Royal Highness ①**status**. ↓
The children / will keep / their titles, ↑
but won't / be expected / to ②**perform** / royal duties. ↓

發音（單字）

① **status** [ˈsteɪtəs]（**stei**·tuhs）

不論是「**sta**·tuhs」還是「**stei**·tuhs」哪個發音都 OK，這與 data 同時可用「deita」或「daata」的發音是相同情況。

② **perform** [pə(r)ˈfɔː(r)m]（pr·**form**）

重音位置在 form，or 部分要清楚發音，也是所謂的 R-controlled vowel（R 音性母音）。先在喉嚨深處發「o」的音，再直接捲起舌頭發 r 音。注意「o」與 r 要以相同程度拉長。字首的 per 不要拉長為「paa」，而是如 pr 般不要夾入母音，只要發出 p 跟 r 的音即可。

發音（連接）

★ reduced the

reduced the 連在一起，reduced 的 d 脫落，變成像是 reducethe 的發音。the 本身也幾乎聽不到發音。

複合名詞

注意以下的複合名詞都要一口氣發音到底。

family members, taxpayer funds, Royal Highness status

請聽音檔,按照 STEP 1 到 STEP 6 的順序往下聽寫。音檔依照 10 次慢速→ 3 次母語者自然語速的順序,播放文章的朗讀。

STEP 1 請聽音檔,嘗試寫下聽到的關鍵字,並從關鍵字聯想本文的內容。

_____

_____

_____

_____

STEP 2 最多反覆播放 10 次音檔,並盡可能寫下在文章中所聽到的英文單字。直接用英文字母拼寫看看,字跡潦草、拼寫不夠正確也沒有關係。

[目標:要達到多益 500 分最多可聽 10 次、多益 600 分最多可聽 7 次、多益 700 分最多可聽 5 次、多益 800 分最多可聽 3 次]

_____

_____

_____

_____

STEP 3 閱讀聽寫下來的英文,檢查文法上的意思是否通順並進行修改。下方會列舉檢查時的重點,還請多加參考。

_____

_____

_____

_____

☐ 理解換句話說的表現了嗎?

☐ 察覺到斜體了嗎?

☐ 寫出複數形的 S 了嗎?

☐ 聽出專門用語等平時很少聽到的單字了嗎?

☐ 是否寫出常用的表現與慣用語了呢?

☐ 察覺插入語(句)並理解句子結構了嗎?

原文 & 解說

In a poor city in a poor country on a poor [V1]continent, there is a group of people with a singular purpose[G1]: to look good. They are called [G2]*sapeurs.* When they [V2]go out, they [V3]turn the [G3]streets of [P1]Brazzaville, the capital of [P2]Congo, into a fashion runway.

文法　Grammar

G1 ▶ 若能察覺 with a singular purpose 後面的停頓，以及再更之後的 to look good 與前面的文章沒有文法上的聯繫，就能推測這裡要放上冒號。請將冒號的功能當成等號。

G2 ▶ 聽寫中就算沒寫出字體也沒關係，不過要知道斜體通常表示（對英語來說的）外語。若能在完成聽寫後發現並改為斜體就已相當優秀了。

G3 ▶ 因為是布拉薩市這個剛果首都的「街道」，所以可從意思判斷出是複數形。就算沒聽出 s，最好也要寫出 streets 的複數形 s。

語彙　Vocabulary

V1 ▶ continent 意思是「大陸」，或許不是很常聽到的單字。重音在字首的 co，聽起來近似「ka」。

V2 ▶ go out 意思是「外出」。go 的 o 與 out 連在一起，聽起來應該像是「goau」。

V3 ▶ turn A into B 意思是「將 A 變成 B」。將上面文章簡化後就是 turn Brazzaville into a fashion runway，也就是「將布拉薩市轉變為時尚秀的伸展台」。可以知道 , the capital of Congo, 這句是用來說明 Brazzaville 的插入語。

發音　Pronunciation

P1 P2 ▶ Brazzaville 與 Congo 都是專有名詞，第一次聽不出來也沒問題。關於 Congo，英語為 Short O，因此聽起來更接近「kango」。

_____

_____

_____

_____

| 翻譯 |

　　在貧窮大陸上一個貧窮國家中的一個貧窮城市裡，有群人有著一個共同的目的：把自己打扮得好看。他們被稱為「薩普洱」。他們每次出門，剛果首都布拉薩市的街道，便化為時尚秀的伸展台。

| 單字 |

☐ **continent** (n)：大陸
☐ **singular** (adj)：唯一的、特別的
☐ **Brazzaville** (n)：布拉薩市（剛果共和國首都）

主題解說專欄

什麼是「薩普洱」？

sapeur「薩普洱」是由法語 Société、ambianceurs、personnes、élégantes 的首字母所組成的造語，指的是一種穿上 1950 年代到 60 年代流行於巴黎的紳士服飾，昂首闊步走在街上的時尚風格。這項文化已在剛果延續了 90 年以上。

剛果至今仍陷於內戰當中，被認為是世界最貧窮國家之一，但是這些世界最時髦的紳士們，卻穿上遠比自己 1 個月收入還要貴上許多的高級西裝。薩普洱的存在為城市帶來光明與活力。據說這樣的時尚風格，還蘊含著「怕弄髒衣服所以不打仗」這樣祈求和平的訊息在裡頭。

STEP 6　參考箭頭與標記來朗讀原文，學習單字與發音的韻律。只要是自己能夠發音的單字，往後就能漸漸聽得懂。

★1 In a **poor city** / in a **poor country** / on a **poor continent**, ↓

there is / a **group** / of **people** / with a ①**singular** purpose ★2 : / to **look good**. ↓

They are / **called sapeurs**. ↓

When they **go out**, / they **turn** / the **streets** / of Brazzaville, ↓

the ②**capital** / of Congo, / into a fashion runway. ↓

發音（單字）

① **singular** [ˈsɪŋɡjʊlə(r)]（**sing·gyuh·lr**）

注意 si 的發音，不要唸成「shi」。si 這個音要在上齒與下齒間做出狹窄的縫隙，並從縫隙用力吐出氣息，此時注意嘴巴要左右張開，嘴角上揚。如 si 這種 s 後還有「i」母音的字，有時會不小心唸成「shi」的音，不過接續其他母音如 sa、su、se、so 的時候，就照原本的發音來唸也沒問題。

② **capital** [ˈkæpɪt(ə)l]（**ka·puh·tl**）

字尾的 l 是 Dark L，所以發音更接近「kyapitoo」。

語調

★1 In a poor city in a poor country on a poor continent

文章開頭的 In a poor city in a poor country on a poor continent, 的這個部分是有押韻的，因此最好在讀出聲時讀出韻律感。

★2 : to look good

有冒號時如 **STEP 4** 所提及，此時需要暫時停頓，表達出之後的文章講的是同一件事，只是換句話說的語感。這裡要在 singular purpose 之後停頓一下，再接著說 to look good。

複合名詞

複合名詞請一口氣發音吧。

fashion runway

Mandarin

請聽音檔，按照 STEP 1 到 STEP 6 的順序往下聽寫。音檔依照 10 次慢速→ 3 次母語者自然語速的順序，播放文章的朗讀。

STEP 1 請聽音檔，嘗試寫下聽到的關鍵字，並從關鍵字聯想本文的內容。

STEP 2 最多反覆播放 10 次音檔，並盡可能寫下在文章中所聽到的英文單字。直接用英文字母拼寫看看，字跡潦草、拼寫不夠正確也沒有關係。

> 目標：要達到多益 500 分最多可聽 10 次、多益 600 分最多可聽 7 次、多益 700 分最多可聽 5 次、多益 800 分最多可聽 3 次

STEP 3 閱讀聽寫下來的英文，檢查文法上的意思是否通順並進行修改。下方會列舉檢查時的重點，還請多加參考。

☐ 寫出所有格的 S 了嗎？
☐ 是否正確寫出雖然音相同，拼寫卻不同的單字？
☐ 理解介係詞的用法並寫出來了嗎？
☐ 以文法判斷出較弱的音了嗎？
☐ 是否寫出常用的表現與慣用語了呢？
☐ 寫出句中變弱的音了嗎？

原文＆解說

ᴳ¹Uganda's education ministry is ⱽ¹planning to add Mandarin language lessons to ᴳ²its secondary school ᴾ¹curriculum ᴳ³at ᴾ²35 schools and ᴳ⁴has future plans to ⱽ²roll it out to more educational institutions as resources become available.

文法　Grammar

G1 ▶ 就算沒有聽出 Uganda's 的所有格 s，但從接下來的名詞 education ministry「教育部」可以推測，「烏干達」與「教育部」之間要用「的」來連接。

G2 ▶ 因為與 it is 的縮寫 it's 發音完全相同，所以我想應該很多人會不自覺地寫下 it's，但這樣句子意思就不通了。當句子意思不通時，可以重新思考是否有其他相同發音但拼寫不同的單字。

G3 ▶ 介係詞 at 作為虛詞不太好聽出來。school 前面最常接的介係詞是 at，如果將 at school 當成一組詞來記應該就聽得出來了。

G4 ▶ 不僅因為 has 的 h 音會變弱而聽不太出來，而且還因為句子非常長，使這整句話成為聽寫難度較高的句子。在大致寫完整句話後最好重新梳理，如果看出 Uganda's education ministry 是主詞，而且既然有 and，那應該要有與 is planning 並列的動詞，那就能了解這裡應該要放進 has。

語彙　Vocabulary

V1 ▶ 發現是 be planning to do（這裡是 add）的句型後，應該能聽出這是發音不太明顯的 add。如果抱著「be planning to 後面應該會是動詞原形」的心理準備來聽，應該能夠聽出與 and 或 a 都很像的 add。

V2 ▶ 將 roll out「實行、推出產品」的意思記起來吧。這次中間夾了 it 成為 roll it out，因此音會產生連結，變成 rolliou。

發音　Pronunciation

P1 ▶ 重音在「ri」，這個字共有 4 個音節。

P2 ▶ 複數形的 s 往往弱得不太明顯，但既然是 35 間學校（school），明顯會是複數形。

翻譯　烏干達教育部正計畫在 35 所中學課程裡加入中文教學。在確定方針後，未來也預計在更多教育機構推行中文課。

單字

☐ **Mandarin** (n)：國語、標準中文
☐ **curriculum** (n)：課程
☐ **institution** (n)：（公共）設施、（教育、社會、慈善、宗教等活動的）機構、協會
☐ **available** (adj)：可獲得的、可得到的、可用的

主題解說專欄

什麼是「最後邊疆」？

非洲被視為地球上的「最後邊疆」（Last Frontier），其巨大的市場潛力廣受世界各國矚目。進入 21 世紀後，對這個地區投資最積極的便是中國。中國以援助非洲開發的名義，高速拓展道路等基礎設施；或先向非洲各國提供援助金，然後再由中國企業主導，接下來自非洲各國的基礎建設或開發案。

中國積極投資非洲的目的很明確，正是為了獲取不可或缺的生產原料，特別是石油與鐵礦，來應對中國自身高速成長的經濟，並開拓新的消費市場，接受來自中國的出口產品。筆者驚嘆於中國深遠的眼光與積極先發制人的外交手腕，同時也憂心日本的狀況。

STEP 6　參考箭頭與標記來朗讀原文，學習單字與發音的韻律。只要是自己能夠發音的單字，往後就能漸漸聽得懂。

Uganda's education ministry / is planning / ★1**to add** / Mandarin language lessons
to its ①**secondary school** ②**curriculum** / at 35 schools ↓
and has future plans / to ★2**roll it out** / to more educational institutions ↑
as resources / become ③**available**. ↓

發音（單字）

① **secondary** [ˈsekənd(ə)ri]（**seh**·kuhn·deh·ree）
只要確實地將重音放在字首，應該就能順利地發音了。

② **curriculum** [kəˈrɪkjʊləm]（ku·**ri**·kyoo·luhm）
最重要的是重音要放在第 2 音節，相當於「ri」的地方。別忘了「ri」發音時舌頭是 R 的形狀。第 1 音節的 cu 比起「ka」更接近「ku」。

③ **available** [əˈveɪləb(ə)l]（uh·**vei**·luh·bl）
單字最後的 /l/ 是 Dark L，因此聽起來像「aveilaboo」。重音所在的第 2 音節是 /v/ 的音，發音時要用上門牙輕輕咬住下嘴唇。

發音（連接）

★1 **to add**
因為是連續的短音，而且也是連續的母音，所以 to add 的發音出乎意料地困難。不過，只要在發 to 的音時，在 to 與 add 之間插入 /w/ 來發音，應該會變得順暢許多，也就是前面提到的發音規則「插入音」。add 的 /d/ 音幾乎聽不見。

★2 **roll it out**
roll 的 l 與 it 的 i 會連在一起，變成 rolli。發 out 時，t 的音要弱到幾乎聽不見。整個唸起來的發音會像是 rolliou。

複合名詞
複合名詞要一口氣發音。

education ministry, Mandarin language lessons, secondary school

Quality of Life

請聽音檔,按照 STEP 1 到 STEP 6 的順序往下聽寫。音檔依照 10 次慢速→ 3 次母語者自然語速的順序,播放文章的朗讀。

STEP 1 請聽音檔,嘗試寫下聽到的關鍵字,並從關鍵字聯想本文的內容。

STEP 2 最多反覆播放 10 次音檔,並盡可能寫下在文章中所聽到的英文單字。直接用英文字母拼寫看看,字跡潦草、拼寫不夠正確也沒有關係。

> 目標:要達到多益 500 分最多可聽 10 次、多益 600 分最多可聽 7 次、多益 700 分最多可聽 5 次、多益 800 分最多可聽 3 次

STEP 3 閱讀聽寫下來的英文,檢查文法上的意思是否通順並進行修改。下方會列舉檢查時的重點,還請多加參考。

☐ 察覺到平行結構了嗎?
☐ 以文法判斷出音較弱的虛詞了嗎?
☐ 聽出由字首+單字所組合的單字了嗎?
☐ 是否寫出常用的表現與慣用語了呢?

原文＆解說

Some ᵛ¹urban areas in ᴾ¹Europe, such as ᴾ²Oslo, are ᵛ²taking steps to regulate ᴳ¹and reduce the number of cars as they aim to improve both the environment ᴳ²and quality of life.

文法　Grammar

G1 ▶ regulate and reduce 這 2 個動詞並列在一起。當句子很長時，想一次就聽出 and 到底連接什麼與什麼，並了解句子的結構是相當困難的事，而且 and 還是不容易聽出來的虛詞。因此，回頭檢視時最好先考慮全文脈絡，再將 and 填進去。

G2 ▶ 這裡的 and 也不容易聽出來。先從整句話來了解到底是什麼與什麼並列在一起，之後再把 and 寫回去就可以了。這裡列的是名詞 environment and quality of life，也就是說，改善的是「環境」與「QOL（Quality Of Life）」。

語彙　Vocabulary

V1 ▶ urban 意思是「城市的、都市的」。注意如果單從發音來推測拼寫可能會出錯。順帶一提，反義詞是 suburban。sub 源自拉丁語，為表示 under 或 below 等「下方」意思的字首。

V2 ▶ take steps 意思是「採取對策」。
Ex）We need to **take steps** to stop global warming. 「我們必須採取行動以防止全球暖化。」

發音　Pronunciation

P1 ▶ 這是新聞會頻繁用到的單字，請記起來吧。另外像 Asia、Africa 等世界各大洲的英文名稱也可以一併記起來。

P2 ▶ Oslo 的 s 英語發音不是 /s/ 而是 /z/ 的音。

STEP 5　翻譯 STEP 4 的原文，確認文章的意思。在這個步驟中，請透過翻譯來檢查自己是否正確理解了文章的內容。

_____

_____

_____

_____

_____

翻譯　奧斯陸等歐洲一部分城市地區，為了同時提升環境與生活品質，正採取對策來控制與減少汽車的數量。

_____

單字

☐ **regulate** (v)：（依規則）控制、規範

☐ **reduce** (v)：減少、縮小

☐ **aim to** (v)：計畫做……、打算

主題解說專欄

挪威是什麼樣的國家？

挪威擁有歐洲最大的石油以及天然氣儲藏量，不僅是世界第 3 天然氣輸出國，也是世界第 12 石油輸出國。另一方面，水力是挪威主要的發電來源，佔全國總發電量 97%，形成了一個有趣的結構。

挪威國內的汽車壓倒性地幾乎都是以特斯拉為首的電動車，接下來則是油電混合車。政府為了廢除汽油車，施行了各式各樣的政策。

在這些政策中最深入的，是在奧斯陸等大城市的心臟地帶設下進止車輛進入的法令。據說這不僅是為了減少塞車造成的空氣汙染，也為了提供行人與單車騎士更舒適的街道環境。

STEP 6　參考箭頭與標記來朗讀原文，學習單字與發音的韻律。只要是自己能夠發音的單字，往後就能漸漸聽得懂。

Some ①**urban areas** / in Europe, / ★1 **such as** Oslo, ↑

are taking steps / to ②**regulate** / and reduce / the ★2 **number** / of cars ↓

as they aim / to improve / ★3 **both the** ③**environment** / and quality of life. ↓

發音（單字）

① **urban** [ˈɜː(r)bən]（**ur**·bn）

ur 與 er 的音相同，都是 R-controlled vowel（R 音性母音）。發音時要捲起舌頭，並從腹部發音。

② **regulate** [ˈreɡjʊleɪt]（**reh**·gyuh·leit）

首先要注意重音在字首，然後舌尖稍微捲起來，並發出 /re/ 的音。

③ **environment** [ɪnˈvaɪrənmənt]（uhn·**vai**·urn·muhnt）

第 1 音節不是「en」，而是輕輕發出像「in」的音。

發音（連接）

★1 such as

such 的 ch 與 as 的 a 連在一起，聽起來像「saccha」。

★2 number of cars

of 的 f 音脫落，幾乎聽不到。如果想忠實地發虛詞的音，反而很難流利地發音。

★3 both the

連續出現 2 次 th 的音，這時如果還要照實發音，舌頭就會打結。both 的 th 及 the 的 th 會合而為一，變成像是 bothe 的發音（同化的規則）。

語調

表示並列的 and 出現 2 次。regulate <u>and</u> reduce，以及 environment <u>and</u> quality of life 這 2 處的語調，要以 and 為中心，前面提高語調，往後則降低語調。

Working Women

請聽音檔,按照 STEP 1 到 STEP 6 的順序往下聽寫。音檔依照 10 次慢速→ 3 次母語者自然語速的順序,播放文章的朗讀。

STEP 1　請聽音檔,嘗試寫下聽到的關鍵字,並從關鍵字聯想本文的內容。

_____

_____

_____

STEP 2　最多反覆播放 10 次音檔,並盡可能寫下在文章中所聽到的英文單字。直接用英文字母拼寫看看,字跡潦草、拼寫不夠正確也沒有關係。

[目標:要達到多益 500 分最多可聽 10 次、多益 600 分最多可聽 7 次、多益 700 分最多可聽 5 次、多益 800 分最多可聽 3 次]

_____

_____

_____

_____

STEP 3　閱讀聽寫下來的英文,檢查文法上的意思是否通順並進行修改。下方會列舉檢查時的重點,還請多加參考。

_____

_____

_____

_____

□ 是否寫出常用的表現與慣用語了呢?
□ 寫出複數形的 S 了嗎?
□ 以文法判斷出音較弱的虛詞了嗎?
□ 聽出由字首＋單字所組合的單字了嗎?

原文＆解說

One of the major things holding women back **G1**from **P1**full equality is the **V1**disproportionate burden of unpaid care and **P2**domestic work that **V2**falls on their **G2**shoulders. There is no country in the world **G3**where men perform more of this work than women do.

文法　Grammar

G1▶ 因為中間插入 women 所以很難一時間聽出來，但其實是 hold back 之後接介係詞 from，為 hold back from 的句型，意思是「從……阻止、從……制止」。之所以是 holding women back 而不是 holding back women，是因為要強調 women。

G2▶ 從「重擔落在那些女性的肩上」可以知道肩膀的數量是複數形。即使 shoulders 的複數形 s 聽不太出來，但從之前的 their 也能推測出來。

G3▶ where 的發音應該是幾乎聽不出來的。由於 world 在前面，因此關係代名詞為 where。如果能察覺 where 之後的句子是在說明「什麼樣的 world」，那應該也能反推出關係代名詞 where。

語彙　Vocabulary

V1▶ 這個單字由表否定的字首 dis-，再接上 proportionate 組成。

V2▶ fall on ～的意思為「落在……之上」。如果不知道 fall on 的意思，可能會急著在腦中查詢是否有類似「foolon」這個單字而感到混亂，因此語彙力還是很重要的。

發音　Pronunciation

P1▶ 可能會有人聽成一個較強的「fu」的音，或與氣音連在一起而聽成「fo」。正因為是很短的單字，如果記成錯的發音，就更難推測出到底是哪個單字。

P2▶ domestic 的字首聽起來比較像「du」。這是因為重音在第 2 音節的 me，使第 1 音節 do 的 o 變成模糊不清的母音。

STEP 5 翻譯 STEP 4 的原文，確認文章的意思。在這個步驟中，請透過翻譯來檢查自己是否正確理解了文章的內容。

_____

_____

_____

_____

_____

翻譯 　阻止女性實現完全平等的主因之一，就是落在她們肩上，沒有支薪的照護及家事等不成比例的重擔。在這個世界上沒有任何一個國家，整體男性的家務負擔比女性還要重。

單字

□ **disproportionate** (adj)：不成比例的
□ **burden** (n)：負擔
□ **fall on ~** (v)：落在……之上、壓在……之上

主題解說專欄

女性的社會參與
在看過美國友人家庭中關於家事分擔的狀況後，我認為美國確實比較進步。
譬如就我所知，一般美國家庭的晚餐通常都很簡單，只有沙拉、麵包與燒烤的肉類料理，這時我常看見男性在工作回家後，站在外面烤肉排或香腸的光景。做好的東西放到廚房的中島上，每個人自己拿盤子盛裝，用餐後則把杯盤放進洗碗機，到了早上就自己洗好了。像這樣的家庭在美國可說是隨處可見。

即便是這樣的美國，我還是常在新聞中看到像 Unit 35 這樣的報導。「女性的家務負擔讓男女平等遙不可及。」縱然如美國的環境，都還是會為此爭論不休。

在日本，我覺得至今還是有很多人認為女性要長時間站在廚房工作，細心做料理才是理想。如果想在實質意義上支持女性的社會參與，是不是應該改變對家務品質的追求呢？

STEP 6　參考箭頭與標記來朗讀原文，學習單字與發音的韻律。只要是自己能夠發音的單字，往後就能漸漸聽得懂。

★One of the / major things / ①**holding** / women / back from / full ②**equality** ↑
is the disproportionate burden / of unpaid care / and domestic work ↓
that falls on / their ③**shoulders**. ↓
There is / no country / in the world ↑
where men / ④**perform** more / of this work / than women do. ↓

發音（單字）

① **holding** [ˈhəʊldɪŋ]（**howl**·duhng）
h 是從喉嚨深處吐出的音。由於在某些單字中「ho」氣息很弱，因此有可能會錯聽成 folding。

② **equality** [ɪˈkwɑːləti]（ee·**kwaa**·luh·tee）
許多人受 equal 的發音影響，會把重音放在字首，但其實重音是在第 2 音節。

③ **shoulders** [ˈʃəʊldə(r)z]（**showl**·drz）
/l/ 是 Dark L，shou 部分不是「sho」而是「shou」，聽起來像「shouder」。

④ **perform** [pə(r)ˈfɔː(r)m]（pr·**form**）
注意重音位置，重音在第 2 音節，且 form 的 for 部分，舌頭要確實捲成 R 的形狀。至於第 1 音節 per 的 r 則不用這麼刻意捲舌也沒關係。

語調

★ 第 1 句話主詞很長，句子本身也很長，需要注意換氣與語調的高低。像原文第 1 行般這種很長的主詞，為了分清楚主詞的內容究竟到哪裡，要在 full equality 之後提升語調。另外，is the disproportionate burden 之後，為了更順利地表達字詞的意思，在閱讀與發音時，最好如同原文的標記那樣分隔出有著完整一個意思的區塊。

Wealth Disparity

請聽音檔，按照 STEP 1 到 STEP 6 的順序往下聽寫。音檔依照 10 次慢速→ 3 次母語者自然語速的順序，播放文章的朗讀。

STEP 1 請聽音檔，嘗試寫下聽到的關鍵字，並從關鍵字聯想本文的內容。

_____

_____

_____

_____

STEP 2 最多反覆播放 10 次音檔，並盡可能寫下在文章中所聽到的英文單字。直接用英文字母拼寫看看，字跡潦草、拼寫不夠正確也沒有關係。

> 目標：要達到多益 500 分最多可聽 10 次、多益 600 分最多可聽 7 次、多益 700 分最多可聽 5 次、多益 800 分最多可聽 3 次

_____

_____

_____

_____

STEP 3 閱讀聽寫下來的英文，檢查文法上的意思是否通順並進行修改。下方會列舉檢查時的重點，還請多加參考。

_____

_____

_____

_____

☐ 察覺修飾的部分並理解句子結構了嗎？
☐ 寫出複數形的 S 了嗎？
☐ 是否寫出常用的表現與慣用語了呢？
☐ 聽出由字首＋單字所組合的單字了嗎？
☐ 知道更精確的表現了嗎？
☐ 聽出專門用語等平時很少聽到的單字了嗎？
☐ 寫出句中因爲連接而變弱的音了嗎？

原文 & 解說

Wealth is increasingly [V1]concentrated in [G1]fewer hands [P1]because of [V2]uneven access to the [G2]educational opportunities [G3]necessary for social promotion, [P2]not to mention decades of [V3]tax breaks for the wealthy.

文法　Grammar

G1 ▶ fewer hands 的形式是「形容詞比較級＋名詞」，而且其實省略了 fewer people's hands 的 people。想寫出流利的文章，很多時候都會省略單字。hand 除了「手」的意思之外，還用來表示「（所擁有的）手、所擁有的事物」。其他還有「鐘錶指針」的意思，如 Where is the hour hand?「短針指著哪裡？」又或是表示友好的 Give me your hand.，以及表示手上撲克牌的 I was dealt a good hand. 等多種意思。

G2 ▶ opportunities 的複數形 s，是因為教育機會並非只有一個，所以是複數形。

G3 ▶ 關於 uneven access to the educational opportunities necessary for social promotion 的部分，可以想成是 necessary for social promotion 這個形容詞子句在修飾名詞 educational opportunities，這樣應該更好理解。

語彙　Vocabulary

V1 ▶ be concentrated in ～意思是「集中在……」。
Ex）More than 60% of the population **is concentrated in** just 5 cities.「超過六成以上的人口集中在僅僅 5 座城市中。」

V2 ▶ even 加上表示否定的 un，uneven 意思是「不平坦的、崎嶇的、不均勻的」。uneven access 意思雖是「機會不均」，但在這篇文章中是比喻表現，用來形容「等級的差距」。希望大家能夠熟練這類較為講究的表達手法。

V3 ▶ tax break 有「扣除、減稅、優惠稅制措施、節稅政策」等意思。如果不知道單字意思，可能會把 break 當作動詞而產生混亂。

發音　Pronunciation

P1 ▶ because 跟 of 連接，變成像是「bikoozo」的發音。

P2 ▶ not 的 t 與 to 的 t 兩個子音連在一起，產生同化，not 的 t 脫落而變成「nottuu」。

_____

_____

_____

_____

翻譯 　因為提升社會地位最不可或缺的教育機會不平等，因此財富正逐漸被少數的富人們所獨佔，更別提數十年來那些有利於有錢人的減稅措施。

單字

☐ **increasingly** (adv)：漸漸地、越來越
☐ **concentrate in ～** (v)：集中於……
☐ **uneven** (adj)：不平均的
☐ **tax break** (n)：減稅措施

主題解說專欄

美國貧富差距

去到紐約或洛杉磯等大都市，便能窺見美國的貧富差距問題；有時會看到街上四處都是無家可歸的遊民，然而可能才過了一條街，整個氣氛卻變得截然不同，在日本難得一見的豪宅櫛比鱗次。常有人說，「美國前 1% 的頂層富人，擁有的資產等同於後 90% 所有人的資產總合」。

之所以會出現這樣的現象，是因為美國奉行資本主義，成功者不斷累積財富，卻沒有能接住失敗者的安全網。另外還有一個原因是，美國作為移民國家，「自我責任意識」特別強烈。

STEP 6　參考箭頭與標記來朗讀原文，學習單字與發音的韻律。只要是自己能夠發音的單字，往後就能漸漸聽得懂。

Wealth is / ①**increasingly** ②**concentrated** / in ③**fewer** hands ↓
because of / uneven access / to the educational opportunities ↑
necessary for / social promotion, ↓
not to mention ↑
★**decades** of / tax breaks / for the ④**wealthy**. ↓

發音（單字）

① **increasingly** [ɪnˈkriːsɪŋli]（uhn·**kree**·suhng·lee）

② **concentrated** [ˈkɑːnsʌˌntreɪt̬ɪd]（**kaan**·suhn·trei·tuhd）
注意上面 2 個單字的重音位置。②的重音在第 1 音節，為 Short O，嘴巴要縱向張開發出「a」的音。

③ **fewer** [ˈfjuːə(r)]（**fyoo**·uh）
few 以母音作結，因此若加上比較級的 -er 可能會稍微有點難發音。few 的發音保持原樣，然後再試著將舌頭捲成 r 的形狀，說出 uh 的發音。

④ **wealthy** [ˈwelθi]（**wel**·thee）
-lthy 的發音應該頗有難度吧。如果太在意1的音，thy 會很難發音，因此在說出 thy 前，l 只要輕輕發音就好，這樣就沒有問題了。healthy 也相同，在 lthy 部分很難發音，對吧？只要注意不要過於強調「l」的發音，我想應該就能順利唸出來。

發音（連接）

★ **decades of**
decades 的 s 與 of 的 o 連在一起，發音變得像是 decazav。

語調

這句稍長，為表示「後面還有」、「文章還沒結束」，閱讀時注意第 2 行 educational opportunities 後面與第 4 行 not to mention 之後都要提高語調。

複合名詞

tax break

Jack Ma

請聽音檔,按照 STEP 1 到 STEP 6 的順序往下聽寫。音檔依照 10 次慢速→ 3 次母語者自然語速的順序,播放文章的朗讀。

STEP 1 請聽音檔,嘗試寫下聽到的關鍵字,並從關鍵字聯想本文的內容。

_____

_____

_____

STEP 2 最多反覆播放 10 次音檔,並盡可能寫下在文章中所聽到的英文單字。直接用英文字母拼寫看看,字跡潦草、拼寫不夠正確也沒有關係。

┌ 目標:要達到多益 500 分最多可聽 10 次、多益 600 分最多可聽 7 次、多益 700 分最多可┐
└ 聽 5 次、多益 800 分最多可聽 3 次 ┘

_____

_____

_____

STEP 3 閱讀聽寫下來的英文,檢查文法上的意思是否通順並進行修改。下方會列舉檢查時的重點,還請多加參考。

_____

_____

_____

☐ 寫出三單現(第三人稱、單數、現在式)的 S 了嗎?

☐ 理解定冠詞與不定冠詞的用法了嗎?

☐ 聽出專有名詞了嗎?

☐ 寫出常用的單字了嗎?

☐ 寫出帶有 Short O 的音了嗎?

☐ 寫出脫落的音了嗎?

原文＆解說

V1Jack Ma of **V2**Alibaba **G1 P1**offers this advice: **G2**your first job is your most important job, and your priority should be to find **G3**the right mentor. You should find a **P2**good boss that can teach you how to be a human being, how to do things right, and how to do things **V3**properly.

文法　Grammar

G1 ▶ 主詞是名為 Jack Ma 的人物，offers 的三單現 s 一定要寫出來。

G2 ▶ 請先確認：之後的句子結構。雖然乍看之下只是列出幾個簡單的單字，但實際上省略了一部分，因此你可能會對整體脈絡感到有些困惑。試著拆解成下列句子，列出被省略的部分後，看起來應該會更清楚明瞭。Your first job is your most important job. Your priority (in your first job) should be to find the right mentor.

G3 ▶ 光聽聲音很容易會聽漏定冠詞 the，所以在大致聽寫後，一定還要重新檢視句子意思，看看是否寫漏了什麼。「找出最適合（right）你的導師」意指那唯一一位的導師，因此需要放上 the。

語彙　Vocabulary

V1 V2 ▶ 雖然人名 Jack Ma 與公司名 Alibaba 都是專有名詞，但同時也是廣為人知的單字，應該有許多人已經知道這些字了吧。這裡也順便將英語拼寫記起來吧。

V3 ▶ 副詞 properly 意思是「恰當地、合適地」。pro 部分的發音聽起來應該接近「pura」。像 properly 這樣以字尾 -ly 作結的單字都是副詞。若知道 proper「有禮貌的、合適的」這個形容詞，就能推測出 properly 這個單字的意思。how to do things properly 意思是「如何適當地做事」。

發音　Pronunciation

P1 ▶ offers 的 o 是 Short O，發音比起「o」更接近「a」。

P2 ▶ good boss 中，good 的 d 音會脫落而聽不到。後面的 that 接的是 good boss 的說明，而這個 that 也同樣發音很弱，幾乎聽不太到。

_____

_____

_____

_____

翻譯　阿里巴巴的馬雲給出了以下建議：你的第一份工作很重要，且最優先該做的事情，就是找到一位適合你的職涯導師。你必須找到一位好上司，他會教導你「身為一名社會人士人該怎麼做、如何把事情做好，以及要怎麼正確地做事」。

單字

☐ **offer** (v)：提供、提議
☐ **priority** (n)：優先事項
☐ **mentor** (n)：職涯導師
☐ **properly** (adv)：適當地、合適地

主題解說專欄

誰是 Jack Ma ？

Jack Ma 本名馬雲，是中國的企業家，創辦了市值超過 40 兆日圓、員工數 6 萬人、足以跨出中國的世界級企業阿里巴巴集團。阿里巴巴以網路購物服務及金融服務為主要事業。

馬雲在創辦阿里巴巴前曾大學落榜 2 次，好不容易才從考上的大學畢業，並當了 5 年的英語教師。教師工作對馬雲來說是一展長才的機會，他在後來也確實成為相當受歡迎的講師，然而他最後卻辭去教職，為了挖掘自己的可能性而選擇創辦事業。在獲得今日的成功前，馬雲經歷了非常多次的失敗，而這都讓他的經營哲學充滿了說服力。

STEP 6　參考箭頭與標記來朗讀原文，學習單字與發音的韻律。只要是自己能夠發音的單字，往後就能漸漸聽得懂。

Jack Ma / of Alibaba / offers / this ①**advice**: ↓

your first job / is your most important job, ↓

and your priority / should be / to find / the right ②**mentor**. ↓

You should find / a good boss / that can / teach you / ↓

★**how to** / **be a human being**, ↑

how to / do things right, ↑

and how to / do things ③**properly**. ↓

發音（單字）

① **advice** [ədˈvaɪs]（uhd·**vais**）

需要注意 advice（名詞）與 advise（動詞）的發音與拼寫都不同。名詞形以 -ce 結尾，動詞以 -se 結尾。發音上，名詞字尾是 /s/，動詞則是 /z/。無論名詞形還是動詞形，ad 的 a 都是模糊不清的母音，所以發音時要輕一點。

② **mentor** [ˈmentɔː(r)]（**men**·tr）

這個字重音在字首，第 2 音節的 tor 不會太過清楚地發出母音。不過要注意，舌頭還是要確實捲成 R 的形狀來發音。

③ **properly** [ˈprɑːpə(r)li]（**praa**·pr·lee）

重音在第 1 音節，聽起來不像「puro」而比較接近「pura」。

發音（連接）

★ **how to be a human being,**

很多人都想清楚地將 be 與 a 的發音分開，但想講出流利的英語，需要在這裡插入子音 /y/，聽起來像 beeya。這是發音規則的「插入音」。

語調

第 2 句話 teach you 之後的受詞呈現 A, B, and C 的形式。how to be a human being（↑），how to do things right（↑）, and how to do things properly（↓），請用以上這樣「提高、提高、下降」的語調，來讀這種形式的句子。

EnvIronment

請聽音檔，按照 STEP 1 到 STEP 6 的順序往下聽寫。音檔依照 10 次慢速→ 3 次母語者自然語速的順序，播放文章的朗讀。

STEP 1 請聽音檔，嘗試寫下聽到的關鍵字，並從關鍵字聯想本文的內容。

STEP 2 最多反覆播放 **10 次音檔，並盡可能寫下在文章中所聽到的英文單字。直接用英文字母拼寫看看，字跡潦草、拼寫不夠正確也沒有關係。**

[目標：要達到多益 500 分最多可聽 10 次、多益 600 分最多可聽 7 次、多益 700 分最多可聽 5 次、多益 800 分最多可聽 3 次]

STEP 3 閱讀聽寫下來的英文，檢查文法上的意思是否通順並進行修改。下方會列舉檢查時的重點，還請多加參考。

☐ 是否寫出常用的表現與慣用語了呢？

☐ 寫出常用的單字了嗎？

☐ 聽出由單字＋字尾所組合的單字了嗎？

☐ 聽出專門用語等平時很少聽到的單字了嗎？

☐ 聽出專有名詞了嗎？

原文 & 解說

[P1]Carlsberg, the [P2]Danish beer company, is [G1]working on creating a [V1]recyclable wood bottle made from [V2]sustainably sourced [V3]wood fiber. The company is looking for ways to [G2]lower its impact on the environment and [P3]present consumers with an interesting new option.

文法　Grammar

G1 ▸ work on ～意思是「致力於……」。is working on creating 的 is 跟 on 不容易聽出來，可能只聽到 working 跟 creating，此時我想，各位應該會覺得動名詞連在一起聽起來很奇怪。如果事先知道 work on 這個片語動詞，這裡就能察覺因為在 on 這個介係詞之後，所以是動詞名詞化的 creating。

G2 ▸ lower 不是比較級，而是動詞，意思是「降低」。看到 to 之後接 lower 這點，也能推測是動詞。lower 是新聞中很常見到的單字，以下是例句。

Ex）Tax rates **were lowered** for low income residents. 「降低了低所得者的稅率。」

語彙　Vocabulary

V1 V2 ▸ recyclable 由 re ＋ cycle ＋ able 組成。動詞＋ able 就能做出具有「能夠……的」意思的形容詞。這裡的意思是「可回收的」。**V2** 的 sustainably 也相同，由 sustain「持續」＋ able「能夠……」組成，再加上副詞化的 ly，意思變成「可持續地」。

V3 ▸ wood fiber 意思是「木纖維」。從 fiber「纖維」可以推測這個單字的意思。

發音　Pronunciation

P1 ▸ 這個單字對喜歡喝啤酒的人來說或許是再熟悉不過的專有名詞。

P2 ▸ Danish 意思是「丹麥的」，重音放在第 1 音節。

P3 ▸ 動詞與名詞、形容詞在發音與重音位置上都有所不同。即使難以從發音差別直接聽出來，但也能從重音在後察覺是動詞（→ **STEP 6**）。

STEP 5 翻譯 STEP 4 的原文，確認文章的意思。在這個步驟中，請透過翻譯來檢查自己是否正確理解了文章的內容。

_____

_____

_____

_____

翻譯　丹麥的啤酒公司嘉士伯，正致力於製造可回收的木製酒瓶，這些酒瓶使用的是具永續性的木纖維材質。嘉士伯正在摸索如何降低對環境的影響，並提供消費者充滿趣味的商品新選擇。

單字

□ **work on ～** (v)：致力於、從事……
□ **sustainably** (adv)：可持續地
□ **fiber** (n)：纖維

主題解說專欄

能代替寶特瓶的環保容器

寶特瓶飲料真的非常方便，筆者也往往在不經意間就買了寶特瓶。就算呼籲我們為了環境要減少使用寶特瓶，但實在很難逃脫這便利的魔咒。

但寶特瓶的問題可能即將解決，因為目前有企業正在研發 100％生質材料的飲料容器。在研發背後的一大推手，就是丹麥的嘉士伯公司。嘉士伯發表了友善環境的紙製瓶裝容器「綠色纖維瓶」（Green Fiber Bottle），這款容器由木纖維製成，可以完全回收。

綠色纖維瓶雖然還只是新推出的試作品，處於實驗階段，但只要進入實用階段，應該能為全世界的已開發國家，乃至開發中國家帶來無與倫比的震撼吧。

STEP 6　參考箭頭與標記來朗讀原文，學習單字與發音的韻律。只要是自己能夠發音的單字，往後就能漸漸聽得懂。

Carlsberg, / the Danish / beer company, ↓
is working on / creating / a ①**recyclable** wood bottle ↑
made from / ②**sustainably** sourced / wood fiber. ↓
The company / is looking for / ways to / lower its / impact on / the environment ↑
and ③**present** consumers / with an interesting / new option. ↓

發音（單字）

① **recyclable** [riˈsaɪkləb(ə)l]（ruh·**sai**·kuh·luh·bl）
字首的 r 要好好捲起舌頭，並像是從腹部送出空氣般用力發音。為了加強字首的 r，可以在 r 之前稍微加上 /w/ 的音，當作是做出 r 舌形的助跑，這樣更能順利地唸出這個字。

② **sustainably** [səˈstemb(ə)li]（suh·**stei**·nuh·bli）
單字有點長，需要注意重音位置。重音在第 2 音節 stain 部分，聽起來比起「sutee」更接近「sutei」。

③ **present** 的名詞與動詞會有發音及重音上的差別。
名詞、形容詞 [ˈpreznt]（**pre**·zent）
動詞 [prɪˈzent]（pri·**zent**）
作為名詞與形容詞時發音相同，應該很好記才是。不過變成動詞形後，pre 部分發音聽起來更像「puri」，而且重音也跑到第 2 音節的 sent 部分，需要謹慎聆聽是哪種用法。聽寫時從重音與發音，就能區別是動詞還是名詞、形容詞。

語調

★ 第 1 句話的 a recyclable wood bottle 之後的語調會提高。文法上，因為文章在 recyclable wood bottle 結束也不奇怪，所以要提高語調來表示句子還沒結束。

複合名詞

下列複合名詞都要一口氣發音。發音時，請意識到需要表達出這些單字是「一個整體」。

beer company, wood bottle, wood fiber

Columbia

請聽音檔,按照 STEP 1 到 STEP 6 的順序往下聽寫。音檔依照 10 次慢速→ 3 次母語者自然語速的順序,播放文章的朗讀。

STEP 1　請聽音檔,嘗試寫下聽到的關鍵字,並從關鍵字聯想本文的內容。

_____

_____

_____

STEP 2　最多反覆播放 10 次音檔,並盡可能寫下在文章中所聽到的英文單字。直接用英文字母拼寫看看,字跡潦草、拼寫不夠正確也沒有關係。

目標:要達到多益 500 分最多可聽 10 次、多益 600 分最多可聽 7 次、多益 700 分最多可聽 5 次、多益 800 分最多可聽 3 次

_____

_____

_____

STEP 3　閱讀聽寫下來的英文,檢查文法上的意思是否通順並進行修改。下方會列舉檢查時的重點,還請多加參考。

_____

_____

_____

□ 以文法判斷出音較弱的虛詞了嗎?
□ 察覺插入語(句)並理解句子結構了嗎?
□ 聽出由單字+字尾所組合的單字了嗎?
□ 寫出常用的單字了嗎?
□ 聽出相似的 R 與 L 連續出現的單字了嗎?
□ 聽出數字了嗎?

原文＆解說

Once [P1] [V1]primarily associated with gangs and drugs, Colombia is now a major tourist destination. Tourism [G1]has more than [G2] [V2]tripled from 1 million foreign visitors per year in 2006 to [P2]3.1 million in [P3]2018.

文法　Grammar

[G1] [G2] ▶ has tripled 為現在完成式，has 作為虛詞應該聽不太清楚，再加上 has tripled 中間還插進 more than，這都造成聽寫上的困難與混亂。一聽到 more than 往往會覺得後面要接名詞或是比較級，但這裡是用來修飾動詞，表示「在……之上的」，所以最好也將這個用法記起來。

語彙　Vocabulary

[V1] ▶ primary 再加上副詞化的字尾 ly，成為 primarily。

[V2] ▶ 或許 triple 會聽成 trip，如果不知道這個動詞可能不管聽幾次都聽不出來。這是表示「增加至 3 倍、使……變成 3 倍」的動詞，平時相當常用，最好記下來吧。double 是「增至 2 倍」、triple「增至 3 倍」、quadruple「增至 4 倍」。

發音　Pronunciation

[P1] ▶ 字尾 rily 部分，r 跟 l 的音連在一起，所以無論要開口發音還是聽出發音都很困難，而且在這次文章中還是放在分詞構句的句首，這都更加深聽出這個單字的難度。

[P2] ▶ 3.1 million 的 3.1 部分裡「.」要讀作 point，因此整個讀法是 three point one million。

[P3] ▶ 2018 無論讀作 twenty eighteen 或 two thousand eighteen 都可以。前者 twenty eighteen 聽起來比較道地一點。

翻譯　　過去大量充斥黑幫與毒品的哥倫比亞，現在也成了主要的觀光地區之一。外國旅客從 2006 年時每年 100 萬人次，到了 2018 年的 310 萬人次，共成長了三倍以上。

單字

☐ **primarily** (adv)：主要地、基本上地
☐ **associate with ～** (v)：把……聯繫在一起、聯想到
☐ **triple** (v)：增至 3 倍

主題解說專欄

哥倫比亞是什麼樣的國家？

從日本來看，哥倫比亞正好在地球的另一側，想要去旅行實在太遠了，需要耗費大量時間與費用，並不是可以輕鬆拜訪的地方。除此之外，直到數十年前，哥倫比亞仍頻繁發生毒品黑幫或左翼游擊軍隊綁架或殺人的案件，也不是能夠觀光或旅行的環境。

不過據說實際前往後就可以發現，能夠瞭望太平洋或加勒比海的美麗沙灘、傳統的哥倫比亞風格街道、古代遺跡等等，這些令人屏息的美景其實遍布在哥倫比亞各地。筆者大學時的第二外語專攻的是西班牙語，如果有機會我實在很想去一探究竟。

STEP 6　參考箭頭與標記來朗讀原文，學習單字與發音的韻律。只要是自己能夠發音的單字，往後就能漸漸聽得懂。

Once / ①**primarily** / associated with / ②**gangs** and drugs, ↓

Colombia / is now / a major / tourist destination. ↓

★Tourism / has more than ③**tripled** / from 1 million / foreign visitors ↑

per year / in ④**2006** / to ④**3.1 million** / in ④**2018**. ↓

發音（單字）

① **primarily** [praɪˈm(ə)rəli]（prai·**meh**·ruh·lee）

如 **STEP 4** 所提到，字尾 rily 部分的 r 與 l 發音連在一起，是個不容易發音的單字。拼寫為 rily，讓人想發「rilii」的音，但其實 ri 部分是模糊不清的母音，發音接近 ra 或 ru，因此「ralii」是更相近的唸法。

② **gangs** [gæŋz]（gangz）

ga 的 a 用「e」的嘴型發「a」的音。請將嘴巴往兩邊張開，發出 ga 的音。

③ **tripled** [ˈtrɪp(ə)ld]（**tri**·pld）

這個字的重音在字首。另外 ple 部分是 Dark L，聽起來接近「poo」。

④ **2006 ／ 3.1 million ／ 2018**

這裡接續了好幾個數字，仔細確認每個數字的讀法吧。

2006 ＝ two thousand six

3.1 million ＝ three point one million

2018 ＝ two thousand eighteen ／ twenty eighteen

語調

★ 第 3 行的 foreign visitors 之後要提高語調。這是因為文法上，句子結束在 foreign visitors 也不奇怪，因此為了表示句子還沒結束，要用語調來提醒。這也是一種「我還會繼續說下去」的暗號。

複合名詞

tourist destination

Diabetes

請聽音檔，按照 STEP 1 到 STEP 6 的順序往下聽寫。音檔依照 10 次慢速→ 3 次母語者自然語速的順序，播放文章的朗讀。

STEP 1 請聽音檔，嘗試寫下聽到的關鍵字，並從關鍵字聯想本文的內容。

_____

_____

_____

_____

STEP 2 最多反覆播放 10 次音檔，並盡可能寫下在文章中所聽到的英文單字。直接用英文字母拼寫看看，字跡潦草、拼寫不夠正確也沒有關係。

[目標：要達到多益 500 分最多可聽 10 次、多益 600 分最多可聽 7 次、多益 700 分最多可聽 5 次、多益 800 分最多可聽 3 次]

_____

_____

_____

_____

STEP 3 閱讀聽寫下來的英文，檢查文法上的意思是否通順並進行修改。下方會列舉檢查時的重點，還請多加參考。

_____

_____

_____

☐ 理解定冠詞與不定冠詞的用法了嗎？

☐ 察覺插入語（句）並理解句子結構了嗎？

☐ 聽出由字首＋單字所組合的單字了嗎？

☐ 寫出句中因為連接而變弱的音了嗎？

☐ 寫出帶有 Short O 的音了嗎？

原文＆解說

Singapore will be ^{G1}the first country in the world to ^{P1}ban advertisements for ^{V1}unhealthy drinks with high sugar ^{P2}content. Soft drinks, juices, yogurt drinks, and instant ^{P3}coffee would ^{G2}all be ^{P4}affected by ^{G3}the new regulation.

文法　Grammar

G1 ▶ the 雖然聽不太到，但後面 first country 指的是「第一個禁止高糖度不健康飲品廣告的國家」，而這個國家當然只有 1 個。在寫完整個句子後也沒關係，總之要記得放進定冠詞 the。

G2 ▶ 主詞從 Soft drinks 到 instant coffee，是個相當長的主詞，而動詞部分是 would be affected。順帶一提，這句話有 2 個地方可以放進 all，而 all 的位置會稍微改變句子意思。would all be affected：在飲料這個類別中所有的東西／ would be all affected：soft drinks, juices, yogurt drinks……等等，將焦點放在個別例子後的所有飲料，這兩者間有些許的語感差異。

G3 ▶ new regulation「新規定」與第 1 句話所提到的事有關聯，因此是「那條新規定」，要記得寫下定冠詞 the。

語彙　Vocabulary

V1 ▶ unhealthy 由表示否定的字首 un ＋ healthy 組成。即使聽成 a healthy，但從文法上也能感覺到怪異才是，這時就可以思考是否是將 un 聽成 a 或 an。

發音　Pronunciation

P1 ▶ ban advertisements 中，ban 的 n 與 advertisements 的 a 產生連接，變成 banadvertisements，因此有可能沒察覺到是 advertisements 這個單字。

P2 ▶ content 的 o 為 Short O，聽起來應該更像「kanten」。單字最後的 t 脫落，幾乎聽不到。

P3 ▶ coffee 的 o 也是 Short O，所以聽起來不是「koofii」而是「kaafii」。

P4 ▶ affect 與 effect 發音很像，就連母語者都時常弄錯，這在 Unit 29 提過了。affect 常作為動詞，而 effect 則常作為名詞使用。

_____

_____

_____

_____

翻譯　　新加坡將是世界上第一個禁止高糖度不健康飲品廣告的國家。汽水、果汁、乳酸飲料與即溶咖啡等，都將受到新規定的影響。

單字

☐ **ban** (v)：禁止……

☐ **sugar content** (n)：糖度、含糖量

☐ **affect** (v)：影響、作用於……

☐ **regulation** (n)：規定、規則

主題解說專欄

新加坡的糖尿病對策

新加坡政府宣布，將全面禁止含糖量超過標準值的飲料刊登廣告。糖尿病是新加坡極欲解決的棘手問題。根據該國衛生部的調查，在 18 ～ 69 歲國民中，有 11％的人擁有糖尿病，在先進國家裡僅次於最高的美國，尤其在人數較少的印度裔及馬來裔居民間更是特別嚴重。

日本在用餐時往往喝的是綠茶或烏龍茶，但在新加坡，吃飯配的是可樂與果汁。即使是在便利商店或超市買的寶特瓶裝茶類飲料，也甜到讓我嚇一大跳，不知道這是否與全年熱帶的氣候有關呢。

STEP 6　參考箭頭與標記來朗讀原文，學習單字與發音的韻律。只要是自己能夠發音的單字，往後就能漸漸聽得懂。

①**Singapore** / will be / the first country / in the world ↑
to ②**ban** ③**advertisements** / for unhealthy drinks / with high sugar content. ↓
★**Soft drinks**, / **juices**, / ④**yogurt drinks**, / and instant coffee ↓
would all / be affected by / the new regulation. ↓

發音（單字）

① **Singapore** [ˌsɪŋəˈpɔː(r)]（**sin**·ge·por）
重音在字首的第 1 音節，另外需要注意發音是 si；嘴巴輕輕閉上，往兩側拉開，再把舌尖放在下方門牙後面，最後像吐氣般發音。

② **ban** [ˈbæn]（ban）
a 部分的音要用「e」的嘴型，往兩側張開的同時發「a」的音，以免發音變成了 bun。

③ **advertisements** [ˌædvərˈtaɪzmənt]（ad·vr·**taiz**·muhnt）
第 1 重音在第 3 音節，而第 2 重音則在第 1 音節，這裡 a 用「e」的嘴型發「a」的音。

④ **yogurt** [ˈjogərt]（**yow**·grt）
重音在第 1 音節「yoou」，而 gurt 部分幾乎只能聽到「gart」和子音，因此整個字聽起來像是「yoouga」。

語調

★ **Soft drinks, juices, yogurt drinks, and instant coffee**
以 and 並列的 4 項飲料，要用 Soft drinks, ↑ juices, ↑ yogurt drinks, ↑ and instant coffee ↓ 這樣的語調高低來發音。

複合名詞

發音時要傳達出 sugar content 用 high 來修飾的語感。
(high) sugar content, soft drinks, yogurt drinks

Guinness World Records

請聽音檔，按照 STEP 1 到 STEP 6 的順序往下聽寫。音檔依照 10 次慢速→ 3 次母語者自然語速的順序，播放文章的朗讀。

STEP 1　請聽音檔，嘗試寫下聽到的關鍵字，並從關鍵字聯想本文的內容。

STEP 2　最多反覆播放 10 次音檔，並盡可能寫下在文章中所聽到的英文單字。直接用英文字母拼寫看看，字跡潦草、拼寫不夠正確也沒有關係。

> 目標：要達到多益 500 分最多可聽 10 次、多益 600 分最多可聽 7 次、多益 700 分最多可聽 5 次、多益 800 分最多可聽 3 次

STEP 3　閱讀聽寫下來的英文，檢查文法上的意思是否通順並進行修改。下方會列舉檢查時的重點，還請多加參考。

☐ 察覺到斜體了嗎？

☐ 是否寫出常用的表現與慣用語了呢？

☐ 發現 1 個單字有好幾種意思了嗎？

☐ 聽出專有名詞了嗎？

☐ 寫出句中因為連接而變弱的音了嗎？

☐ 聽出數字了嗎？

原文＆解說

The 50-year-old **G1***Friends* **V1**star, Jennifer Aniston, joined Instagram and **P1**accrued one million followers in just five hours and **P2**16 minutes, **V2**setting a mark **G2**recognized by the **V3**Guinness World Records for the fastest time for an Instagram account to reach **G3**that milestone.

▌文法　Grammar

G1 ▶ 看原文可以發現 Friends 是斜體。這不是指「朋友」，而是美國著名的電視劇集《六人行》。書籍、雜誌、電影與電視劇等標題會用斜體，或是底線來表示。

G2 ▶ recognize 一般多以「認識」的意思為人所知，但 (be) recognized by ～是「受到……（人）所承認」的意思。用法如 recognized by the public「被大眾認可」。順帶一提，recognise 是在英式英語裡常見的一種拼法。

G3 ▶ 無論 reach that milestone 還是 reach the milestone 在文法上都可以。因為這單字實在很短，想在一瞬間聽出是哪一個頗為困難，不過意思都是相同的。

▌語彙　Vocabulary

V1 ▶ 各位應該會立即聯想到「星星」的意思，但從前後文脈絡應該能發現這個翻譯很奇怪才是。這裡意思是指電視劇的「明星」。

V2 ▶ set a mark 是「留下紀錄」的慣用語，還請記下來吧。

V3 ▶ Guinness World Records 就是「金氏世界紀錄」。因為是專有名詞，就整個記下來吧。

▌發音　Pronunciation

P1 ▶ 前面的 and 與 accrued 連在一起，聽不太到「accrued」的「a」，因此可能會誤聽成「cool」。

P2 ▶ 16 與 60 不太好辨認，但可以注意到 sixteen 的 teen 會拉長，重音也在這個位置。

翻譯　50 歲的《六人行》影星珍妮佛·安妮斯頓開設了她的 Instagram 帳號。她在短短 5 小時 16 分內就獲得 100 萬追蹤者，達成 Instagram 帳號最快突破 100 萬人次追蹤的紀錄，並受到金氏世界紀錄的認證。

單字

☐ **accrue** (v)：（利益、成果）自然增加
☐ **milestone** (n)：劃時代的事、里程碑

主題解說專欄

Instagram 的金氏世界紀錄

在這之前，達成最快突破 100 萬人追蹤的金氏世界紀錄保持者，是前王子妃梅根與前王子哈利，他們的帳號達成的紀錄為 5 小時 45 分。珍妮佛比這個紀錄快了 30 分鐘，以 5 小時 16 分的驚人數字成為紀錄保持人。

筆者也追蹤了珍妮佛的帳號，她上傳的多是素顏、以前的鬼臉等等毫不掩飾的自拍照，這讓人更加喜歡這位明星了。無論是電視劇的《六人行》，還是珍妮佛出演的喜劇電影，我每部都有看，也都笑得很開心，我想她確實有著無與倫比的喜劇品味吧。請各位不妨看看她的作品吧。

STEP 6　參考箭頭與標記來朗讀原文，學習單字與發音的韻律。只要是自己能夠發音的單字，往後就能漸漸聽得懂。

The 50-year-old / Friends star, / Jennifer Aniston, ↑
joined ①**Instagram** / and ②**accrued** / one million followers ↑
in just five hours / and ③**16 minutes**, ↓
setting a mark / recognized by / the Guinness World Records ↑
for the ★**fastest time** / for an Instagram account / to reach / that milestone. ↓

發音（單字）

① Instagram [ˈɪnstəɡræm]（**in**·stə·gram）

最近多較常用 Instagram 的縮寫，會寫成 Insta，重音會放在最前面的 In。

② accrued [əˈkruː]（uh·**kroo**）

從拼寫或許很難推測其發音。字首的 a 因為是模糊不清的母音，所以在上面的文章中會與 and 連在一起，幾乎聽不見這個 a。重音在第 2 音節。

③ 16 [ˌsɪksˈtiːn]（siks·**teen**）

sixteen 跟 sixty 連美國人有時也會感到混亂，發音時要盡量清楚。不過不用擔心，即使是母語者之間也會再說一次或反問說了什麼，身為外國人的我們說不清楚也無須太驚慌。

語調

因為 1 句話很長，所以換氣時機不好抓，句子的韻律也很難掌握。最初的 3 行依照原稿的換行分成 3 段來讀，應該會比較好唸才是。特別是第 3 行後半的 ...and 16 minutes 之後，為了在此將句子意思做出分段，最好停頓一段稍長的時間再繼續讀下去。

發音（連接）

★ fastest time

fastest 最後的 t 與 time 最前面的 t 疊在一起而同化，有個 t 因此脫落。發音聽起來像是 fastestime。

Halloween Candy

請聽音檔,按照 STEP 1 到 STEP 6 的順序往下聽寫。音檔依照 10 次慢速→ 3 次母語者自然語速的順序,播放文章的朗讀。

STEP 1 請聽音檔,嘗試寫下聽到的關鍵字,並從關鍵字聯想本文的內容。

_____

_____

_____

_____

STEP 2 最多反覆播放 10 次音檔,並盡可能寫下在文章中所聽到的英文單字。直接用英文字母拼寫看看,字跡潦草、拼寫不夠正確也沒有關係。

[目標:要達到多益 500 分最多可聽 10 次、多益 600 分最多可聽 7 次、多益 700 分最多可聽 5 次、多益 800 分最多可聽 3 次]

_____

_____

_____

_____

STEP 3 閱讀聽寫下來的英文,檢查文法上的意思是否通順並進行修改。下方會列舉檢查時的重點,還請多加參考。

_____

_____

_____

☐ 寫出所有格的 S 了嗎?
☐ 區別大寫與小寫了嗎?
☐ 是否寫出常用的表現與慣用語了呢?
☐ 理解介係詞的用法並寫出來了嗎?
☐ 察覺插入語(句)並理解句子結構了嗎?
☐ 聽出數字了嗎?

原文&解說

V1Reese's Peanut Butter Cups are G1Americans' number one G2Halloween candy choice, according to G3a survey G4of P11,161 adults over age P218. It turns out that the combination of peanut butter and chocolate G5is popular.

文法　Grammar

G1 ▶ 注意 Americans' 的撇號位置。既然意思是「最受美國人歡迎的糖果」，而美國人為複數，那麼撇號就要放到最後。

G2 ▶ Halloween 是專有名詞，必須大寫。

G3 ▶ 由於 according to the survey 是相當常見的表達，因此常常會不小心寫出 the，但在上面文章中這是第一次出現的事物，所以要用 a。

G4 ▶ 這個 of 是「以 1,161 名 18 歲以上成人**為對象**的調查」中的「以……為對象」的意思。

G5 ▶ 如果只聽聲音我想應該很難聽見 is；當句子很長又出現聽不太清楚的音時，可能就會讓人難以理解句子的意思，像這種時候可以將形容詞等單字去掉，把句子簡單化，就可以抓出句子的骨幹。以這句來說，the combination is popular. 就是骨幹，因此可以知道，that 之後的句子動詞是 is。

語彙　Vocabulary

V1 ▶ Reese's 這樣的商號常常會用 's 來表現，例如 McDonald's 或 Domino's 等等。

發音　Pronunciation

P1 ▶ 1,161 的讀法有 2 種，一種是忠實讀出數字的 One thousand one hundred sixty one，一種是 Eleven hundred sixty one（11×100 與 61）。由於美國人不擅長處理數字，不太會做減法，因此基本上會以加法思維為主。

P2 ▶ 請仔細聽出 eighteen 及 eighty 的差別。可以靠後方的母音長度與重音來判斷出是 eighteen。

_____

_____

_____

_____

| 翻譯 |　根據一項以 1,161 名 18 歲以上成年人為對象的調查，瑞氏花生醬杯是美國人氣第一的萬聖節糖果。這證明了花生醬與巧克力是最受歡迎的組合。

單字

□ **Reese's** (n)：瑞氏花生醬杯（用 Hershey 的牛奶巧克力包裹住花生醬的點心棒。準確來說不是棒狀，而是接近方形、如同杯子的造型，所以才被稱為 Peanut Butter Cups）

| 主題解說專欄 |

各式各樣的花生醬享用法

花生醬是絕大多數美國人的愛好，筆者都是手指直接插進瓶子裡再拿起來舔著吃的。

花生醬與藍莓醬三明治是孩童最常見的午餐；在芹菜棒上面塗抹花生醬，並撒上葡萄乾，就是一道健康的點心。除了塗在麵包外，也能用在各式各樣的點心上。在巧克力杯裡塞進花生醬的，就是這種稱為花生醬杯的甜點。

STEP 6　參考箭頭與標記來朗讀原文，學習單字與發音的韻律。只要是自己能夠發音的單字，往後就能漸漸聽得懂。

Reese's Peanut Butter Cups / are Americans' / number one / Halloween candy choice, ↓
according to / a survey / of 1,161 adults / over age 18. ↓
It turns out that / the ①combination of / peanut butter / and ②chocolate / is ③popular. ↓

發音（單字）

① **combination** [ˌkɑːmbɪˈneɪʃ(ə)n]（kaam·buh·**nei**·shn）
字首 con 是 Short O，發音比起「ko」更接近「ka」。

② **chocolate** [ˈtʃɑːklət]（**chaa**·kluht）
字首的 cho 更接近「cha」，以 Short O 來發音。此外重音在字首，而 late 不會拉長，要簡短地發音。

③ **popular** [ˈpɑːpjʊlə(r)]（**paa**·pyuh·lr）
字首的 po 要用更接近「pa」的 Short O 來發音。

複合名詞

第 1 句話一開始就是複合名詞，在閱讀上要注意停頓的點。Reese's Peanut Butter Cups 意指 Reese（酪農的名字）所做的 Peanut Butter Cups，因此 Reese's 後面要暫時停頓一下。

Reese's Peanut Butter Cups, number one, Halloween candy choice, peanut butter

Education

請聽音檔，按照 STEP 1 到 STEP 6 的順序往下聽寫。音檔依照 10 次慢速→ 3 次母語者自然語速的順序，播放文章的朗讀。

STEP 1　請聽音檔，嘗試寫下聽到的關鍵字，並從關鍵字聯想本文的內容。

_____

_____

_____

_____

STEP 2　最多反覆播放 10 次音檔，並盡可能寫下在文章中所聽到的英文單字。直接用英文字母拼寫看看，字跡潦草、拼寫不夠正確也沒有關係。

> 目標：要達到多益 500 分最多可聽 10 次、多益 600 分最多可聽 7 次、多益 700 分最多可聽 5 次、多益 800 分最多可聽 3 次

_____

_____

_____

_____

STEP 3　閱讀聽寫下來的英文，檢查文法上的意思是否通順並進行修改。下方會列舉檢查時的重點，還請多加參考。

_____

_____

_____

☐ 寫出複數形的 S 了嗎？
☐ 以文法判斷出音較弱的虛詞了嗎？
☐ 是否寫出常用的表現與慣用語了呢？
☐ 發現複合名詞及複合形容詞了嗎？

原文＆解說

A school in India facing persistent cheating on examinations **V1**came up with a solution. They **V2**asked students to wear **V3**cardboard **G1**boxes on their heads. The front of the boxes had been cut out, allowing students to see their desks **G2**and exam **P1**sheets but **V4**restricting their vision.

文法　Grammar

G1 ▶ 因為學生有複數人，所以學生頭戴的紙箱也會是複數個，用複數形 boxes。有聽出 They 或 their 的話應該就能察覺這裡的複數形。

G2 ▶ in 與 and 的發音皆因為是虛詞而變弱，兩個聽起來都只像是 /n/，發音很相像。但從文法上來看，就可以知道這裡只能放 and。

語彙　Vocabulary

V1 ▶ 慣用語 come up with～意思是「想出……（主意、想法）」。up with 的發音較弱，單只是聽聲音的話或許聽不太清楚。

V2 ▶ ask 過去式 asked 發音是「askt」。另外 askt 中 skt 的音會與 students 的 stu 連在一起，聽起來像是 asstudents。請熟記這個發音，以後如果再聽到這個音，就可以像因式分解一樣拆成 asked students。

V3 ▶ cardboard boxes 意思是「厚紙箱」，不過很容易聽漏中間的 board。由於重音在 card，而 board 之後又出現字首的音相同的 box，如果光是追著發音很有可能會跟不上。

V4 ▶ 動詞 restrict 意思是「限制」。這裡與 allowing 一同成為 ing 形。名詞為 restriction。請像這樣學習一個單字的各種形態，同時增加自己的字彙量吧。

發音　Pronunciation

P1 ▶ 注意不要混淆 sheets 與 seats。sheet 發音時嘴巴會嘟成像是四邊形的嘴型，sh 的音較為強烈，吐出的氣息聽起來也強上很多。si 與 shi 的發音差異已在 Unit 32 提過了。

_____

_____

_____

_____

| 翻譯 |

　　印度某間學校為對付難以根除的考試作弊，想出了一個法子：他們要求學生考試時要戴上厚紙箱。紙箱前面有割開缺口，學生可以看到桌子與考卷，但視野卻受到了限制。

單字

☐ **persistent** (adj)：頑固的、持續不斷的
☐ **solution** (n)：解決方法
☐ **restrict** (v)：限制……

主題解說專欄

剽竊這條罪

在美國的大學裡，比起考試作弊更嚴重的行為是 Plagiarism（剽竊）。剽竊指的是從他人著作中抄取部分文章、字句與思想等，並當作自己的作品。提出報告或小論文時，會同時親筆簽上「這是我自己所寫」的誓言。學生從書籍或網路上直接抄襲文章當作報告提出的行為，會受到嚴格的管束與處罰。

雖然這是我個人的意見，不過日本從古代就有「本歌取」（一種和歌創作技法）或仿作的文化，對剽竊的罪惡感相較之下似乎淺薄很多。另一方面，美國嚴守著作權，保護創作的體制非常嚴密，擁有顧慮到富有創造精神的人或創作者的文化氛圍。

STEP 6　參考箭頭與標記來朗讀原文，學習單字與發音的韻律。只要是自己能夠發音的單字，往後就能漸漸聽得懂。

A school / in India / facing / ①**persistent** cheating / on examinations / came up / with a solution. ↓

They ★**asked** / **students** / to wear / cardboard boxes / on their heads. ↓

The front / of the boxes / had been / cut out, ↓

②**allowing** students / to see / their desks / and exam sheets ↑

but restricting / their vision. ↓

發音（單字）

① persistent [pə(r)ˈsɪstənt]（pr·**si**·stnt）

重音在第 2 音節，另外還要注意 si 的音。發音時嘴唇不要用力，也不用嘟起嘴巴。要說的話，嘴巴稍微往兩側張開，舌頭抵在下門牙牙齦的發音方式會更像 si。

② allow（ing）[əˈlaʊ]（uh·**law**）

重音在字尾，llow 部分的音比起「lou」更接近「lau」。文章中為 ing 形，發音時 g 的音會脫落。

發音（連接）

★ asked students

如 **STEP 4** 所言，這裡是連續的子音，asked 後半的 /skt/ 與 students 前半的 /stu/ 會連在一起。請試著以 asstudents 的方式發音看看吧。

語調

第 5 行 allowing students to see... 之後的句子很長，因此可以像上面原稿那樣換行，將 but 前面的 ...and exam sheets 與後面的 but restricting... 分成 2 段，這樣就比較好讀了。

複合名詞

本文出現以下 2 個複合名詞。cardboard boxes 如 **STEP 4** 所言是相當難聽出來的音，而且 cardboard 本身也是一個複合名詞，這使得這個單字在發音與韻律上會更加困難。

cardboard boxes, exam sheets

Automobiles

請聽音檔,按照 STEP 1 到 STEP 6 的順序往下聽寫。音檔依照 10 次慢速→ 3 次母語者自然語速的順序,播放文章的朗讀。

STEP 1　請聽音檔,嘗試寫下聽到的關鍵字,並從關鍵字聯想本文的內容。

_____

_____

_____

_____

STEP 2　最多反覆播放 10 次音檔,並盡可能寫下在文章中所聽到的英文單字。直接用英文字母拼寫看看,字跡潦草、拼寫不夠正確也沒有關係。

[　目標:要達到多益 500 分最多可聽 10 次、多益 600 分最多可聽 7 次、多益 700 分最多可聽 5 次、多益 800 分最多可聽 3 次　]

_____

_____

_____

_____

STEP 3　閱讀聽寫下來的英文,檢查文法上的意思是否通順並進行修改。下方會列舉檢查時的重點,還請多加參考。

_____

_____

_____

_____

☐ 察覺修飾的部分並理解句子結構了嗎?
☐ 以文法判斷出音較弱的虛詞了嗎?
☐ 理解介係詞的用法並寫出來了嗎?
☐ 發現 1 個單字有好幾種意思了嗎?
☐ 聽出由字首＋單字所組合的單字了嗎?
☐ 寫出連接的單字了嗎?

原文＆解說

As cars become smarter and safer, some members of Congress **P1**want to require them **P2**to be built to prevent drunk driving. A **G1**newly introduced **V1**bill would make it mandatory for all new cars and trucks to come **G2**loaded with passive, virtually **V2**unnoticeable, alcohol detection systems **G3**by 2024.

文法　Grammar

G1 ▶ newly introduced「新引進的」用來修飾 bill。句首出現像 A newly 這樣的副詞時或許會讓人一時聽不出來說了什麼。用法如 newly built house「新蓋的房子」。

G2 ▶ load with ～意思是「裝載、堆了……」。with 的發音聽起來只像很短的「wi」，應該聽不太清楚。virtually unnoticeable 意思是「幾乎無法察覺的」（用副詞 virtually 修飾形容詞 unnoticeable），並用來修飾 alcohol detection systems。with 後面的 passive 這個形容詞也是在修飾 alcohol detection systems。

G3 ▶ 如 by 2024「在 2024 年前」這種「介係詞 by ＋年份」的用法，意思就是「在○○年以前」。注意 until 的意思是「到……之前（一直）」，與 by ＋年份的語感不同。

語彙　Vocabulary

V1 ▶ bill 最為人所知的意思是「紙幣、紙鈔」，但也有「法案」的意思。

V2 ▶ 如果知道單字由 un「表否定的字首」＋ notice「察覺」＋ able「可……的」所組成，那就算之前沒看過這個單字，應該也能推測出意思。

發音　Pronunciation

P1 ▶ want to 常常縮減發音為 wanna。want 的 t 與 to 的 t 連在一起，變成像是吞嚥的 n 音，而最後的 o 也沒有明確地發音出來，所以才會聽起來像 wanna。最近很多時候也會直接寫成 wanna 了。

P2 ▶ to be built 的 to be 聽起來像短促的「tubi」。這裡的意思可能有點難懂，to be built 前面的 them ＝ cars，members of Congress want to require manufactures to build cars to prevent drunk driving. 的 manufactures 部分為了藏起來，才採用了被動的文章結構。

_____

_____

_____

_____

翻譯　　隨著汽車變得更智能、更安全，一些國會議員正要求生產能夠遏止酒駕的汽車。根據新引進的法案，到了 2024 年，所有新造汽車與貨車都必須強制加裝隱藏的被動式酒精檢測系統。

單字

☐ **Congress** (n)：（特指美利堅合眾國「聯邦」的）議會、國會
☐ **mandatory** (adj)：義務的、強制的、必須的
☐ **passive** (adj)：被動的
☐ **virtually** (adv)：事實上地、實質地
☐ **unnoticeable** (adj)：不明顯的
☐ **detection** (n)：檢測、探知、發覺

主題解說專欄

美國的酒駕狀況

酒駕的英語為 drunk driving。因酒駕被捕會說 I got a DUI.。DUI 是 Driving Under the Influence 的縮寫，直譯為「在影響下駕駛」。由於是「在某種影響下」，因此 DUI 其實不限酒精，也包含各種藥物在內。從這樣的表達方式也能知道美國大麻等藥物的普及程度有多高。

STEP 6　參考箭頭與標記來朗讀原文，學習單字與發音的韻律。只要是自己能夠發音的單字，往後就能漸漸聽得懂。

As cars / become / smarter and safer, ↑

some members of ①**Congress** / want to / require them / to be built / to prevent / drunk

driving. ↓

A newly / introduced bill / would make it / ②**mandatory** ↑

for all / new cars / and trucks / to come loaded with ↑

★**passive**, / ③**virtually unnoticeable**, / alcohol ④**detection systems** / by 2024. ↓

發音（單字）

① **Congress** [ˈkɑŋgrəs]（**kaang**·gruhs）

字首 Con 是 Short O，發音比較接近「kan」。另外像文章中要表示的是「美利堅合眾國的議會」時，Congress 字首的 C 會大寫，聽寫時要多加注意。

② **mandatory** [ˈmændətɔːri]（**man**·duh·taw·ree）

由於拼寫相較之下頗貼合發音，所以有很多人都能直接拼出來吧。發音時注意字首 man 的母音，要用「e」的嘴型並稍微往兩側張開嘴巴，然後發出「a」的音。

③ **virtually** [ˈvɜːrtʃuəli]（**vur**·choo·uh·lee）

這是意思為「事實上，實際上」的副詞，重音在字首。因為修飾 unnoticeable，所以盡量一口氣說完 virtually unnoticeable。

④ **detection** [diˈtekʃən]（duh·**tek**·shn）

重音在第 2 音節。字首 de 不是「de」，更接近「di」的音。

語調

★ passive, virtually unnoticeable, alcohol detection systems

整句語調為 passive, ↑ virtually unnoticeable, ↑ alcohol detection systems ↓。with 以後到第 2 個逗號前都提高語調，而最後的 alcohol detection systems 之後則降低語調。

複合名詞

drunk driving, alcohol detection systems

China Wealth

請聽音檔，按照 STEP 1 到 STEP 6 的順序往下聽寫。音檔依照 10 次慢速→ 3 次母語者自然語速的順序，播放文章的朗讀。

STEP 1　請聽音檔，嘗試寫下聽到的關鍵字，並從關鍵字聯想本文的內容。

_____

_____

_____

_____

STEP 2　最多反覆播放 10 次音檔，並盡可能寫下在文章中所聽到的英文單字。直接用英文字母拼寫看看，字跡潦草、拼寫不夠正確也沒有關係。

> 目標：要達到多益 500 分最多可聽 10 次、多益 600 分最多可聽 7 次、多益 700 分最多可聽 5 次、多益 800 分最多可聽 3 次

_____

_____

_____

_____

STEP 3　閱讀聽寫下來的英文，檢查文法上的意思是否通順並進行修改。下方會列舉檢查時的重點，還請多加參考。

_____

_____

_____

_____

☐ 理解定冠詞與不定冠詞的用法了嗎？

☐ 是否寫出常用的表現與慣用語了呢？

☐ 聽出專有名詞了嗎？

☐ 寫出脫落的音了嗎？

☐ 聽出數字了嗎？

原文＆解說

China has **V1**overtaken America as the home of **G1**the highest number **G2**of rich people in the world. There are **P1**100 million Chinese among the richest **P2**10% **G3**of people in the world, compared to **P3**99 million Americans, **V2**Credit Suisse found in its latest annual wealth survey.

文法　Grammar

G1 ▶ highest number 是最高級，需要加上 the。即使音本身聽不太出來，但檢視前後文章脈絡應該就能察覺並寫下最高級的 highest 吧。

G2 ▶ number of rich people 指的是「富人的數量」。想表示數量眾多時，也能用 high number of ～「（數量）很多的……」。了解這個用法後，就算難以聽出來 of 的音也寫得出來。

G3 ▶「世界最富有的 10% 人口」可以表達為 the richest 10% of people in the world。the richest 10% 這個順序是重點。雖然我想 of 應該聽不太到，但記下這個字序應該就能從文脈中推測出 of。

語彙　Vocabulary

V1 ▶ 動詞 overtake 意思是「追過」。如果只聽出 over 並錯認為介係詞，後面整個意思就會搞錯，因此最好還是多加強自己的字彙力吧。

V2 ▶ Credit Suisse「瑞士信貸集團」是總部設在蘇黎世的綜合型銀行，其規模之大，在全球各地都有業務，是最主要的歐洲投資銀行之一。

發音　Pronunciation

P1 **P3** ▶ 100 million 讀作 one hundred / a hundred million。**P3** 99 million ＝ ninety nine million。

P2 ▶ % 發音為 per cent，不會拉長 per 的發音。另外，由於 t 幾乎聽不到，因此聽起來可能會像「paasu」。

_____

_____

_____

_____

翻譯　　中國超越了美國，成為全球富人最多的國家。根據瑞信集團所做的最新年度持有資產調查，進入世界最富有前 10% 人口的中國人約有 1 億人，超過了美國的 9,900 萬人。

_____

單字

□ **overtake** (v)：追上……、超過
□ **compared to ～**：與……比較、相對於……

主題解說專欄

> **如今日本已是低物價的國家**
>
> 有份新聞報導指出，日本迪士尼樂園的入場券或百圓商店的價格已經比中國與東南亞還要便宜，不知不覺間日本淪落為「便宜的國家」了。
>
> 筆者自己這幾年，每次海外旅行去餐廳用餐或到超市購物時，都會對食品等日常用品的高昂價格感到驚訝，而乘坐計程車或大眾運輸的費用也都讓我感到頗有負擔。
>
> 最近也漸漸感覺到，連我自己有興趣的高爾夫球，在日本打似乎還比較便宜。
>
> 1980 年代的常識是「日本物價太高，外國人除了商務根本就沒辦法來旅遊」，但現在香港、新加坡，乃至上海或北京的旅客，都會因為「日本物價便宜」來東京購物，進行一場快速旅行。現在，日本正興起入境旅遊的需求，但我認為遊客們之所以訪日最重要的裡由，應該是日本物價相對便宜吧。

STEP 6　參考箭頭與標記來朗讀原文，學習單字與發音的韻律。只要是自己能夠發音的單字，往後就能漸漸聽得懂。

China / has overtaken / America / as the home of ↑
the highest number / of rich people / in the world. ↓
★There are / 100 million / Chinese ↑
among the richest / ①**10%** of people / in the world, ↓
compared to / 99 million / Americans, ↓
②**Credit Suisse** / found / in its latest / ③**annual** wealth survey. ↓

發音（單字）

① **10%** [ten pər'sent]（ten·pr·**sent**）
%發音為 per cent，per 要短，cent 最後的 t 會脫落，發音起來會像是「paasu」。

② **Credit Suisse** ['kredɪ: swɪs]（**kreh**·di swis）
Credit Suisse 因為是專有名詞，一開始不會發音也完全沒問題。

③ **annual** ['ænjuəl]（**an**·yoo·uhl）
重音在字首，字首的 a 用「e」的嘴型發「a」。

語調

★ 從第 3 行到第 6 行的這第 2 句話是非常長的句子，因此考量到單字意思，最好以每 5 ～ 10 個單字為一組來分段，這麼一來就能順利將內容傳達給對方，而且換氣也比較輕鬆。閱讀時，依照上面原文的斷行，來換氣唸一遍試試看吧。

複合名詞

本文沒有太多複合名詞。
在 wealth survey 中，wealth 最後的 th 就放棄發音吧。如果太想好好發 th 的音，反而會讓接下來 survey 的 /s/ 音發不出來。
wealth survey

YouTube

請聽音檔，按照 STEP 1 到 STEP 6 的順序往下聽寫。音檔依照 10 次慢速→ 3 次母語者自然語速的順序，播放文章的朗讀。

STEP 1 請聽音檔，嘗試寫下聽到的關鍵字，並從關鍵字聯想本文的內容。

STEP 2 最多反覆播放 10 次音檔，並盡可能寫下在文章中所聽到的英文單字。直接用英文字母拼寫看看，字跡潦草、拼寫不夠正確也沒有關係。

[目標：要達到多益 500 分最多可聽 10 次、多益 600 分最多可聽 7 次、多益 700 分最多可聽 5 次、多益 800 分最多可聽 3 次]

STEP 3 閱讀聽寫下來的英文，檢查文法上的意思是否通順並進行修改。下方會列舉檢查時的重點，還請多加參考。

☐ 察覺插入語（句）並理解句子結構了嗎？
☐ 是否寫出常用的表現與慣用語了呢？
☐ 以文法判斷出音較弱的虛詞了嗎？
☐ 發現複合名詞及複合形容詞了嗎？
☐ 區別大寫與小寫了嗎？
☐ 聽出專有名詞了嗎？

原文&解說

The ^{V1} ^{P1}highest-earning ^{V2}YouTube star in the world is ^{G1}a child ^{G2}in elementary school. He ^{G3}has generated 22 million dollars in ^{P2}revenue by ^{P3}reviewing new toys.

文法　Grammar

G1 ▶ a 不只難以聽清楚，也因為主詞很長，就算檢視寫下來的句子也很難發現有沒有 a，不過 The highest-earning YouTube star in the world ＝ He，只要將句子簡化成 He is a child.，就可以發現需要不定冠詞的 a。

G2 ▶ 無論 be in school 還是 be at school 都是常用表現。at school 意思是「物理上本人在學校」，而 in school 則有「在學中」的意思。這裡比起 be at school，在文脈上更適合使用 be in elementary school「（Youtuber）是小學生」。

G3 ▶ has generated 的 has 不容易聽清楚，不過從 generate(d) 為過去分詞來看，在文脈上可以發現應該要寫下 has。generate 也很常以 X is generated.「X 被生產出來」這樣的被動式來表達，還請務必學下來。

語彙　Vocabulary

V1 ▶ highest-earning 是複合形容詞。若能發現是修飾 YouTube star 的複合形容詞，並在回頭檢查時寫出「連字號」，那就很厲害了。

V2 ▶ 注意 YouTube 的拼寫與大寫位置。如 PayPal 也同樣是容易搞錯的專有名詞。這些專有名詞請連大小寫的寫法也一併記起來吧。

發音　Pronunciation

P1 P2 P3 ▶ earning 需要確實地捲起 r 的舌頭來發音。同樣地，revenue 發前面的 r 音時舌頭要好好捲起來。reviewing 因為英語重音在後，re 其實聽不太到，使人在聽寫時可能會感到混亂。

_____

_____

_____

_____

翻譯　全世界賺最多錢的 YouTube 網紅是位小學生。他透過玩具開箱影片，獲得了 2,200 萬美元的收益。

_____

單字

☐ **generate** (v)：產生……、引起
☐ **revenue** (n)：收入

主題解說專欄

YouTuber 這項工作

YouTuber 目前已是小學生最想從事的工作之一。根據 Google 表示，YouTuber 的平均年收入為 800 萬日圓。YouTuber 透過廣告收益賺錢：在自己的影片中設定廣告，收入會依照影片的觀看次數產生變動。基準似乎為 1 次播放獲利 0.1 日圓。

根據富比士雜誌所公布「全球收入最高 YouTuber」的世界排行榜前 10 名，可以發現主打兒童觀賞的影片名列前茅。兒童節目本身的比例雖然不多，但觀看次數皆比其他節目來得更高。

STEP 6　參考箭頭與標記來朗讀原文，學習單字與發音的韻律。只要是自己能夠發音的單字，往後就能漸漸聽得懂。

The highest-①earning / YouTube ②star / in the world / ★1 is a child / ★2 in elementary school. ↓

He has ③generated / 22 million dollars / in ④revenue / by reviewing / new toys. ↓

發音（單字）

① **earning** [ˈɜːrnɪŋ]（**ur**·nuhng）

earning 字首的 er 在發音時要捲起 r 的舌頭。

② **star** [stɑːr]（**staar**）

star 的 ta 是 Short O，嘴巴要上下張開，發出「a」的音，接著將舌頭捲到深處，發出 r 的音。留意 ta 與 r 要以同樣的程度清楚地發音。有很多人以為 r 只要舌頭捲起來發音聽起來就像英語了，所以會過度地捲舌，但其實不應該太關注 r；就算把舌頭捲起來了，太過度捲舌也會造成之後的音很難發，所以捲舌適度就好。

③ **generated** [ˈdʒenəreɪt]（**jeh**·nr·eit）

只要注意重音在字首，就能掌握這個單字的發音。

④ **revenue** [ˈrevənjuː]（**reh**·vuh·noo）

重音所在的第 1 音節發音接近「re」。第 3 音節的 nue 不論是「nuu」還是「nyuu」哪種發音都沒問題。

發音（連接）

★1 **is a child**　★2 **in elementary**

★1 is 的 s 與 a 連在一起，聽起來像 /iza/。★2 也是 in 的 n 與 elementary 最前面的 e 產生連接，變成 inelementary。

複合名詞與複合形容詞

highest-earning, YouTube star, elementary school

Medicine

請聽音檔,按照 STEP 1 到 STEP 6 的順序往下聽寫。音檔依照 10 次慢速→ 3 次母語者自然語速的順序,播放文章的朗讀。

STEP 1 請聽音檔,嘗試寫下聽到的關鍵字,並從關鍵字聯想本文的內容。

_____

_____

_____

_____

STEP 2 最多反覆播放 10 次音檔,並盡可能寫下在文章中所聽到的英文單字。直接用英文字母拼寫看看,字跡潦草、拼寫不夠正確也沒有關係。

[目標:要達到多益 500 分最多可聽 10 次、多益 600 分最多可聽 7 次、多益 700 分最多可聽 5 次、多益 800 分最多可聽 3 次]

_____

_____

_____

_____

STEP 3 閱讀聽寫下來的英文,檢查文法上的意思是否通順並進行修改。下方會列舉檢查時的重點,還請多加參考。

_____

_____

_____

_____

☐ 以文法判斷出音較弱的虛詞了嗎?

☐ 寫出所有格的 S 了嗎?

☐ 聽出專門用語等平時很少聽到的單字了嗎?

☐ 寫出常用的單字了嗎?

☐ 確切寫下與拼寫不同的音了嗎?(Silent B)

☐ 寫出帶有 Short O 的音了嗎?

原文＆解說

A study has found that patients can pick up on ^{P1}subtle facial ^{V1}cues ^{G1}from doctors that ^{V2}reveal the ^{G2}doctor's belief in how effective a treatment will be. The ^{P2}optimism or pessimism in a doctor's expression can ^{P3}impact the ^{G3}patient's treatment outcome.

▌文法　Grammar

G1 ▶ 露出 facial cues 的是 doctors（若要說是誰的 facial cues 的話）。介係詞 from 雖是聽不太出來的虛詞，不過從直譯「來自醫師的微妙表情信號」，也就是「醫師的微妙表情」，可以判斷要填上 from。of 雖然文法上也通，但 from 更帶有「醫師主動露出了微妙的表情」這樣的語感。

G2 G3 ▶ doctor's 的「所有格 s」不要忘了撇號，意思是「醫生的信念」。patient's 的所有格 s 也相同，從「患者的治療結果」這個意思可以推測是所有格的 s。

▌語彙　Vocabulary

V1 ▶ cue 意思是「信號、契機、線索」。cue from ～「從……來的信號」。

V2 ▶ 動詞 reveal 意思是「洩露、揭示、暴露」。無論名詞還是動詞都是一樣的拼寫，發音也相同。
Ex）They **revealed** the new product at the press conference.「他們在記者會發表了新產品。」

▌發音　Pronunciation

P1 ▶ 形容詞 subtle 意思是「微妙的、細緻的、精巧的」。如果單從發音推測拼寫，可能會漏掉不發音的 b，也就是 Silent B。由於拼寫可能會造成困惑，最好還是先把這個單字背下來吧。
Ex）His **subtle** facial expressions made it hard to read his emotions.「很難從他微妙的表情上看出情緒。」

P2 ▶ 開頭的 o 是 Short O，發音接近「a」。

P3 ▶ 重音在 pa 部分，而且最後的 t 脫落，幾乎聽不見。

_____

_____

_____

_____

| 翻譯 |　　根據某項研究，病患可以藉由讀出醫師微妙的表情，來判斷醫生對治療成效的看法。無論樂觀還是悲觀，醫師露出的表情都有可能對病患的治療結果產生影響。

單字

□ **subtle** (adj)：微妙的

□ **facial cue** (n)：表情

□ **reveal** (v)：揭露……、暴露出

□ **optimism** (n)：樂觀主義

□ **pessimism** (n)：悲觀主義

□ **outcome** (n)：結果

主題解說專欄

美國醫療制度

在美國，一旦生病了，首先會找的就是家庭醫生。大多數情況中，整個家族很可能從小時候就都受到醫生的關照，醫生可說是看著家庭成員一起長大的存在。

醫生的辦公室往往只有一間小小的診療室，大部分都沒有住院設備，也沒有特殊的醫療器材。辦公室僅供進行簡單、大概的診療，若判斷後需要進行精密檢查、住院或手術時，會介紹病患到綜合醫院。如果必須住院，跟日本相比多半也會在很短的期間內就出院。即便是進行手術，視病情也有可能在隔天就讓病患返家。甚至就算是生產後，一般也會在住院 2、3 天後就放病患回家了。

STEP 6　參考箭頭與標記來朗讀原文，學習單字與發音的韻律。只要是自己能夠發音的單字，往後就能漸漸聽得懂。

★1A study / has found ↓

that patients / can pick up on / ①subtle facial ②cues / from doctors ↑

that ③reveal the doctor's belief / in how effective / a treatment / will be. ↓

The ★2optimism / or pessimism / in a doctor's expression ↑

can impact / the patient's / treatment outcome. ↓

發音（單字）

① **subtle** [ˈsʌt(ə)l]（**suh·tl**）

小心 Silent B。另外還有 comb、climb、doubt 等拼寫中有 b 卻不發音的單字，在聽寫時需要謹慎注意。第 2 音節的 tle 是 Dark L，因此發音聽起來像是「too」。

② **cues** [kjuː]（**kyoo**）

發音本身並不困難，不過要將拼寫與發音聯想在一起或許就比較難了。

③ **reveal** [rɪˈviːl]（ruh·**veel**）

同時有 R 跟 L 的音，發音上可能稍嫌困難了點。另外還要注意重音的位置。重音所在的 veal 部分因為是 v 的音，所以上門牙要輕輕抵在下嘴唇，然後像震動般發出 /v/。

語調

★1 第 1 句很長，若依照上方原文般以 that 來為文章的分段，應該會比較好發音。不過有不少人因為太在意 that，所以會將 that 說得比較用力，實際上 that 說到底只是協助分段而已，that 之後的句子在閱讀時還是要提高語速。

★2 **optimism or pessimism**

如 optimism ↑ or pessimism ↓ 般，or 前面的單字語調要提高，or 之後的單字語調則要下降。

複合名詞

treatment outcome

請聽音檔，按照 STEP 1 到 STEP 6 的順序往下聽寫。音檔依照 10 次慢速→ 3 次母語者自然語速的順序，播放文章的朗讀。

STEP 1　請聽音檔，嘗試寫下聽到的關鍵字，並從關鍵字聯想本文的內容。

STEP 2　最多反覆播放 10 次音檔，並盡可能寫下在文章中所聽到的英文單字。直接用英文字母拼寫看看，字跡潦草、拼寫不夠正確也沒有關係。

[目標：要達到多益 500 分最多可聽 10 次、多益 600 分最多可聽 7 次、多益 700 分最多可聽 5 次、多益 800 分最多可聽 3 次]

STEP 3　閱讀聽寫下來的英文，檢查文法上的意思是否通順並進行修改。下方會列舉檢查時的重點，還請多加參考。

□ 是否寫出常用的表現與慣用語了呢？

□ 從文章中選擇適當的時態了嗎？

□ 以文法判斷出音較弱的虛詞了嗎？

□ 是否能夠區別不同詞性的用法？

□ 寫出連接的單字了嗎？

□ 寫出脫落的音了嗎？

原文＆解說

P1In Iran, women have been G1banned from football stadiums. A female fan V1set herself on fire after being arrested for trying to go to a match V2disguised as a man. Her P2death caused grief G2and outrage. Now, FIFA has P3assured that Iranian women G3will be able to attend matches.

文法　Grammar

G1 ▶ 不容易聽到的 from 可以從 be banned from「禁止……」這個慣用語推測出來。另外要留意這裡是 have ＋ been ＋過去分詞的形式。
Ex）He **was banned from** driving because of his age.「他因為年齡的關係被禁止開車。」

G2 ▶ and 跟 in 在句中的音都很弱，聽起來都只有 /n/ 的音，因此要聽出區別頗為困難。這裡是 grief and outrage（悲痛與憤慨），用 and 連接 2 個並列的名詞。

G3 ▶ will be able to ～「應能做……吧」的部分唸得非常快，要聽寫正確應該相當有難度。如果發現動詞 attend 前好像有一些詞彙，可以試著先從文章脈絡懷疑是否為助動詞。

語彙　Vocabulary

V1 ▶ set oneself on fire 是「自焚」的慣用語。雖然是頗為少見的慣用語，但偶爾會出現在新聞上，不妨先學起來。

V2 ▶ disguise 無論名詞還是動詞都是同樣的拼寫與發音，就一起記起來吧。

發音　Pronunciation

P1 ▶ 若按 In Iran 的字序，in 的 n 與 Iran 的 I 會產生連接，聽起來會變得像「niran」，這麼一來可能會聽漏文章最重要的關鍵字「伊朗」，因此國名還是盡可能地學起來吧。

P2 ▶ death 的 th 幾乎聽不見。字尾為 th 的單字，th 的音特別容易在句中消失，因此聽寫時理解文章內容也是很重要的一環。

P3 ▶ 注意字尾的 /r/ 音，要確實捲舌。

_____

_____

_____

_____

翻譯　　伊朗禁止女性進入足球場。某位女性足球迷因為試圖女扮男裝進場看球被捕後，選擇自焚而死，而她的死引起了廣泛的悲痛與憤慨。現在，國際足聯保證伊朗女性日後都能進場觀看球賽。

單字

□ **set oneself on fire**：（自殺）自焚
□ **disguise** (v)：變裝
□ **grief** (n)：深沉的悲傷、絕望
□ **outrage** (n)：憤慨
□ **assure** (v)：保證

主題解說專欄

世界各地對男女平等的想法

有許多信仰伊斯蘭教的女性全身都罩著黑色的布。沙烏地阿拉伯在 2017 年 9 月之前都還無法允許女性駕駛汽車。除此之外，還有不少國家承認一夫多妻制。因為這些原因，很多人認為伊斯蘭文化圈的國家給人一種男性優勢的印象。

但事實上在男女平等排名中，日本在 153 個國家裡位居第 121 名，比阿拉伯聯合大公國（UAE）還後面。就連一般認為女性很少參與政治的中東或非洲國家，女性議員的數量比日本多的可說比比皆是。這樣的數據讓我頗為吃驚。

STEP 6　參考箭頭與標記來朗讀原文，學習單字與發音的韻律。只要是自己能夠發音的單字，往後就能漸漸聽得懂。

In Iran, / women / ★1 have been banned / from football stadiums. ↓
A female fan / ★2 set herself on fire / after being ①arrested ↑
for trying / to go / to a match / ②disguised / as a man. ↓
Her death / caused grief / and outrage. ↓
Now, / FIFA has assured that / Iranian women / will be able / to attend matches. ↓

發音（單字）

① **arrested** [əˈrestɪd]（uh·**restid**）

重音在第 2 音節。字首的 a 是模糊不清的母音，要減弱嘴巴肌肉的力量來發音，因此這個音也聽不太到。

② **disguised** [dɪsˈɡaɪzd]（duh·**sgaizd**）

光看拼寫可能會讓人不知道該怎麼發音。guise 發音為「gaiz」，重音也在這裡。

發音（連接）

★1 have been banned

have been 的部分，發音聽起來只有 (h)a be 的音而已。如果想扎扎實實地發出 have been 的音，反而沒辦法流暢地把單字說出來，因此不妨就放棄完整的音，試著用 ha be bann(ed) 的方式發音吧。

★2 set herself on fire

為了在說話時可以將 set herself on fire 當成一組詞，要讓 set 的 t 脫落。另外 on 若要清楚地發 n 的音反而難以發音，所以 n 只要發出像是輕輕吸了口氣的音就夠了。

複合名詞

以下這個複合名詞應該稍微有點難聽出來吧。football 的 ball 只有發出勉強能聽到 ba 的音而已。stadium 如果單看拼寫，可能會無法順利說出來，因此這個字的發音最好還是從頭學起來吧。stadium（**stei**·dee·uhm）重音在 sta，發音不是「suta」而是「sutei」。

football stadiums

Sunscreen

請聽音檔，按照 STEP 1 到 STEP 6 的順序往下聽寫。音檔依照 10 次慢速→ 3 次母語者自然語速的順序，播放文章的朗讀。

STEP 1　請聽音檔，嘗試寫下聽到的關鍵字，並從關鍵字聯想本文的內容。

_____

_____

_____

STEP 2　最多反覆播放 10 次音檔，並盡可能寫下在文章中所聽到的英文單字。直接用英文字母拼寫看看，字跡潦草、拼寫不夠正確也沒有關係。

[目標：要達到多益 500 分最多可聽 10 次、多益 600 分最多可聽 7 次、多益 700 分最多可聽 5 次、多益 800 分最多可聽 3 次]

_____

_____

_____

_____

STEP 3　閱讀聽寫下來的英文，檢查文法上的意思是否通順並進行修改。下方會列舉檢查時的重點，還請多加參考。

_____

_____

_____

□ 是否寫出常用的表現與慣用語了呢？

□ 是否正確寫出雖然音相同，拼寫卻不同的單字？

□ 聽出專門用語等平時很少聽到的單字了嗎？

原文 & 解說

[P1]Palau is set to become the first country to impose a [V1]widespread ban on sunscreen [G1]in an effort to protect [G2]its vulnerable [V2]coral reefs. The government has signed a law that restricts the sale and use of sunscreen and skincare products that contain [V3]a list of ten different [P2]chemicals.

文法　Grammar

G1 ▶ 第 1 句話與第 2 句話都非常長。第 1 句話如果不知道 in an effort to～「為了做……」這個慣用語，便難以解讀出句子的結構。順帶一提，in an effort to 跟 in order to 或 to + 不定詞，在文法上幾乎都是一樣的用途。

Ex）People are taking action **in an effort to** save the planet.「人們為了拯救地球做出了行動。」

G2 ▶ 是 its 還是 it's 要從全文脈絡來判斷。這裡的 its 指的是 Palau。若不曉得 **G1** 的知識也難以理解整體，因此第 1 句話是頗有難度的句子。

語彙　Vocabulary

V1 ▶ 形容詞 widespread 意思是「廣泛的、遍布的、普遍的」。只要知道是形容詞，就能寫出前面的 a，也能察覺後面的 ban 不是動詞而是作為名詞「禁止」來使用。

V2 ▶ coral reefs 意思是「珊瑚礁」。當成一組詞一起記下來吧。

V3 ▶ 把 a list of～「……的清單」這個說法也學起來吧。用法如 a list of names「名簿」、a list of groceries「購物清單」。

發音　Pronunciation

P1 ▶ 英語發音與拼寫相近，為「palau」。重音在字尾的 lau。

P2 ▶ 字尾的 l 是 Dark L，因此聽起來會像拉長的「kemikoo」。

翻譯　帛琉為了保護脆弱的珊瑚礁，成為第一個實施廣泛禁用防曬品的國家。政府針對 10 種特定化學物質，簽署了限制防曬乳及護膚品販售與使用的法案。

單字

□ **widespread** (adj)：普遍的、廣泛的
□ **vulnerable** (adj)：脆弱的
□ **coral reefs** (n)：珊瑚礁

主題解說專欄

夏威夷也禁止的防曬品

在 2018 年夏天，夏威夷也推出新的法案，禁止使用與販賣含有對珊瑚礁有害成分的防曬品。雖然法案要到 2021 年之後才正式生效，但在夏威夷早早就有藥妝店，在貨架擺上了標榜「友善珊瑚礁」的防曬用品。

具體禁止的是含有「二苯甲酮」及「甲氧基肉桂酸辛酯」的防曬用品。據說在某些人身上，這些成分在吸收紫外線時的化學變化也可能會刺激到皮膚。看來不含這些成分的防曬品不僅對珊瑚礁，似乎也對人體比較友善呢。

STEP 6 參考箭頭與標記來朗讀原文，學習單字與發音的韻律。只要是自己能夠發音的單字，往後就能漸漸聽得懂。

Palau / is set / to become / the first country / to impose / a widespread ban / on sunscreen ↓

in an effort / to protect / its ①**vulnerable** / coral reefs. ↓

★The government / has signed / a ②**law** / that restricts / the sale ↑

and use of sunscreen / and skincare products ↑

that contain / a list of / ten different chemicals. ↓

發音（單字）

① **vulnerable** [ˈvʌln(ə)rəb(ə)l]（vuhl·nr·uh·bl）

這應該是很少聽見的單字吧。只要注意重音，並按照拼寫來發音，應該就能流暢地說出來。重音在字首第 1 音節 vul，而後面的母音為模糊不清的母音，發音時嘴巴的肌肉放鬆就好。

② **law** [lɔː]（laa）

光看拼寫會讓人想唸成「lou」，不過其實更為接近用「o」的嘴型發「a」的「laa」，發音時字尾要拉長。此外，如果受影響，可能發音會變成「loo」，但必須注意是「la」的音。

語調

★ 第 2 句話在句中出現 2 次 that，整句話很長，因此換氣和語調高低就變成傳遞語意很重要的關鍵。按照分隔點，依上面原稿的換行方式來讀看看吧。

複合名詞

如果是單一個字的複合名詞，那麼重音會在第一個單字，所以 sunscreen 的重音在 sun。

sunscreen, coral reefs, skincare products

Michelle Obama

請聽音檔,按照 STEP 1 到 STEP 6 的順序往下聽寫。音檔依照 10 次慢速→ 3 次母語者自然語速的順序,播放文章的朗讀。

STEP 1　請聽音檔,嘗試寫下聽到的關鍵字,並從關鍵字聯想本文的內容。

STEP 2　最多反覆播放 10 次音檔,並盡可能寫下在文章中所聽到的英文單字。直接用英文字母拼寫看看,字跡潦草、拼寫不夠正確也沒有關係。

> 目標:要達到多益 500 分最多可聽 10 次、多益 600 分最多可聽 7 次、多益 700 分最多可聽 5 次、多益 800 分最多可聽 3 次

STEP 3　閱讀聽寫下來的英文,檢查文法上的意思是否通順並進行修改。下方會列舉檢查時的重點,還請多加參考。

☐ 以文法判斷出音較弱的虛詞了嗎?
☐ 察覺插入語(句)並理解句子結構了嗎?
☐ 是否寫出常用的表現與慣用語了呢?
☐ 寫出連接的單字了嗎?

原文 & 解說

No matter what you do, someone ^{G1}will ^{P1}always talk about you. Someone will always ^{P2}question your judgement. Someone will always ^{P3}doubt you. So ^{G2}just smile and make the choices you can ^{V1}live with.

文法　Grammar

G1 ▸ will 應該只能聽到「wo」的音而已吧，可以在大致寫完整句話時來推測這個字。no matter what you do「無論你做什麼」，採取某種行動的時間點是現在；someone will always talk about you「總有人會對你做出評斷」做出評論的時間點為未來，因此這裡用未來式。

G2 ▸ just smile 意思是「只要保持笑容就好」。這裡的 just 用法與 only 差不多。just 是個方便好用的單字，出現次數相當頻繁，先將它用法很多種這件事放在心裡吧。

語彙　Vocabulary

V1 ▸ live with ～除了「與……同居、住在一起」之外，還有「忍受、忍耐並接受、抱著……心情而活」等意思。
Ex）We **live with** the consequences.「我們接受了結果。」

發音　Pronunciation

P1 ▸ 最前面 al 的音用「o」的嘴型發「a」的音。很多時候英語中 al 的發音更接近「a」，這是需要多留意的發音重點。

P2 ▸ question your 可能會聽成 questionnaire「問卷」的發音，這是因為 question 的 n 與 your 的 y 產生連接，變成像是「nyu」的音，也就是變換的規則。若發現之後接的是名詞 judgement，而且沒有動詞，就應該了解並不是 questionnaire。

P3 ▸ doubt you 連在一起，tyou「chu」的音應該會很明顯。這同樣也是變換的規則。Nice to meet you. 等等也相同，最後的音以 t 作結的單字再接上 you 時，就會發生連接，變成像是「chu」的音。

_____

_____

_____

_____

| 翻譯 |

　　無論你做什麼，總會有人評論你、總會有人質疑你的判斷，也總會有人懷疑你。因此這個時候只要保持笑容，並選擇能與之共存的道路就好。

單字

☐ **question** (v)：懷疑……
☐ **judgement** (n)：判斷

| 主題解說專欄 |

蜜雪兒‧歐巴馬是什麼樣的人？

美國前總統巴拉克‧歐巴馬的夫人，蜜雪兒‧歐巴馬所撰寫的回憶錄《成為這樣的我：蜜雪兒‧歐巴馬》（Becoming），據說在全世界熱銷了 1400 萬冊。

關於能賣超過 1000 萬冊、在出版史上留下偉大紀錄的理由，筆者認為與蜜雪兒‧歐巴馬本身的個人魅力有密切關係。縱然身居第一夫人之位，但她仍穿著休閒的服飾，在電視上唱歌跳舞，在公務中也能窺見她喜愛孩童的一面。對絕非富裕的青少女時期的描寫，縮短了讀者與作者蜜雪兒‧歐巴馬之間的距離，給予許多人勇氣與希望。即使被恩師認為「絕對考不上普林斯頓大學」，但她貫徹初衷、不屈不撓的堅強意志，或是「我從未喜歡過政治，現在也是如此」的直白，我想都緊緊抓住了全世界讀者的心。開朗隨和的態度，也讓筆者成為她的忠實粉絲。

STEP 6　參考箭頭與標記來朗讀原文，學習單字與發音的韻律。只要是自己能夠發音的單字，往後就能漸漸聽得懂。

No matter / what you do, / someone will always / talk ★1**about you**. ↓
Someone / will always / ★2**question your** judgement. ↓
Someone / will always / ★3 ①**doubt you**. ↓
So just smile / and make / the choices / you can live with. ↓

發音（單字）

① **doubt** [daʊt]（**da**wt）

b 的音是 Silent B，即使放在拼寫裡也不發音。如 **STEP 4** 所言，doubt 的 t 與 you 的 y 連在一起，變成像是「dauchuu」的音。you 出現時就要想起變換的發音規則。

發音（連接）

★1,2,3 非母語者往往沒辦法講好單字之間的連接，只能切成一段一段的英語。為了矯正這個問題，一個很重要的發音規則就是變換（Transformation）。變換在這次的句子中出現了好幾次。

只要文章裡出現 you 或 your，就要注意！you 或 your 前面的單字若以子音作結，子音就會與 you 連在一起，變化出新的音。以下舉例一些簡單好懂的發音變化。
abou**t y**ou「abau**chuu**」
questio**n y**our「kwesucho**nyuu**」
doub**t y**ou「dau**chuu**」

語調

someone will always 反覆出現，為文章帶來節奏。發音時要注意到這個節奏感。

請聽音檔，按照 STEP 1 到 STEP 6 的順序往下聽寫。音檔依照 10 次慢速→ 3 次母語者自然語速的順序，播放文章的朗讀。

STEP 1 請聽音檔，嘗試寫下聽到的關鍵字，並從關鍵字聯想本文的內容。

_____

_____

_____

STEP 2 最多反覆播放 10 次音檔，並盡可能寫下在文章中所聽到的英文單字。直接用英文字母拼寫看看，字跡潦草、拼寫不夠正確也沒有關係。

[目標：要達到多益 500 分最多可聽 10 次、多益 600 分最多可聽 7 次、多益 700 分最多可聽 5 次、多益 800 分最多可聽 3 次]

_____

_____

_____

_____

STEP 3 閱讀聽寫下來的英文，檢查文法上的意思是否通順並進行修改。下方會列舉檢查時的重點，還請多加參考。

_____

_____

_____

□ 是否正確寫出雖然音相同，拼寫卻不同的單字？
□ 察覺修飾的部分並理解句子結構了嗎？
□ 寫出常用的單字了嗎？
□ 聽出專有名詞了嗎？
□ 聽出 Dark L 的音了嗎？

原文＆解說

For ^{V1}decades, visitors to Australia's desert center have ^{G1}climbed ^{V2}Uluru. From now on the climb will be banned. Uluru is a ^{P1}sacred site for the ^{P2}local people, and they have ^{G2}long asked tourists not to go up.

文法　Grammar

G1 ▶ climb「攀登」與 clime「地帶、氣候、風土」的發音是完全一樣的，如果只聽聲音無法區別到底是哪一個單字。這裡若能聽到從 climbed 這個過去分詞或是前面的 have，應該能發現這是一個動詞。即使寫成了 clime，但在回頭檢視時應該也能發現句子裡沒有動詞。

G2 ▶ 如果只有 they have asked tourists not to go up 應該很好懂，這裡的重點在於中間插入了副詞 long 來修飾 ask。形容詞 short 雖然副詞形是 shortly，但 long 無論形容詞還是副詞都長一樣，或許令人有些難分辨。

語彙　Vocabulary

V1 ▶ decade ＝ 10 年，decades ＝數十年。另外還有 century ＝ 100 年，centuries ＝數百年。這些單字相當方便，只要寫成複數形就能簡單表達數十年或數百年。

V2 ▶ Uluru 是澳洲大陸上一塊號稱世界第二大的單體岩石。「烏魯魯」是澳大利亞原住民對它的稱呼，別名又稱 Ayers Rock（艾爾斯岩），為英國探險家所取的名字。

發音　Pronunciation

P1 ▶ 想區分 sacred 與 secret 的發音或許有些困難，兩者都是形容詞，意思也很像（sacred「神聖的」、secret「秘密的」）。雖說就算聽錯音也不會產生太大的誤解，但最好還是仔細聽清楚。關鍵在於字首的母音上：sacred 的 sa 是 /sei/，secret 的 se 是 /see/。

P2 ▶ local people 無論 local 還是 people，單字都以 L 作結，是 Dark L。因此，要詳論發音的話，會接近「lookoo」、「piipoo」。

翻譯　　數十年以來，前往澳洲沙漠中心地帶的遊客都會攀登烏魯魯，不過從現在開始攀登將被禁止。烏魯魯對原住民來說是聖地，他們長久以來不斷要求遊客不要登上烏魯魯。

單字

□ **sacred** (adj)：神聖的

主題解說專欄

現代的登山問題

不只是烏魯魯，聖母峰或富士山也都存在如這篇文章所提到的危機。一旦遊客變多，住宿設施的營運以及垃圾就成了大問題。許多山峰的登山道附近全是垃圾，而越靠近山頂，塑膠袋或塑膠垃圾就越是散亂。據說這是因為，標高太高時空氣會變得稀薄，使人的身體也變得遲鈍，無法隨心所欲活動，就連思考也無法統合所導致。

人類究竟是為了什麼而觀光的呢？現代可以上網輕鬆獲取資訊，物流也發達至幾乎能取得來自世界各地的物品；或許正因是這樣的時代，才會讓我們深入思考親自到訪一個場所，體驗當地風情的意義。

STEP 6　參考箭頭與標記來朗讀原文，學習單字與發音的韻律。只要是自己能夠發音的單字，往後就能漸漸聽得懂。

For decades, / visitors / to Australia's / ①**desert** center / have climbed / Uluru. ↓

From now on / the climb / will be banned. ↓

Uluru / is a ②**sacred** site / for the local people, ↑

and they have / long ★1 **asked** / **tourists** / not to ★2 **go** up. ↓

發音（單字）

① **desert** [ˈdezə(r)t]（**de**·zert）

desert「沙漠」與 dessert「甜點」的發音非常像，區別的關鍵在於重音。此外，desert「沙漠」字首的 de 發音接近「de」，但 dessert「甜點」的 de 發音則接近「di」。

desert [ˈdezə(r)t]：沙漠→重音在前

dessert [dɪˈzɜː(r)t]：甜點→重音在後

② **sacred** [ˈseɪkrəd]（**sei**·kruhd）

sa 的母音要清楚地發出「ei」的音。由於重音在字首，因此第 2 音節發音較輕，只要輕輕唸過就好。

發音（連接）

★1 asked tourists

ask 的過去式發音如 /askt/。這個字尾的 t 音與 tourists 的 t 音重疊，因此其中一個 t 會脫落，串聯成 asktourists，也就是同化的發音規則。

★2 go up

如 go 的 o 與 up 的 u 這樣母音相連的時候，中間要插入 /w/ 的音來發音才能說得漂亮。試著運用發音規則「插入音」，用像是 gow up 的方式來讀讀看吧。以 /u/ 結尾的單字＋以母音開始的單字→插入 /w/。

例）Who is that?　→　Who/w/ is that?

複合名詞

desert center

請聽音檔,按照 STEP 1 到 STEP 6 的順序往下聽寫。音檔依照 10 次慢速→ 3 次母語者自然語速的順序,播放文章的朗讀。

STEP 1　請聽音檔,嘗試寫下聽到的關鍵字,並從關鍵字聯想本文的內容。

_____

_____

_____

_____

STEP 2　最多反覆播放 10 次音檔,並盡可能寫下在文章中所聽到的英文單字。直接用英文字母拼寫看看,字跡潦草、拼寫不夠正確也沒有關係。

[目標:要達到多益 500 分最多可聽 10 次、多益 600 分最多可聽 7 次、多益 700 分最多可聽 5 次、多益 800 分最多可聽 3 次]

_____

_____

_____

_____

STEP 3　閱讀聽寫下來的英文,檢查文法上的意思是否通順並進行修改。下方會列舉檢查時的重點,還請多加參考。

_____

_____

_____

□ 察覺修飾的部分並理解句子結構了嗎?

□ 察覺插入語(句)並理解句子結構了嗎?

□ 是否寫出常用的表現與慣用語了呢?

□ 是否正確拼寫出在美式英語及英式英語中用法不同的單字?

□ 發現複合名詞及複合形容詞了嗎?

□ 聽出 Dark L 的音了嗎?

原文＆解說

G1Smart, successful people are V1by no means G2immune to making mistakes; they simply have the P1tools G3in place to learn from their P2errors. In other words, they V2recognize the roots of their V3mix-ups quickly and never make the same mistake twice.

文法　Grammar

G1 ▶ 如這句話「○○，又△△的（名詞）」這樣想讓 2 個對等的形容詞修飾同一名詞的時候，可以不需用到 and，直接用逗號來隔開就好。由於形容詞接連出現，可能會讓人誤以為聽漏了什麼，不過只要知道這項文法規則，就能安心把聽到的話直接寫下來。

G2 ▶ be immune to ～原本的意思是「對……免疫」，後轉而比喻「不受……的影響、不對……動搖」。將第 1 句話簡化後就是 Smart, successful people are not immune to......。

Ex）He **is immune to** chicken pox. 「他對水痘免疫。／他不受水痘影響。」

G3 ▶ in place 的意思是「在應該在的地方、位於適當之處」或「恰當、準備得當」。在這句中，說明「方法（tools）」意思的是 to learn from their errors，因此直譯便是「他們只不過有從失敗中學習的方法」。

語彙　Vocabulary

V1 ▶ by no means ～是「絕不是……」的慣用語。

Ex）He is **by no means** satisfied. 「他絕對不會滿意。」

V2 ▶ 美式英語為 recognize，英式英語為 recognise，兩種拼寫都是正確的。

V3 ▶ mix-up 為複合名詞，意思是「（因出了差錯而）混亂」，中間有連字號。因為是名詞，所以可依循前面的 their 加上複數形 s，寫為 mix-ups。

發音　Pronunciation

P1 ▶ tools 的 too 接近「tuu」，而且 l 是 Dark L，整個字的發音更像是「tuuo」。

P2 ▶ 發 rror 的音時要做出 r 的舌形。

_____

_____

_____

_____

翻譯　　即使是聰明又成功的人士，也絕不是完全不會犯錯，他們只是知道從失敗中如何正確學習的方法而已。換句話說，他們因為能夠快速認知到混亂或錯誤的根源，所以不會再次犯同樣的錯。

單字

□ **be immune to ～**：不受（事物）的影響、不動搖
□ **mix-up** (n)：混亂、差錯

主題解說專欄

所謂的成功人士

成功的人不會將失敗當作不好的事，而是當作前進到下一階段的糧食。雖然一般人多半會對結果感到後悔與失落，覺得「為什麼會變成這樣子」，但成功的人則會思考如何將失敗化作養分，譬如「失敗的原因是什麼」或「下次該怎麼做比較好」。成功人士就連失敗消沉的時間都不想浪費。

筆者認為英語學習也是同理。因為不知道英語或英語的文化背景而導致失敗，是學習者時常面對的窘境。犯錯、感到挫折都是理所當然會遇到的事。放下面子、不要害怕出糗，能夠越快施行這套「從失敗中學習」的方法，才越有機會成為學習英語的行家。

STEP 6 參考箭頭與標記來朗讀原文，學習單字與發音的韻律。只要是自己能夠發音的單字，往後就能漸漸聽得懂。

Smart, / successful people / are by no means / ①**immune** / to making mistakes; ↓
they simply / have the ②**tools** / in place / to learn / from their errors. ↓
In other words, / they ③**recognize** / the ④**roots** / of their mix-ups / quickly ↑
and never make / the ★**same mistake** / twice. ↓

發音（單字）

① **immune** [ɪˈmjuːn]（uh·**myoon**）

這或許是個不常見的單字，不過 be immune to ～是很好用的慣用語，最好連發音一起記下來吧。重音在後面，而重音部分的發音與 co**mmune** 等單字相同，為「myuun」。

② **tool(s)** [tuːl]（tool）

如 **STEP 4** 所提，too 的音接近「tuu」。此外 l 是 Dark L，請注意整個單字的發音像是「tuuo」。

③ **recognize** [ˈrɛkəgnaɪz]（**reh**·kuhg·naiz）

recognize 的 co 為模糊不清的母音，所以不會清楚地發「ko」的音，反而會更接近「ka」。

④ **roots** [ruːt]（ruut）

字首的 r 在發音時要留意到舌頭的形狀。另外，嘴唇也要嘟起來再發音。

發音（連接）

★ **same mistake**

same 最後的 /m/ 與 mistake 的 /m/ 因為是同一個子音接在一起，所以 m 的發音只有 1 次，聽起來像是 samistake。這是同化的發音規則。

複合名詞

mix-ups

請聽音檔，按照 STEP 1 到 STEP 6 的順序往下聽寫。音檔依照 10 次慢速→ 3 次母語者自然語速的順序，播放文章的朗讀。

STEP 1 請聽音檔，嘗試寫下聽到的關鍵字，並從關鍵字聯想本文的內容。

STEP 2 最多反覆播放 10 次音檔，並盡可能寫下在文章中所聽到的英文單字。直接用英文字母拼寫看看，字跡潦草、拼寫不夠正確也沒有關係。

> 目標：要達到多益 500 分最多可聽 10 次、多益 600 分最多可聽 7 次、多益 700 分最多可聽 5 次、多益 800 分最多可聽 3 次

STEP 3 閱讀聽寫下來的英文，檢查文法上的意思是否通順並進行修改。下方會列舉檢查時的重點，還請多加參考。

☐ 從文章中選擇適當的時態了嗎？

☐ 是否寫出常用的表現與慣用語了呢？

☐ 是否能夠區別不同詞性的用法？

☐ 聽出母語中也有類似意思的單字了嗎？

☐ 寫出連接的單字了嗎？

☐ 寫出脫落的音了嗎？

原文＆解說

Barbie ^{G1}will ^{V1}debut a doll with a prosthetic leg ^{P1}and another that ^{G2}comes with a wheelchair. The new dolls aim to offer kids more ^{V2} ^{P2}diverse representations of beauty.

文法　Grammar

G1 ▸ 從文脈來思考，既然接下來才要首次亮相，那就會用未來式 will。若為過去式，應該寫成 Barbie debuted。

G2 ▸ come with ～「附帶……」是個動詞片語，還請學起來。即使是不容易聽出來的 with，如果事先知道這個用法，就能從脈絡中推測要填上 with。

另外 that 之後的句子是在說明 another，所以也別忘了三單現 s，寫成 comes with。

Ex）The happy meal **comes with** a little toy.「快樂兒童餐附贈一個小玩具。」

　　The house **comes with** the furniture.「房子配備有家具。」

語彙　Vocabulary

V1 ▸ debut 為動詞，意思是「首次登場」，此句中重音在字尾。另外這個單字的字根來自法語 début，因此 t 不發音。

V2 ▸ diverse 為形容詞，意思是「各式各樣的」，是名詞 diversity 的變化形之一。

發音　Pronunciation

P1 ▸ and another 的部分會因為連接而聽不清楚；and 的 d 音脫落，聽起來應該會像是 ananother「enana」。

P2 ▸ 2 個子音連在一起，聽起來像是 divesepresentations。diverse 的 /s/ 音會脫落，幾乎聽不到。diverse 的 e 則是 Silent e（不發音的 e），因此可以視為以 /s/ 這個子音來結尾。

_____

_____

_____

_____

| 翻譯 |　芭比公司將推出手腳為義肢和坐著輪椅的芭比娃娃。這些全新的玩偶，旨在將表現美麗的各種樣貌傳達給孩子們。

_____

單字

☐ **prosthetic leg** (n)：義肢

☐ **aim to 〜**：志在、以……為目標

☐ **representation** (n)：表現、描寫

主題解說專欄

各式各樣的芭比娃娃

除了輪椅、義肢之外，今年還追加了沒有頭髮與帶有白斑的芭比娃娃。美泰兒公司為了反映更多元的美麗、更多樣的觀點，決定推出新的芭比娃娃系列。該公司希望透過發售各式各樣的芭比娃娃，讓孩子可以「看到比周圍更廣闊的世界，並扮演更多樣的人物，創造全新的故事」。

STEP 6　參考箭頭與標記來朗讀原文，學習單字與發音的韻律。只要是自己能夠發音的單字，往後就能漸漸聽得懂。

Barbie / will ①**debut** / a doll / with a ②**prosthetic** leg ↑
and another / that comes with / a wheelchair. ↓
The new dolls / aim / to offer kids ↑
more ③**diverse** / ④**representations** of beauty. ↓

發音（單字）

① **debut** [deɪˈbjuː]（dei·**byoo**）

如 STEP 4 所提及，最重要的是重音位置。第 1 音節 de 發音時比起「debyuu」，會更接近「deibyuu」，在中間插入了「i」。

② **prosthetic** [prɑːsˈθetɪk]（praas·**theh**·tuhk）

s 後面馬上接 th 這個無聲音，因此若想要清楚地發 s 與 th 的音，就幾乎沒有時間準備 th 音所需要的舌形。因重音在第 2 音節 the，所以比起 s，更要集中精神在 th 的發音。

③ **diverse** [daɪˈvɚs]（dai·**vurs**）

需要注意重音位置在第 2 音節。另外 verse 是 /v/ 的音，發音時上門牙要輕咬住下唇，再輕輕震動來發音。

④ **representations** [ˌreprɪzenˈteɪʃnz]（re·pree·zen·**tei**·shnz）

單字很長，有 2 個重音。tei 部分是第 1 重音，要優先重視這個地方的發音。

語調

第 1 句話如原文所示，and 之前要提高語調，之後則降低語調。第 2 句話比第 1 句稍長，同樣如上方原文所示，分成 The new dolls aim to offer kids 與 more diverse representations of beauty 這 2 段，這樣不僅更容易理解意思，換氣也比較輕鬆。

Virgin Atlantic

請聽音檔，按照 STEP 1 到 STEP 6 的順序往下聽寫。音檔依照 10 次慢速→ 3 次母語者自然語速的順序，播放文章的朗讀。

STEP 1　請聽音檔，嘗試寫下聽到的關鍵字，並從關鍵字聯想本文的內容。

_____

_____

_____

_____

STEP 2　最多反覆播放 10 次音檔，並盡可能寫下在文章中所聽到的英文單字。直接用英文字母拼寫看看，字跡潦草、拼寫不夠正確也沒有關係。

[目標：要達到多益 500 分最多可聽 10 次、多益 600 分最多可聽 7 次、多益 700 分最多可聽 5 次、多益 800 分最多可聽 3 次]

_____

_____

_____

_____

STEP 3　閱讀聽寫下來的英文，檢查文法上的意思是否通順並進行修改。下方會列舉檢查時的重點，還請多加參考。

_____

_____

_____

☐ 留意到時態是否一致了嗎？

☐ 是否正確寫出雖然音相同，拼寫卻不同的單字？

☐ 以文法判斷出音較弱的虛詞了嗎？

☐ 聽出專有名詞了嗎？

☐ 聽出由字首＋單字所組合的單字了嗎？

原文 & 解說

V1Virgin Atlantic, one of Britain's top **V2**transatlantic **P1**carriers, **G1**announced today that it would no longer require **G2**its female cabin crew to wear makeup **G3**while working.

文法　Grammar

G1 ▸ announced 的 ed 幾乎聽不到，但綜合全文與 announce 之後的 that 子句時態（it would，will 變成過去式）來看，可以判斷這裡也要寫為過去式。

G2 ▸ 僅憑發音無法判斷是 its 還是 it's。這裡的 its 指的是 Virgin Atlantic。require（人）to ～意思是「向（人）要求……」，這邊（人）的部分應該要填入名詞，因此最後才會是 its female cabin crew「Virgin Atlantic 的女性空服員」。

G3 ▸ while 發音相當短，很容易聽漏。從文章脈絡「工作中」的意思，以及 work 動名詞化為 working，即可推測寫上 while 是最佳解答。

語彙　Vocabulary

V1 ▸ Virgin Atlantic 為專有名詞，也就是「維珍航空」。維珍航空是英國的航空公司，主要提供跨大陸的長途航空服務。

V2 ▸ 由 trans ＋ atlantic 所組成。trans 為字首，有「跨越、通過、完全」等意思。以 trans 為字首的單字還有 transgender「跨性別」、translate「翻譯」、transmit「傳送、傳達」等等。

發音　Pronunciation

P1 ▸ carrier 與 career 是發音上頗有辨別難度的單字之一，最大的差別在於重音位置與字首 ca 的母音。
carrier：這裡的意思是「航空公司」。重音在第 1 音節，需要多加小心。
career：意思是「職業經歷、生平」。重音在「ree」的位置。
比起最前面的母音，用重音位置來區分 2 個字的差別會更有效。

翻譯　英國最大跨洋航空公司之一的維珍航空，今天宣布將不再要求女性空服員在工作時化妝。

單字

☐ **transatlantic** (adj)：跨大西洋的
☐ **carriers** (n)：航空公司、運載機
☐ **require** (v)：要求、命令

主題解說專欄

理想的化妝情境

筆者第一次打工（在日本時）是在家裡附近的書店擔任收銀員。在開始工作前，書店發給我一張寫上了注意事項的工作說明，我至今都仍清楚記得其中有一項是「女性要化上有清潔感的妝容」。當時還是高中生的我，是以這份打工為契機，才開始學會化妝的。

感覺現在日本社會似乎都認為進入職場的女性，即使在自然狀態下也應該要化妝，才算是有商務禮儀。如果女性自己想化妝當然沒什麼問題，但考量到化妝品或其他各種費用，只要求女性化妝或許有些不公平了。另一方面，男性的化妝又能得到多少認可，似乎也將是往後爭論的焦點。

STEP 6　參考箭頭與標記來朗讀原文，學習單字與發音的韻律。只要是自己能夠發音的單字，往後就能漸漸聽得懂。

Virgin Atlantic, / one of Britain's / top ①**transatlantic** ②**carriers**, ↑
★1 **announced today** / ★2 **that it would** / no longer require ↑
its female ③**cabin** crew / to wear makeup / while working. ↓

發音（單字）

① **transatlantic** [ˌtrænz ətˈlæntɪk]（**tranz**·uht·**lan**·tuhk）
因為單字很長，要注意重音的位置。第 2 音節的 sat 部分在發音時，要像 /zuht/ 這樣發成濁音。

② **carriers** [ˈkæriərz]（**ka**·ree·uh）
如 **STEP 4** 所提到的，這個字重音要放在字首，ca 的 /a/ 要用「e」的嘴型發「a」的音。

③ **cabin** [ˈkæbɪn]（**ka**·bn）
用「e」的嘴型，在嘴巴往兩側張開的狀態下發「a」這種介於「a」跟「e」之間的「ka」，會是更標準的發音。

發音（連接）

★1 announced today
announced 的 ed 與 today 的 to 連在一起，ed 幾乎聽不到，以這種方式發音會比較輕鬆。d 是 t 的有聲音，因此基本上也會發生同一個音連在一起，前面的音脫落的現象。這是同化的發音規則。

★2 that it would
由於虛詞接連出現，我想這裡是聽寫相當困難的部分。整組詞聽下來只能勉強聽到跟「thaiwou」差不多的音而已。

複合名詞

為了使對方聽出是用 female 在修飾複合名詞 cabin crew，cabin crew 要一口氣說完才容易讓人理解。
cabin crew, makeup

請聽音檔,按照 STEP 1 到 STEP 6 的順序往下聽寫。音檔依照 10 次慢速→ 3 次母語者自然語速的順序,播放文章的朗讀。

STEP 1 請聽音檔,嘗試寫下聽到的關鍵字,並從關鍵字聯想本文的內容。

_____

_____

_____

STEP 2 最多反覆播放 10 次音檔,並盡可能寫下在文章中所聽到的英文單字。直接用英文字母拼寫看看,字跡潦草、拼寫不夠正確也沒有關係。

> 目標:要達到多益 500 分最多可聽 10 次、多益 600 分最多可聽 7 次、多益 700 分最多可聽 5 次、多益 800 分最多可聽 3 次

_____

_____

_____

STEP 3 閱讀聽寫下來的英文,檢查文法上的意思是否通順並進行修改。下方會列舉檢查時的重點,還請多加參考。

_____

_____

□ 寫出三單現(第三人稱、單數、現在式)的 S 了嗎?

□ 察覺修飾的部分並理解句子結構了嗎?

□ 以文法判斷出音較弱的虛詞了嗎?

□ 發現常用的人名了嗎?

□ 聽出專有名詞了嗎?

原文＆解說

V1Davis has spent the last three years building **V2**BlackBird, a startup that **G1**connects passengers with private planes **G2**and pilots. Passengers can join **G3**an existing flight plan and **P1**purchase open seats on the flight.

文法　Grammar

G1 ▶ 不要忘記 connect 的三單現 s。修飾並說明「新創公司 BlackBird」的是 that 之後的句子，其動詞為 connect，因此需要三單現 s。

G2 ▶ 前面已經多次提過 and 跟 in 僅憑聽聲音很難區分出來。and 的 d 會脫落變成 an，發音與 in 非常相似。不知道是 and 還是 in 的時候，可以在聽寫後重新檢視整個句子，從文章來判斷究竟是哪一個。

G3 ▶ an existing flight plan「既有的飛行計劃」這一整個詞組都是名詞，如果要簡化就是 a paln。這次加上了修飾（flight）plan 的 existing，因為由母音 e 開頭，所以用的是 an。

語彙　Vocabulary

V1 ▶ Davis 是人的姓氏。就算不知道這位是誰，不過 Davis 也是很常見的姓（第 7 多的姓），先記起來不會吃虧。前幾名的姓還有以下幾個。
Smith, Johnson, Williams, Brown......

V2 ▶ BlackBird 是專有名詞，聽寫時沒有寫出來也是很正常的。既然知道是專有名詞，那應該就能理解逗號以下的句子是在介紹 BlackBird 這間企業。

發音　Pronunciation

P1 ▶ 或許有人會從拼寫讀成「purcheisu」，不過準確來說讀音聽起來更接近「purchesu」或「purchasu」。

_____

_____

_____

_____

_____

翻譯　　戴維斯花費 3 年時間打造了 BlackBird 這間新創公司，讓乘客可以聯繫私人的飛機與機師。乘客可以參加既有的飛行航程，購買航班的空位。

單字

□ **existing** (adj)：存在的、現有的
□ **purchase** (v)：購買……

主題解說專欄

BlackBird 這間公司
BlackBird 號稱客機版的 Uber，正受到全世界的矚目。這間公司提供平台，讓私人客機能與機師或旅客聯繫起來。旅客不僅可以直接預約已經決定好飛行路徑的航班空位，也可以包下飛機，委請 BlackBird 的認證機師來駕駛。

一直到 10 年前左右，社會大眾都還認為雇用私人司機是有錢人的特權，然而今日只要透過共乘服務，一般人也能輕鬆雇用司機。BlackBird 或許能在飛機的共乘市場獲得等同於 Uber 的亮眼成績。

STEP 6　參考箭頭與標記來朗讀原文，學習單字與發音的韻律。只要是自己能夠發音的單字，往後就能漸漸聽得懂。

★Davis / has spent / the last three years / building BlackBird, ↓
a startup / that connects passengers / with private ①**planes** / and pilots. ↓
Passengers / can join / an existing flight plan / and ②**purchase** / open ③**seats** / on the flight. ↓

發音（單字）

① **planes** [pleɪn]（plein）

雖是基礎單字，但令人意外地，plane、plan、plain 的發音與拼寫都很容易造成混淆。plan 與 plane 的差別僅在是否有 Silent e，不過 plane 與 plain 的發音是相同的。由於詞性不同，可以從脈絡來判斷到底是哪一個字。

② **purchase** [ˈpɜːrtʃəs]（**pur**·chuhs）

ur 的音與 leader 等單字的 er 相同。與「r」組合起來的母音稱為 R-controlled vowel（R 音性母音）。發 pur 的音時，要意識到 R 的音並確實捲舌。這裡也是重音所在。後面的 chase 不是「cheisu」，要說的話比較接近「chesu」。

③ **seats** [siːts]（siits）

為避免讀成 sheet，發音時要確實做出區別。sh 接近「shi」，而 si 則不用嘟起嘴巴，反而是把嘴巴往兩邊張開，用舌尖抵住下門牙後面的牙齦來發音，這樣就不會變成 shi 的音了。

語調

★ 第 1 句話後半在閱讀時要注意到 and 的語調，會是 planes ↑ and pilots ↓。各自強調飛機與機師 2 個名詞，能讓聽者更快地釐清句子內容。第 2 句話連接 can join 及 purchase 的 and，由於句子中間沒有語氣轉折，只是單純表示並列的 and，因此語調不用提高或下降，直接讀過去即可。

複合名詞

startup, flight plan

Afghanistan

請聽音檔，按照 STEP 1 到 STEP 6 的順序往下聽寫。音檔依照 10 次慢速→ 3 次母語者自然語速的順序，播放文章的朗讀。

STEP 1 請聽音檔，嘗試寫下聽到的關鍵字，並從關鍵字聯想本文的內容。

_____

_____

_____

_____

STEP 2 最多反覆播放 10 次音檔，並盡可能寫下在文章中所聽到的英文單字。直接用英文字母拼寫看看，字跡潦草、拼寫不夠正確也沒有關係。

[目標：要達到多益 500 分最多可聽 10 次、多益 600 分最多可聽 7 次、多益 700 分最多可聽 5 次、多益 800 分最多可聽 3 次]

_____

_____

_____

_____

STEP 3 閱讀聽寫下來的英文，檢查文法上的意思是否通順並進行修改。下方會列舉檢查時的重點，還請多加參考。

_____

_____

_____

_____

□ 從文章中選擇適當的時態了嗎？
□ 以文法判斷出音較弱的虛詞了嗎？
□ 寫出常用的單字了嗎？
□ 聽出專有名詞了嗎？
□ 是否寫出常用的表現與慣用語了呢？
□ 聽出 Dark L 的音了嗎？

原文＆解說

Afghanistan's first ᴾ¹all-female orchestra, ⱽ¹Zohra, ᴳ¹visited the UK. Five years ago, a unique all-female orchestra was formed in Afghanistan, a nation ᴳ²where only a few years ᴳ³previously music had been ᴾ²outlawed and women ⱽ²barred from education.

文法　Grammar

G1 ▶ 不要忘記 visited 的過去式 ed。以這篇文章來說，visited 或 will visit 這 2 種可能性都有；從後面的脈絡中，也找不到能確定時態的要素。那麼接下來可以思考的就是，是在 visit 的前還是後，感覺好像聽到了什麼？若是 visited 可能會聽到「visit ri」，若是 will visit 則可能聽到「wo visit」。

G2 ▶ 因為這是說明阿富汗這個國家的關係代名詞，所以放上 where。關係代名詞雖然不太容易聽出發音，不過 Afghanistan 後面有 a nation，可以藉此推測這會是阿富汗的說明文（最好還能同時發現逗號應該要寫在 a 的前面）。

G3 ▶ 這裡的 previously 可以換句話說：a few years ago ＝ a few years previously。ago 與 previously 都是副詞。即使熟悉 years ago、years previously，但可能也不太常聽到，不如趁這個機會學起來吧。

語彙　Vocabulary

V1 ▶ Zohra 是專有名詞，不知道意思也沒關係。這裡在 Afghanistan...orchestra 後面稍微停頓一拍，才接著唸出 Zohra，從這裡可以知道 Afghanistan...orchestra 換句話說就是 Zohra，同時並判斷出這是一個專有名詞。

V2 ▶ bar from ～意思是「自……除外、禁止……」。這裡與「音樂是違法的」這項負面資訊並列，並有「女性被○○於教育外」的描述，應該就能藉此得知該填入的是動詞。
Ex）They **barred** him **from** the contest.「他們將他排除在賽事之外。」

發音　Pronunciation

P1 ▶ all 是 Dark L，因此聽起來更接近拉長的「oo」。

P2 ▶ 比「aut·loo」更接近「aut·laa」，重音位在 1 音節。

_____

_____

_____

_____

翻譯　　阿富汗首個全由女性組成的交響樂團「Zohra」拜訪了英國。這個極為特別的女性交響樂團是在 5 年前於阿富汗建立的。阿富汗直到數年前，音樂都還是違法的興趣，而女性甚至被剝奪了受教育的機會。

單字

□ **outlaw** (v)：被法律所禁止
□ **bar from ～** (v)：阻礙……、（自想法、思維等）除外

主題解說專欄

女性受教育與勞動的機會

阿富汗的舊勢力塔利班政權，在過去並未給予女性受教育與勞動的機會。在美國主導的多國聯軍侵略下，塔利班政權倒台，之後約 20 年間，像這樣的嚴格限制逐漸得到緩和。

生於鄰國巴基斯坦的馬拉拉·尤沙夫賽在 11 歲時，將塔利班武裝勢力對女校破壞行為的報導，投稿到英國 BBC 新聞頻道的部落格上。結果，這使她被武裝勢力盯上，在坐校車返家的途中被槍擊。因為這起事件，世界上許多青少女「僅因為是女性」就被剝奪教育機會的事實得到了廣大關注，進一步推動了女子教育的發展。

STEP 6 參考箭頭與標記來朗讀原文，學習單字與發音的韻律。只要是自己能夠發音的單字，往後就能漸漸聽得懂。

Afghanistan's ①**first** / all-female orchestra, / ★1Zohra, / visited the UK. ↓

Five years ago, / a unique / all-female orchestra / was formed / in Afghanistan, ↓

a nation / ★2where only a few years previously ↑

music / had been ②**outlawed** / and women / ③**barred** from education. ↓

發音（單字）

① first 的 ir 的音 [fɜːrst]（furst）

這裡是 R-controlled vowel（R 音性母音），要將舌頭捲起來，用力縮到深處，再用喉嚨發音。此時嘴巴要縮小，並採用腹式呼吸法，才能正確地發出這個音。

② outlawed [ˈaʊtˌlɔːd]（awt·laad）

雖然第 2 音節 law 的 al 部分難以與 Short O 做出區別，不過相較於 Short O，發音更接近嘴巴張得比較小的 a 音。發音時，用「o」的嘴型發「a」的音。這個音一般拼寫成「au」、「aw」、「al」，不過只要注意到發音比「o」更接近「a」，就能了解實際發音更接近「aut·laa」。

③ barred [bɑː(r)d]（baard）

與 first 相同，一開始如 Short O 般要上下張開嘴巴，發出漂亮的「a」音，接著將舌頭捲起來發出「r」音。「a」跟「r」的發音長度差不多相同。

語調

★1 Zohra

在前面的逗號之後暫時停頓，來表達後面的 Zohra 是一個專有名詞。

★2 previously 之後為了戲劇化地表達「僅不過數年前」這個事實，讀的時候要將語調升高。

複合名詞與複合形容詞

all-female

Plastic

請聽音檔，按照 STEP 1 到 STEP 6 的順序往下聽寫。音檔依照 10 次慢速→ 3 次母語者自然語速的順序，播放文章的朗讀。

STEP 1 請聽音檔，嘗試寫下聽到的關鍵字，並從關鍵字聯想本文的內容。

_____

_____

_____

_____

STEP 2 最多反覆播放 10 次音檔，並盡可能寫下在文章中所聽到的英文單字。直接用英文字母拼寫看看，字跡潦草、拼寫不夠正確也沒有關係。

> 目標：要達到多益 500 分最多可聽 10 次、多益 600 分最多可聽 7 次、多益 700 分最多可聽 5 次、多益 800 分最多可聽 3 次

_____

_____

_____

_____

STEP 3 閱讀聽寫下來的英文，檢查文法上的意思是否通順並進行修改。下方會列舉檢查時的重點，還請多加參考。

_____

_____

_____

_____

□ 是否寫出常用的表現與慣用語了呢？

□ 以文法判斷出音較弱的虛詞了嗎？

□ 是否正確寫出雖然音相同，拼寫卻不同的單字？

原文 & 解說

Japan is the world's second-highest user ^{V1}per capita of plastic packaging, according to the United Nations. Japan is ^{G1}notorious for ^{G2}wrapping nearly everything in ^{P1}plastic. Even ^{P2}vegetables ^{G3}and fruits are individually wrapped.

文法　Grammar

G1 ▶ be notorious for～意思為「以……惡名昭彰」。事先知道這個慣用語是很重要的；若了解 for 這個介係詞之後會出現名詞，那就能直接從文法上將 wrap 寫成動名詞化的 wrapping。

Ex）He **is notorious for** lying.「他因說謊而聲名狼藉。」

G2 ▶ wrap「包裝」與 rap「饒舌」發音相同，不過拼寫不同，這個時候可以從文章中判斷是哪一個。覺得 rap「饒舌」意思不通時，可以試著思考是否還有其他發音相同但拼寫不同的單字。

G3 ▶ vegetables and fruits 的 and 可能會聽成 in，但可以判斷這是連接 2 個對等名詞的 and。從後面動詞為 are 也能知道主詞為複數。

語彙　Vocabulary

V1 ▶ per capita 意思是「人均、按人數均分」。per 是「每……」的意思。

發音　Pronunciation

P1 P2 ▶ plastic 及 vegetables 的英語發音詳細請參照 STEP 6，多加練習吧。

翻譯　根據聯合國調查，日本是全世界人均塑膠包裝消費量第二高的國家。日本因任何物品都用塑膠包裝的生活習慣而惡名昭彰，甚至就連蔬菜與水果都會分別包裝。

單字

☐ **per capita**：每人平均

☐ **notorious** (adj)：聲名狼藉的

☐ **individually** (adv)：個別地、單獨地

主題解說專欄

從審美觀來看塑膠與環境問題

日本的塑膠消費量讓外國人很吃驚。在超市或百貨公司地下街購買食品時，為了避免裝在塑膠容器裡的配菜散發味道或湯汁，會將這些配菜先放到塑膠袋裡，然後再放到購物袋中，食材被整整三層的塑膠包裝起來。在外國人看來，蔬菜或水果竟然也用塑膠包起來實在是很驚人的事。

由於日本人誠摯款待、體貼細心的美德，才會像這樣使用塑膠容器，然而這種行為從全球觀點來看完全不被理解，甚至反而給人對環境問題漠不關心、教育水準低落的認知。

STEP 6　參考箭頭與標記來朗讀原文，學習單字與發音的韻律。只要是自己能夠發音的單字，往後就能漸漸聽得懂。

Japan / is the world's / second-highest user / per ①**capita**
/ of plastic packaging, ↓
according to / the United Nations. ↓
Japan / is ②**notorious** for / wrapping / nearly everything / in ③**plastic**. ↓
Even ④**vegetables** and fruits / are individually wrapped. ↓

發音（單字）

① **capita** [ˈkæpətə]（**ka**·puh·ta）

pita 是模糊不清的母音，因此嘴巴微張、輕柔且溫和地發出「a」的音就 OK 了。另外，最後的 ta 因為 t 夾在母音之間，所以是輕彈的 Flap T。試著用聽起來接近「ra」的音來發音吧。

② **notorious** [nəʊˈtɔːriəs]（now·**taw**·ree·uhs）

字首的 no 並非「noo」，發音比較接近「nou」，且因為重音在第 2 音節，所以 no 是模糊不清的母音。另外還要注意第 2 音節的 to 也不是「to」，而要用「o」的嘴型發「a」的音。

③ **plastic** [ˈplæstɪk]（**pla**·stuhk）

關鍵在於重音放在字首的 pla，以及 tic 部分是用 t 的音彈出像是「tik」的發音。

④ **vegetables** [ˈvedʒtəb(ə)lz]（**vej**·tuh·blz）

首先重音要放在字首，而且 ve 是用上門牙輕咬下唇，發出 /v/ 的音。字尾的 ble 是 Dark L，不會清楚發出「bulu」2 個音，而是更為接近「boo」的發音。

複合名詞與複合形容詞

second-highest, plastic packaging

請聽音檔,按照 STEP 1 到 STEP 6 的順序往下聽寫。音檔依照 10 次慢速→ 3 次母語者自然語速的順序,播放文章的朗讀。

STEP 1 　請聽音檔,嘗試寫下聽到的關鍵字,並從關鍵字聯想本文的內容。

_____

_____

_____

_____

STEP 2 　最多反覆播放 10 次音檔,並盡可能寫下在文章中所聽到的英文單字。直接用英文字母拼寫看看,字跡潦草、拼寫不夠正確也沒有關係。

[目標:要達到多益 500 分最多可聽 10 次、多益 600 分最多可聽 7 次、多益 700 分最多可聽 5 次、多益 800 分最多可聽 3 次]

_____

_____

_____

_____

STEP 3 　閱讀聽寫下來的英文,檢查文法上的意思是否通順並進行修改。下方會列舉檢查時的重點,還請多加參考。

_____

_____

_____

_____

☐ 是否寫出常用的表現與慣用語了呢?

☐ 以文法判斷出音較弱的虛詞了嗎?

☐ 察覺修飾的部分並理解句子結構了嗎?

☐ 聽出專門用語等平時很少聽到的單字了嗎?

☐ 寫出脫落的音了嗎?

原文＆解說

[V1]Pedestrians can struggle to hear quiet vehicles coming. This is why [G1]from now on all new [P1]models of electric and [P2]hybrid vehicles developed [G2]and sold in the EU must [V2]come equipped with a sound system [G3]similar to a [V3]combustion engine sound.

文法　Grammar

G1 ▶ from now on 意思是「從今以後」。語感比起「從現在開始」更接近「今後一直」，帶有更強烈「持續不斷」的含意。另外在這篇文章中，is why from now on all... 皆是不太容易聽清楚的單字，若能先將 from now on 當作一組詞整個記起來，以後就可以更快地聽出句型。

G2 ▶ developed and sold 的 and 聽起來很像 in。由於並列的是動詞的過去分詞，應能推測這裡是 and。

G3 ▶ be similar to ～是意思為「如⋯⋯、像是⋯⋯」的慣用語。在這裡，similar to 之後的句子修飾前面的名詞，因此結構為「像是 a combustion engine sound 般的 a sound system」

語彙　Vocabulary

V1 ▶ pedestrians 意思是「行人」。ped＝foot「腳」的意思。使用 ped 的單字還有 pedal「踏板」、pedicure「修腳」等等。

V2 ▶ come equipped with ～是「配備有⋯⋯」的慣用語。比起 be equipped with，這個說法更帶有一點裝模作樣的語感。在這句話中，must come equipped with 可以劃為一組。

V3 ▶ combustion「燃燒」，或許是個不常聽到的單字呢。combustion 的形容詞 combustible 是垃圾分類時會用到的單字，如 combustible garbage（可燃垃圾）、incombustible garbage（不可燃垃圾）。

發音　Pronunciation

P1 ▶ 字尾的 del 是 Dark L，聽起來比較像是「maadoo」。

P2 ▶ hybrid vehicles 中，hybrid 的 d 與 vehicles 的 v 是 2 個接續在一起的子音，因此 d 會脫落，幾乎聽不到。

| 翻譯 |

最近的車太過安靜，導致行人越來越難察覺汽車正在靠近。為此，所有在歐盟開發及販售的新型電動車與油電混合車，依規定都必須加裝能發出引擎假噪音的警示系統。

| 單字 |

☐ **pedestrians** (n)：行人
☐ **struggle to ~** (v)：為……費心、辛苦奮鬥
☐ **come equipped with ~** (v)：配備……
☐ **combustion** (n)：燃燒

| 主題解說專欄 |

電動車是零排放嗎！？
電動車靠儲備在電池裡的電力驅動馬達，因此在行車階段不會排出任何廢氣。電動車常被認為是零排放，正是因為電動車排出的廢氣為零。

但實際上想想電力是怎麼來的，就能知道電動車其實也不是零排放。如果是靠太陽能、風力等可再生能源或核能來發電，那麼排放的廢氣就真的會是零，然而現在日本 84%的發電量來自火力發電。換句話說，是發電廠代替排氣管排出了 CO_2。

這是日本與歐洲最大的差別。

STEP 6　參考箭頭與標記來朗讀原文，學習單字與發音的韻律。只要是自己能夠發音的單字，往後就能漸漸聽得懂。

①**Pedestrians** / can struggle / to hear / quiet ②**vehicles** / coming. ↓
★This is why / from now on / all new ③**models** / of electric / and hybrid vehicles ↑
developed / and sold / in the EU ↑
must come equipped with / a sound system / similar to / a ④**combustion** engine sound. ↓

發音（單字）

① **Pedestrians** [pəˈdestriən]（puh·**deh**·stree·uhn）

重音放在第 2 音節。這個單字只要按照拼寫來讀就好，發音本身不會很困難，惟重音的位置可能會讓人有些困惑而已。

② **vehicles** [ˈviːɪk(ə)l]（**vee**·uh·kl）

h 不發音。字首 vehi 的發音是 /veeuh/，字尾的 cle 則是 Dark L，因此不是「kulu」而是「koo」的音。

③ **models** [ˈmɑːd(ə)l/]（**maa**·dl）

如 **STEP 4** 的說明，這個單字有 2 個發音上的重點。第一是重音在字首，且第 1 重音不是「mo」而是 Short O，所以發音是「ma」。第二個重點是 del 的發音是 Dark L，所以不是「delu」而是「doo」。

④ **combustion** [kəmˈbʌstʃ(ə)n]（kuhm·buhs·chn）

重點在於字尾的 tion 不要發成「shon」的音，要說的話會更接近「chon」。

語調

★ 第 2 句話相當長，需要如上面原文般，按照單字意思來分段才能順利讀完，尤其是 This is why from now on 之後的主詞很長，最好先理解清楚再表達出來。all new models...in the EU 都是主詞，而這個主詞是用 developed and sold in the EU 來修飾 all new models of electric and hybrid vehicles 的，因此為了表達這個修飾關係，hybrid vehicles 後面的語調要提高。

複合名詞

hybrid vehicles, sound system, combustion engine sound

Harvard University

請聽音檔,按照 STEP 1 到 STEP 6 的順序往下聽寫。音檔依照 10 次慢速→ 3 次母語者自然語速的順序,播放文章的朗讀。

STEP 1　請聽音檔,嘗試寫下聽到的關鍵字,並從關鍵字聯想本文的內容。

_____

_____

_____

STEP 2　最多反覆播放 10 次音檔,並盡可能寫下在文章中所聽到的英文單字。直接用英文字母拼寫看看,字跡潦草、拼寫不夠正確也沒有關係。

[目標:要達到多益 500 分最多可聽 10 次、多益 600 分最多可聽 7 次、多益 700 分最多可聽 5 次、多益 800 分最多可聽 3 次]

_____

_____

_____

STEP 3　閱讀聽寫下來的英文,檢查文法上的意思是否通順並進行修改。下方會列舉檢查時的重點,還請多加參考。

_____

_____

_____

☐ 寫出所有格的 S 了嗎?

☐ 發現倒裝句了嗎?

☐ 寫出常用的單字了嗎?

☐ 聽出數字了嗎?

☐ 發現 t 的音變成 d/r 的音了嗎?(Flap T)

原文＆解說

This year, the [G1]Forbes' Top [P1]25 Private Colleges list is dominated by [P2]elite universities in the Northeast, including all eight [V1]Ivy Leagues. [G2]At the top of the list is Harvard University. Harvard is the [P3]oldest institution of higher learning in the US.

文法　Grammar

G1 ▶ 意思是「富比士雜誌所評選的『前25名私立大學』排行榜」，別忘了所有格的s。從文法上來思考，因為是「Forbes 這本雜誌的」，所以正確拼寫應該要是 Forbes's，不過 s's 這樣的表記實在不漂亮，才將最後 s 的音從表記上刪掉。發音是「foobuzu」，s 不會發 2 次音。

G2 ▶ 這裡使用了倒裝句。如果是一般句子應該是 Harvard University is at the top of the list. 才對，不過為了強調「位居第一」，因此將 at the top ～部分放到句首。或許有人聽到這裡會很著急沒有發現主詞，不過現在了解了倒裝句的原理，以後遇到相同情況就不會慌張了。

語彙　Vocabulary

V1 ▶ Ivy Leagues「常春藤聯盟」是美利堅合眾國東北部 8 所私立大學的合稱。許多引領美國政經界、學術界、法學界的名人皆是聯盟的畢業生，在美國社會裡傳統上認為這是一個「東海岸的富裕菁英私校集團」。→詳細請參照「主題解說專欄」。

發音　Pronunciation

P1 ▶ 25 讀作 twenty five，而發音聽起來像是 tweny。這是因為重音在 e，字尾 ty 的 t 脫落，所以聽起來像是與後面的 ny 連接在一起。

P2 ▶ elite 的 t 可能聽起來像是帶著濁音的 elid，這是 Flap T 現象。這與後面的 university 連在一起，變成像是 eliduniversities 的發音。

P3 ▶ oldest 聽起來可能也像是 all this。由於 all this 在文章上沒有意義，最好可以聯想一下是否有其他的音。old 的 ol 是容易聽錯成 all 的部分。

STEP 5 翻譯 STEP 4 的原文，確認文章的意思。在這個步驟中，請透過翻譯來檢查自己是否正確理解了文章的內容。

_____

_____

_____

_____

| 翻譯 |

　　今年富比士雜誌評選的「前 25 所私立大學」名單，幾乎由東北部的名校所佔據，包含常春藤聯盟的 8 所大學。榜單中位居第一的是哈佛大學，哈佛也是美國歷史最悠久的高等教育機構。

| 單字 |

□ **dominate** (v)：支配、佔優勢
□ **institution** (n)：機構、設施

| 主題解說專欄 |

什麼是常春藤聯盟？
常春藤聯盟由美國最具傳統的 8 所私立大學組成，分別是布朗大學、哥倫比亞大學、康乃爾大學、達特茅斯學院、哈佛大學、普林斯頓大學、賓州大學及耶魯大學。無論哪間大學都擁有悠久的歷史，在世界上的知名度也相當高，在此學習的學生們都是未來人類社會的明日之星。光是這 8 所大學，就有超過 250 名畢業生獲得諾貝爾獎，可說是名符其實的超一流大學集團。

STEP 6　參考箭頭與標記來朗讀原文，學習單字與發音的韻律。只要是自己能夠發音的單字，往後就能漸漸聽得懂。

★1This year, / the Forbes' / Top 25 / Private Colleges list ↑
is ①dominated by / ②elite universities / in the Northeast,
including all eight / Ivy Leagues. ↓
★2At the top of the list / is ③Harvard University. ↓
Harvard / is the oldest institution / of higher learning / in the US. ↓

發音（單字）

① **dominated** [ˈdɑːmɪneɪtɪd]（**daa**·muh·neitid）
重音在字首的第 1 音節。重音所在的 do 是 Short O，發音比起「do」更接近「da」的音。

② **elite** [ɪˈliːt]（uh·**leet**）
發音比起「eliit」更接近「iliit」。最後 te 的 /t/ 音也記得不要插入母音來發音。本篇文章中後面還接續 university，te 被夾在母音之間，因此 /t/ 的音會變得更接近 /d/ 的音，也就是 Flap T 現象。

③ **Harvard University** [ˈhɑːrvɜrd juːnɪˈvɜːrsəti]（**har**·verd·yoo·nuh·**vur**·suh·tee）
重音在 Har，而且 Har 需要捲起 r 的舌形來發音。

語調

★1 因為句子很長，如果能意識到單字的意思來分組，就會比較好讀。如上面原文所示，可以分成 This year, the Forbes' Top 25 Private Colleges list 與 is dominated by elite universities in the Northeast，以及 including all eight Ivy Leagues. 這 3 個段落來讀。

★2 這裡是用倒裝句來強調，因此 at the top of the list 之後暫且停頓一下，再唸出 is Harvard University，聽起來會更明確。

複合名詞

Forbes' Top 25,（Private）Colleges list, Ivy Leagues, Harvard University

請聽音檔，按照 STEP 1 到 STEP 6 的順序往下聽寫。音檔依照 10 次慢速→ 3 次母語者自然語速的順序，播放文章的朗讀。

STEP 1 請聽音檔，嘗試寫下聽到的關鍵字，並從關鍵字聯想本文的內容。

STEP 2 最多反覆播放 10 次音檔，並盡可能寫下在文章中所聽到的英文單字。直接用英文字母拼寫看看，字跡潦草、拼寫不夠正確也沒有關係。

> 目標：要達到多益 500 分最多可聽 10 次、多益 600 分最多可聽 7 次、多益 700 分最多可聽 5 次、多益 800 分最多可聽 3 次

STEP 3 閱讀聽寫下來的英文，檢查文法上的意思是否通順並進行修改。下方會列舉檢查時的重點，還請多加參考。

☐ 是否寫出常用的表現與慣用語了呢？
☐ 寫出複數形的 S 了嗎？
☐ 是否正確拼寫出在美式英語及英式英語中用法不同的單字？
☐ 聽出變成英語的外來語了嗎？

原文＆解說

[P1]Kyoto's historic [P2]Gion neighborhood is [V1]cracking down on photography [G1]in response to ongoing issues with bad tourist [V2]behavior. In some cases, tourists have [V3]chased [P3]geisha down the street and even [V4]tugged at their [G2] [P4]kimonos.

文法　Grammar

[G1] ▶ in response to ～為「應對、對……的反應」的慣用語。in 與 to 可能較難以聽清楚，不過若事前知道這個慣用語就能寫出來，而且因為介係詞 to 後面的詞性必須要是名詞，所以也能一併知道後面要寫的是 (ongoing) issues。

[G2] ▶ kimono 加上複數形 s。就算原本是日語，但作為英語的外來語被吸納進英語後，也必須套用英語的文法規則。完全成為英語的日語有 typhoon、tsunami、sake、sushi、manga、emoji、samurai 等等。

Ex）Can I borrow some **mangas**?「我可以借幾本漫畫嗎？」

　　There were so many **typhoons** this summer.「今年夏天颱風很多。」

語彙　Vocabulary

[V1] ▶ crack down on ～是「嚴厲打擊……」的慣用語。

[V2] ▶ 雖然 behavior（美式英語）與 behaviour（英式英語）拼寫有些許差異，但兩種都對。不過自己在英語用字的使用上，最好還是統一成其中一種比較好。

[V3] ▶ chase down ～意思是「追逐、找出」。chase geisha down 的字序比 chase down geisha 更精確；在 chase 這個動詞後面馬上接受詞的 geisha，對聽者而言也更容易聽懂是什麼意思。另外 chase down 的 down 只是附帶的詞，這也使得受詞 geisha 直接接在動詞 chase 後會比較好懂。

[V4] ▶ tug at ～意思是「拉住……」。

發音　Pronunciation

[P1] [P2] [P3] [P4] ▶ Kyoto「京都」、Gion「祇園」、geisha「藝伎」、kimono「和服」等等都是外國人說日語時的發音，習慣了就能聽懂。

_____

_____

_____

_____

翻譯　京都歷史悠久的祇園地區為了應對遊客接二連三的惡行與騷擾，正開始嚴格取締拍照行為。據說某些遊客甚至會在街上追逐路過的藝伎，或拉扯藝伎的和服。

單字

☐ **crack down ～** (v)：嚴格取締……、處以重罰
☐ **ongoing** (adj)：進行中的
☐ **chase down ～** (v)：追逐……
☐ **tug at ～** (v)：拉住……

主題解說專欄

什麼是觀光公害？
外國遊客與當地居民間發生密集的衝突與摩擦稱為「觀光公害」。以京都來說，外地遊客隨地亂丟垃圾、公車太擁擠使當地居民難以通勤及上下課、住宿房客的惡劣習慣、旅客搞錯住宿地點、當地人半夜被強迫帶路等等，都是目前面臨到的問題。

在成功引入觀光人潮的同時，幾乎也就必然伴隨著觀光公害；歷史多次證明了偏重遊客的觀光策略，必定會催生遊客與居民間的對立。若不早點著手檢視遊客數量是否適當，並為其打造基礎建設，然後擬訂居民能夠接受的旅遊方針，那麼京都發起遊客排斥運動的那一天，似乎也就不是太遙遠的未來了。

發音重點

STEP 6　參考箭頭與標記來朗讀原文，學習單字與發音的韻律。只要是自己能夠發音的單字，往後就能漸漸聽得懂。

★Kyoto's historic / ★Gion ①neighborhood is / cracking down / on ②photography ↑
in response to / ③ongoing issues / with bad tourist behavior. ↓
In some cases, / tourists / have chased ★geisha / down the street ↑
and even ④tugged / at their ★kimonos. ↓

發音（單字）

① **neighborhood** [ˈneɪbərˌhʊd]（**nei**·br·hud）
hood 要嘟起嘴巴，並用腹式呼吸法吐氣，發出 /hu/ 的音。

② **photography** [fəˈtɑːgrəfi]（fuh·**taa**·gruh·fee）
雖然 photo 的重音在 pho，但這裡的重音則是在第 2 音節的 to，需要多加注意。重音所在的這個 to 也不是「to」，而是接近「taa」的音。

③ **ongoing** [ˈɑːnˌgoʊɪŋ]（**aan**·gow·uhng）
這是意思為「進行中的」的形容詞。重音在字首的第 1 音節，而且因為是 Short O，所以比起「on」更接近「an」。字尾的 g 幾乎不發音。

④ **tug** [tʌg]（tag）
別混淆 tug 與 tag 的發音了。本文 tug 的 u 是強烈的「a」音，但 tag 的 a 則是用「e」的嘴型發「a」的音。

語調

★ Kyoto、Gion、geisha、kimono
作為英語的（變成英語的）日語讀法，筆者認為將重音改為英語方式來讀，對方可能更容易聽懂句子的意思。例如筆者的名字是小西（Konishi），我都會用 Koni:shi（kuniishii）的方式發音。以 kimono 來說，重音在第 2 音節的 /mo/，請確實地拉長這個部分的發音吧。

複合名詞

tourist behavior

10秒英聽高效訓練：60天大幅提升你的英語聽力 / 小西麻亜耶著；林農凱譯. -- 初版. -- 臺北市：日月文化出版股份有限公司, 2022.10；272 面；16.7×23 公分. -- (EZ talk)
譯自：10秒リスニング：英語を聞きとる力が飛躍的にアップする新メソッド
ISBN 978-626-7164-47-1（平裝）
1.CST: 英語 2.CST: 讀本
805.18 111012892

EZ TALK

10秒英聽高效訓練：60天大幅提升你的英語聽力

作　　　者：小西麻亜耶 Maaya Konishi
譯　　　者：林農凱
責 任 編 輯：簡巧茹
裝 幀 設 計：DECON DESIGN
內 頁 排 版：簡單瑛設
行 銷 企 劃：陳品萱

發 行 人：洪祺祥
副 總 經 理：洪偉傑
副 總 編 輯：曹仲堯
法 律 顧 問：建大法律事務所
財 務 顧 問：高威會計師事務所

出　　　版：日月文化出版股份有限公司
製　　　作：EZ叢書館
地　　　址：臺北市信義路三段151號8樓
電　　　話：(02) 2708-5509
傳　　　真：(02) 2708-6157
網　　　址：www.heliopolis.com.tw
郵 撥 帳 號：19716071日月文化出版股份有限公司

總 經 銷：聯合發行股份有限公司
電　　　話：(02) 2917-8022
傳　　　真：(02) 2915-7212

印　　　刷：中原造像股份有限公司
初　　　版：2022年10月
定　　　價：420元
I S B N：978-626-7164-47-1

EIGO O KIKITORU CHIKARAGA HIYAKUTEKINI UPSURU SHINMETHOD 10BYO LISTENING by Maaya Konishi
Copyright © Maaya Konishi, 2020
All rights reserved.
Original Japanese edition published by Sanshusha Publishing Co., Ltd.

Traditional Chinese translation copyright © 2022 by Heliopolis Culture Group
This Traditional Chinese edition published by arrangement with Sanshusha
Publishing Co., Ltd., Tokyo, through HonnoKizuna, Inc., Tokyo, and Keio Cultural Enterprise Co., Ltd.